CONTRACANTO

ÁLVARO CARDOSO GOMES

CONTRACANTO

Prefácio
Carlos Felipe Moisés

Copyright © Álvaro Cardoso Gomes, 2002

Composição e fotolitos
Art Line Produções Gráficas Ltda.

Revisão
O AUTOR

Capa
ADRIANA MORENO

Todos os direitos reservados pela
TOPBOOKS EDITORA E DISTRIBUIDORA DE LIVROS LTDA.
Rua Visconde de Inhaúma, 58 / gr. 203 — Rio de Janeiro — RJ
CEP 20091-000 Tel.: (21) 2233-8718 e 2283-1039
topbooks@topbooks.com.br

Impresso no Brasil

Em memória do José Paulo Paes
e de minha irmã Maria Elisa.

Para a Eliane, sempre, com muito amor.

Un coup des dés jamais n'abolira le hasard

Mallarmé

The downtown trains are full
With all those Brooklyn girls
They try so hard to break out of their little worlds

You wave your hand and they scatter like crows
They have nothing that will ever capture your heart
They're just thorns without the rose
Be careful of them in the dark

Tom Waits — "Downtown trains"

A erogenia auricular nasce na intersecção
da voz reprimida com o enunciado em surdina.
O orifício coclear — grota, labirinto, concha —
induz o mistério a resvalar em suas bordas
e a formular os signos do desejo.

L.-A. Levin — *Les signes du plaisir*

ROTEIRO

Δ = Enunciação
ζ = Onírica
$\Leftrightarrow$ = Incisões
$\varnothing$ = Pulsões

ÍNDICE

1. Δ, p. 23

2. ⇔ Favores do Mineiro ao padrinho, seu Habib, o turco que não era turco e a linha de três busão, p. 25

3. ∅ Negão, matador de aluguel, Lambari, o peixe de quinhentos mil e orelhas decepadas, p. 32

4. ζ A Voz da Noite, p. 38

5. ∅ Turco, comedor de quibes e esfihas, e colecionador de orelhas, p. 40

6. Δ, p. 44

7. ⇔ Moon e os paraísos artificiais, Lambinha e a história dos peixes: o lambari herói e o vilão tubarão, p. 46

8. ∅ Lambari, Tuca, Turca, o eu transcendental e o Movimento Muçulmano Feminista, p. 55

9. ζ Uma Rumba na Jamaica, p. 60

10. ∅ Barbie, prostituta, faixa preta de caratê e o tarado albino, p. 62

11. Δ, p. 67

12. ⇔ Julieta aprisionada no corpo de Romeu, um verso de Casimiro numa tarde fagueira e comprimidos de Anaciclin, ele/ela mais que Tuca, p. 68

13. ∅ Turco, Baleia, Tonelada, um baby-doll tamanho GG, meias e ligas pretas, chinelas pom-pom cor de rosa e uma orelha desejada, p. 72

14. ζ Phallovita & A Deusa Barbada, p. 79

15. ∅ Turca, cabeleireira e sacoleira no Paraguai, a descoberta do eu transcendental e o Presidente da França, p. 81

16. Δ, p. 91

17. ⇔ Chocolates vendidos numa esquina, a extorsão do Nego Sete, poses da ninfeta, as vezes de um travesti e uma traição, p. 93

18. ∅ Francês e *la classe de français, one ne parle que français,* o *Petit Robert* e *l'Ecole Supérieure de Beaux Arts,* p. 102

19. ζ A Origem do Mundo, p. 107

20. ∅ O pastor da Igreja Universal dos Anjos do Sétimo Dia, uma orelha peluda e o chicote do Senhor, p. 108

21. Δ, p. 114

22. ⇔ O filho do diabo, manigâncias de Garnizé, doutor Gunte e a baitolagem, as prédicas de Frei Santo e o último pau-de-arara, p. 115

23. ∅ Anjo, unhinhas douradas, um poema de Baudelaire, os desejos de um turco e o país de Cocanha, p. 122

24. ζ O Corcel Negro, p. 131

25. ∅ Reverendo, Turco, e um estupro relatado, p. 132

26. Δ, p. 141

27. ⇔ Vó Pequenita, as "Portas da Esperança", Anjo, garota de programa e um futuro no sortista, p. 142

28. ∅ Anjo, a atendente do salão, unhas douradas, Turco e orelhas nuas, p. 154

29. ζ Ouro e Ébano, p. 161

30. ∅ Negão, um *balon de rouge* no Trocadero, Tuca, um *recuerdo* de Lambari e um cão de pupila matizada, p. 162

31. Δ, p. 170

32. ⇔ Um negro entre brancos, leituras de Cruz e Sousa e Baudelaire e a profecia de um destino bandido, p. 171

33. ∅ Barbie *dans le métro*, um albino em Paris e uma visita à Gare d'Orsay, p. 177

34. ζ A Cruz de Seda, p. 184

35. ∅ Negão na Rue des Capucines, Inspetor Flic, o homem de gabardine cinza e chapéu de feltro e algumas considerações sobre os paraísos artificiais, p. 185

36. Δ, p. 193

37. ⇔ Um jogo de gamão, gargantas cortadas, um lance de dados, o acaso e a lição epistemológica do Inspetor Flic, p. 194

38. ∅ Reverendo, Turco, um interurbano e um traficante de nome Baudelaire, p. 204

39. ζ O Filho da Noite, p. 210

40. ∅ Negão e um telefonema, um encontro no Parc des Alouettes com o homem de cabelos brancos presos num coque, p. 212

41. Δ, p. 219

42. ⇔ Bacana, carregador no Mercado Municipal, lutador de box, leão de chácara e pretendente a doutor, p. 220

43. ∅ Da imaginação, Negão e o destino de Tuca, e um albino travestido de Inspetor Clouseau, p. 227

44. ζ A Esfinge, p. 235

45. ∅ Negão, o recado de Turco, a queda de um anjo e uma boa ação de Barbie, p. 236

46. Δ, p. 244

47. ⇔ Uma leitura de Negão: reflexões sobre uma passante, em cujo olhar nasce o furacão, e a efemeridade da moda, p. 245

48. ∅ O Inspetor Frais num furgão na Place de la Révolution, Tuca e Turca e a expansão imaginativa, p. 250

49. ζ O Negro Monstro, p. 258

50. ∅ Um jantar à luz de velas no La Grenouille, memórias de Barbie e um dinheiro muito bem empregado, p. 259

51. Δ, p. 266

52. ⇔ Vida de pé-de-chinelo, Bundinha, o rei do tresoitão, e a turma do Nhocuné: Nego Sete e Chulé, p. 267

53. ∅ Negão, Bacana, Bundinha, uma surpresa do Turco e o seqüestro de um caixa de orelhas, p. 275

54. ζ O Nome, p. 283

55. ∅ Três orelhas e um funeral, p. 285

56. ⇔ Negão no aeroporto de Cumbica, notícias de Paris, um avião voando para a Líbia e as palavras de um manifesto, p. 287

57. Δ, p. 290

CONTRA-CANTO

Carlos Felipe Moisés

Numa das últimas cenas de *Contracanto*, Negão explica a Barbie, a quem acabara de conhecer, em Paris, o motivo de sua viagem: recuperar um dinheiro do chefe. "O que seu chefe faz?", ela quer saber. "Um pouco de tudo: roubo de carga, contrabando, tráfico de drogas, cafetinagem." Longe de se chocar, ela demonstra só alguma curiosidade. Ele a satisfaz, fala de suas andanças, para lá de perigosas, quase sempre em São Paulo, mas às vezes no Rio, no Nordeste ou no Exterior. Barbie comenta: "Trabalho sujo, né?" e em seguida, com delicadeza, pede desculpas: "Não quis te ofender". Negão sorri: "O trabalho que faço é mesmo sujo. Mas, se quer saber, gosto do que faço. É excitante. Coisa que mais detesto é rotina".

Além de dar uma idéia do entrecho e do clima, a cena registra, explícita, uma das chaves interpretativas deste novo e atraente romance de Álvaro Cardoso Gomes: excitação e anti-rotina. É este o impulso que move, de um modo ou de outro, a maioria das personagens. Suas metas específicas importam pouco; o que conta é estar o tempo todo no encalço delas, em ritmo acelerado, gozando a volúpia do perigo e do imprevisto, que pode levar a prazeres indescritíveis ou à morte súbita e violenta. Continua não importando. Mesmo que seja este o desfecho, terá valido a pena.

Barbie, Negão e seu chefe, o Turco; Lambari, Bundinha, as terroristas Tuca e Turca, o Reverendo; Baleia e sua irmã gêmea, Tonelada; Gambá, Anjo, Lambinha, Vó Pequenita, Nego Sete, Bacana, Chulé e até o fleumático Inspetor Flic, jogador de gamão, a quem Negão se associa, em Paris, todos concordariam com a chave assinalada na cena e aceitariam suas implicações, embora nenhum deles tenha tempo a perder pensando no assunto. Ou em qualquer assunto. Preferem agir. E, quando falam, vão direto ao ponto. (O diálogo, aliás, é um dos trunfos do livro: variado, abundante, pleno de sabor e picardia, responsável por boa parte do ritmo aliciante da história.)

A única figura que de algum modo escapa à regra é justamente Negão, matador profissional e (mas?)... leitor assíduo de Baudelaire, que ele aprendeu a ler, ainda menino, no original. Seria capaz de discorrer sobre *Les fleurs du mal* ou *Les paradis artificiels* com a proficiência de um sofisticado ensaísta, mas guarda para si o prazer refinado que o poeta francês lhe proporciona. Negão aproveita a estada em Paris para aprofundar-se no tema baudelairiano que o fascina sobre os demais: o haxixe, as drogas, os paraísos artificiais.

Ao ser informado, através de um espião, das manias de seu pistoleiro de confiança, o chefe manda logo outro no seu encalço, o Reverendo, com ordens de intervir no negócio paralelo que, com certeza, Negão estaria tramando com esse tal de Baude, Bode-não-sei-o-quê, tipo chegado num haxixe, vai ver que traficante da pesada. Onde já se viu, reage ele, Negão querendo me passar a perna... Daí o capítulo intitulado "Reverendo, Turco, um interurbano e um traficante de nome Baudelaire". Não obstante, o Turco não deixa de estar certo, seja com relação ao Negão, seja com relação ao poeta francês.

Mencionado este outro episódio, a idéia e o clima sugeridos pela primeira cena ganham contorno mais justo. *Contracanto* lida, ostensivamente, com o submundo do crime, que a crônica especializada, com involuntária e transcendente ironia, chama de "organizado", mundo de baixaria e brutalidade ininterruptas; mas ficamos sabendo agora que tudo isso é entremeado, discretamente, da dose certa de humor e ironia, ora tendentes ao grotesco, ora roçando a sublimação idealista, como a que se esconde, por exemplo, na desconcertante mescla de banditismo e esteticismo espiritualizado, que compõe o perfil de Negão — sem dúvida a personagem mais intrigante e atraente do livro.

As demais, em doses variadas, também entretêm seu convívio com o insólito. O "paraíso" do Turco, por exemplo, ao contrário das poéticas flores do mal, cultivadas pelo matador de aluguel, é sua coleção de orelhas, que ele vai acomodando, meticulosamente, num estojo de veludo — orelhas de afetos ou desafetos, tanto faz, igualmente veneradas, que ele incumbe os capangas de cortar, quando não as corta ele mesmo, olhos nos olhos da vítima incrédula e apavorada. Já o "paraíso" de Vó Pequenita é ser chamada a participar do programa "Portas da esperança", de seu idolatrado Sílvio Santos: há trinta anos ela sonha com uma geladeira nova. O da Turca é o complô com vistas a assassinar o presidente da França, ato decisivo para o triunfo do Movimento Muçulmano Feminista, por ela encabeçado. O de Barbie... Bem, prosseguir seria roubar do leitor o prazer de ir descobrindo, aos poucos, o paraíso ou o inferno de cada um.

Para além do fascínio representado pelo insólito das personagens, cumpre destacar que nenhuma delas corre o risco de se transformar em caricatura. Aí se percebe a mão segura do escritor, na plena posse de sua maturidade. Ao contrário do que o presente esboço poderia sugerir, o leitor se sentirá, a cada página, não diante de seres de exceção, caricaturas grotescas, mas diante de gente como outra qualquer, imersa na banalidade de um cotidiano, afinal, comum a todos nós.

A fina e sutilíssima ironia de Álvaro Cardoso Gomes consiste em criar um mundo feito de quase-delírio, como se fosse um mundo à parte, mas deixando patente que é tudo extraído desta nossa realidade de todos os dias. Em vários passagens, o leitor tem a sensação de estar contemplando uma mistura de pesadelo e farsa burlesca, mas logo percebe que não se trata senão da realidade cotidiana, transfigurada pelo olho expressionista do autor. O que há de grotesco e distorcido em *Contracanto* acaba por se revelar representação simbólica deste nosso mundinho corriqueiro, aí devidamente diagnosticado, sem o véu da hipocrisia que nos leva a varrer para baixo do tapete sua dimensão repudiada: contra-canto.

Outra espécie de contracanto é o original procedimento estilístico adotado pelo escritor, que vai alternando, ao longo da narrativa, quatro entonações ou respirações diferentes, indicadas pelos símbolos que antecedem cada capítulo. Atente o leitor nas peculiaridades de cada entonação e veja como o expediente resulta, em última instância, na multiplicação da voz narrativa. São quatro vozes ou enfoques distintos, que se combinam e se entrelaçam, incluem-se ou excluem-se, compondo uma estrutura flexível, com o seu tanto de montagem cubista, mas não cerebrina: instigação e desafio constantes.

O leitor é instado a refletir sobre o desconcerto do mundo, não o desconcerto evidente, e já protocolado, desse mundo de marginais assumidos, como Barbie, Negão, Lambari e tantos outros, com suas perversões e excentricidades, mas o desconcerto deste nosso mundo, aqui "fora", só aparentemente concertado. A lição deste *Contracanto*, ou desconcerto a quatro vozes, é que o maniqueísmo não é saída nem solução para coisa alguma. Não se trata mais de céu aqui e inferno ali, mas um e outro, entrelaçados, como na figura emblemática do matador profissional e leitor de Baudelaire. Bem e Mal não são instâncias excludentes mas vêm sempre embutidos um no outro. Quem quiser sua cota de Bem precisará ficar com o pacote inteiro, carregando junto o Mal que lhe é inerente. Ou vice-versa.

Marca bem definida dessa fusão de contrários é a freqüência com que o sórdido e o sublime inesperadamente se consorciam. Em meio a uma cena crua e grotesca pode despontar, decisivo, um lampejo de poesia, imprimindo ao relato transfiguração insuspeitada. Sirva de exemplo o episódio que trata de certa orelha, levada a Paris por ordem do Turco. O destinatário da encomenda, calmamente sentado a uma das mesas de calçada do Trocadero, ao se deparar com o embrulho macabro, "olhou na direção de um cachorro que se deitara perto da mesa e atirou-lhe a orelha. O animal mais que depressa abocanhou-a". Prossegue então, por algumas linhas, tiros são trocados, e o narrador singelamente remata: "Enquanto isso, escondido atrás de uma árvore e rosnando, o viralatas comia a orelha de Lambari. Quando chegou ao brilhante do brinco, engasgou, pôs-se a tossir e vomitou-o. O brinco, cheio de baba, voltou a face do brilhante para a luz de mercúrio e, por um instante, matizou intensamente a pupila do cão com reflexos coloridos".

Lampejos como este, inúmeros, ao longo do livro, constituem, sem dúvida, um desafio ao leitor. Em lugar do dogmatismo, o romance propõe o requinte da ambigüidade, o prazer insuperável da dúvida e da descoberta; em lugar do paraíso "artificial" da ilusão consentida, o paraíso "natural" da realidade captada em sua contraditória e desconcertante complexidade. Assim, o leitor é convidado a assumir, diante da obra ou diante da vida, baudelairianamente ("Hypocrite lecteur, mon semblable, mon frère"), a mesma atitude cética e refinada do narrador, tornando-se seu semelhante e seu irmão. Que elogio maior lhe poderia fazer o autor?

Δ

eu sou o que é, & a solidão do círculo de cal em que vivo, feito de cristal & nada — água escorrendo por entre pedras amaciadas pelo limo, oblíquo raio atravessando a espuma do ar, areia dissolvendo-se nos aléns das ampulhetas, manchas de tigres semoventes em andares de fome, carreiras de saúvas, cujo começo é o fim, bolhas de flores de paineira fluindo pelo aéreo — fez-me sonhar em espelho: sou então o que soneguei por orgulho, fiel ao falso arquétipo em que me ergui &, humildemente, alço-me em barro: memória dos que sonharam, erguendo a cabeça acima do lodo, da podridão da matéria morta antes de nascer & dizer o que é, para que a órbita da alma sonhasse em ir além dos sete círculos, além do malévolo olho de Saturno & aspirasse ao Empíreo, indiferente à desdita ou ao castigo com que contemplo os que me desafiam &, mais do que de ar, água, terra, fogo, ornei de flores um paraíso de fancaria, para depois o ungir com o pão amassado com a acridão do suor & dividi-me, carne da minha coxa, multipliquei-me, povoando o Globo Mundo de discórdia & amor, tudo que se evapora no fundo de meu ser, sutil vaidade — para assumir o Nome & impor loucuras de sonhos, em meio à luz difusa da manhã primeira que instaurei, abrindo os olhos & vendo ao longe, entre

*cantos de minhas coortes de serafins, a Obra: carnes em convul-
são, luzes trêmulas que tentam rivalizar com a minha, almas
voláteis aspirando ao éter, em desordenada multiplicação, cami-
nhada de insetos tomada pela chuva & leões de fulva juba extin-
tos pela noite, são o que sou, minha desvairada loucura, ou minha sanidade, entre som & fúria, zumbido dourado dos élitros de
insetos, pólen &, assim,*

Favores de Mineiro ao padrinho, seu Habib, o turco que não era turco, e a linha de três busão

sabe do carinha, tipo o bacana que acha que é o bom, te olhando invocado, era assim o carinha, gordo, suando feito um porco, de bigodão, não, não querendo bancar o gostoso, era diferente, marrudo, tá ligado? se você quer saber, não fui com a cara dele e até disse pro meu compadre *olha, seu Habib, tô fodido com o carinha que o senhor recomendou, te devo favor, mas não quero ele trabalhando comigo, o senhor me conhece, não gosto de gente invocada no meu trampo, cara que tá a fim de trabalhar comigo tem que saber quem que manda, é "sim, senhor, não, senhor",* esse que o meu compadre Habib me mandou, esse não sabia nem falar português, ficava me olhando com aquela cara de bundão, eu tentando explicar pra ele o trampo, *porra! seu Habib, o cara não entende nada que a gente fala,* e o compadre me pedindo *tá bom. Mineiro, põe ele no telefone,* e o cara falando aquela língua de corno, tá ligado? *larrabarratarra,* também não gosto disso, que falando português tudo bem, eu podia saber o que que tavam conversando, se bem que o compadre Habib de confiança, não era traíra, não, mas vai que o carinha querendo tirar uma comigo, tanto que ele parou de falar no telefone, na lata, perguntei pro compadre *que que ele disse?* e o compadre *tudo nos conformes, Mineiro, que ele quebra qualquer galho, foi que mandei ele fazer, se quiser, manda limpar bosta de privada que patrício limpa, não tem cara feia, não*, então perguntei pro compadre *pra que que vou querer cara limpando bosta de privada, seu Habib?* e o compadre *modo de falar, Mineiro, quis dizer que patrício faz que manda, você usa ele, só não sacaneia, mas sei que você não sacaneia, pai de afilhado não sacaneia*, tá ligado? seu Habib batizou meu garoto, idéia da patroa, ela que quis, *o safado tem grana escondida, padrinho bom, não este pé rapado que você tá querendo*, eu queria, você conhece o cara, o Capeta, aquele que foi goleador dos Onze Primos, chapinha meu, mas a patroa não quis nem saber *tem de ser seu Habib, tem grana, o Capeta não tem onde cair morto*, tudo bem, fiz uns troços pro seu Habib, lembra do Batuta? eu que apaguei o cara quando ele deu uma de folgado e tentou güentar o ponto do seu Habib, tá ligado? cortei os bagos do cara, enfiei na boca e deixei o presunto na Marginal, seu Habib gostou do serviço, me passou um ponto aqui no pedaço, a coisa é assim: uma mão lava a outra, seu Habib tá velho e foi como um pai pra mim, por isso, quando ele disse *escuta Mineiro, preciso de favorzinho seu, tem patrício chegando do Líbano, sobrinho meu, flor de rapaz, queria ele trabalhando com você*, fiquei com vontade de perguntar *por que não põe pra trabalhar com o senhor?*, e ele adivinhando meu pensamento *não pode trabalhar parente junto, não dá certo, você, não, você não é parente, não dá moleza*, devia favor e disse *tá bom, seu Habib, o senhor pedindo, faço de coração*, e o tal do carinha aparecendo lá, muito marrudo, sem saber falar obrigado, nem bom dia, então, depois de falar com seu Habib, pensei: mando ele limpar bosta? mas pra que que eu precisava de um carinha limpando bosta? foi aí que lembrei que eu tinha uma linha de busão lá em Parelheiros, no ó do borogodó, hoje tem mais de dez carros, mas eu só tinha três busão na pior, tudo fodido, e um porrinha que tomava conta e que eu já tava querendo meter o pé na bunda, uma linha de busão sempre tem que dar grana, e ele vinha com a história que não dava, que os busão tudo fodido, estourado, motor rajando, pneu careca, fiscal da prefeitura querendo grana, porra, eu não tava a fim de linha de busão, ganhei aquilo dum cara numa dívida de jogo, pois bem, pensei, pensei e tive uma idéia: punha o corno do "patrício" pra tomar conta, ele que se fodesse com os busão e não vinha encher meu saco, o cara ficava contente com o trampo, e seu Habib mais ainda, gritei umas vinte vezes pra ver se ele entendia: que fosse pra Parelheiros tomar conta dos busão, acerto de conta de quinze em quinze dias, desse lucro, tirava o dele, não desse lucro, que se fodesse, e ele me olhando com aquele jeito de panaca, mas acho que acabou entendendo, porque pegou o papel com o endereço, virou as costas e se mandou, telefonei pro cara que tomava conta da linha, um filho da puta, disse que precisava dele em outra coisa, que mostrasse o trampo pro tal do "patrício" e esqueci da história, até que um dia a secretária falou *seu Mineiro, o turco tá aí querendo falar com o senhor,* eu, que tinha uns bagulhos pra resolver, perguntei *que turco, menina?* e ela *aquele turco, sobrinho do seu Habib,* então, lembrei do carinha marrudo e disse *fala pra esperar, que tô ocupado,* dei chá de cadeira, o carinha esperou, esperou, até que lembrei dele e gritei *manda o turco entrar,* ele entrou, nem falou bom dia, jogou um pacote sobre a mesa e disse *grana busão,* olhei pro pacote e não pude acreditar, porque o porra do outro cara às vezes passava quinze dias e telefonava dizendo todo folgado, com a maior intimidade, como se eu fosse o chapinha dele, *Mineiro, hoje não tem grana, o fiscal comeu,* ou então vinha no escritório com dez notas, esse carinha? quem esse carinha? pera aí, esse carinha, não te contei, primo da patroa, por isso que não metia o pé na bunda, ainda que tivesse vontade, depois que descobri que ele nos trinques, na putaria, você sabe que nesse negócio com patroa a gente deve de ficar numa boa e fazer o que a patroa quer, senão ela emputece, a vida da gente vira uma bosta, pois ela quis que o Lombriga, que é filho do irmão dela, trabalhando comigo, justo o Lombriga, o mó mala, um zé arruela que logo que vi disse pra mim mesmo *vou entrar numa fria, tem cara de vagau, tá querendo moleza*, foi o que disse pra patroa, e ela *você que sempre encrespa com minha família, o garoto é gente fina*, tão gente fina que já foi chegando e querendo que emprestasse cinqüentinha pra ele, *que que você tá pensando? que sou pai de pançudo?* mas a patroa querendo que querendo o cara trabalhando comigo, aí pensei nos busão, que se fodesse, a linha de busão não prestava mesmo, mas fiquei puto da vida quando, um dia, vi ele no *Blue Star* torrando uma grana preta em uísque e nas putas e resolvi então mandar apagar, porque ninguém me faz de trouxa, depois, falei pra patroa que tinha sido vingança da bandidagem do pedaço, prometi que ia descobrir quem tinha sacaneado com ele, a patroa acabou esquecendo e, assim, o "patrício", o sobrinho do seu Habib, ficou lá na garagem dos busão, mas, como te contava, o Turco chegou com a grana, quando o Lombriga nunca chegava com nada, e vinha, depois dos primeiros quinze dias, com um pacote de grana, abri o pacote e contei, por cima, quase mil conto! *isso que deu de grana?* perguntei, o cara me olhou invocado, pensando que eu tava pensando que ele tava me enrolando e disse *quase tudo, é que teve também fiscal*, filho da puta, pensei, o corno do Lombriga, que era meu sobrinho, me engrupindo, o carinha dando uma de traíra, eu que tinha tirado ele da merda, tá ligado? e vinha o sobrinho do Habib, que nem meu parente era, e dava um jeito nos busão, o carinha era de ouro, tanto que separei ali mesmo duzentinha e disse *adiantamento, afoga o ganso numa puta peitu-*

da, ele pegou a grana e virou as costas, nem tchum pra dizer obrigado ou até logo, mas, já escolado no português, porque, quando saiu, escutei ele falando pra secretária *turco, puta que pariu!* engraçado, né? o Turco não gostava da gente chamando ele de Turco, sabe por quê? um sarro: depois disse que não era turco, que turco era raça de gente fodida, que ele, não, era árabe do Líbano, o catso de um libanês, como é que pode árabe do Líbano? pra mim é tudo turco, mas esses fodidos que vêm pro Brasil sempre acham que libanês é libanês, e turco, turco, mas falam a mesma merda de língua *larrabarratarra*, gostam de comer esfiha, kibe e de mulher gorda, o mó sarro, né? a primeira coisa que o Turco aprendeu de português foi "puta que pariu", se a gente chamando ele de Turco, hoje até que acostumou, nem liga quando chamam ele de Turco, e é Turco pra todo mundo até pros chegadinhos dele, mas, no começo, ficava cabreiro só do carinha chamando ele de Turco e chegou até a apagar um cara, só porque o cara chamou ele de Turco, não sei se você lembra, o Cachorro que era cachorrinho na 29ª DP, eu, não, eu, ele não encrespava e nem tinha peito de encrespar, chamava ele de Turco, e ele numa boa, mas, se você quer saber, nem era questão de peito, era respeito mesmo, porque justiça seja feita, o Turco sempre foi um cara legal, e nunca foi de engrupir ninguém e nem de arreglar, essa gente tem isso de bom, não é como o Lombriga, o caralho de um traíra, é gente que não tem ganância, tipo você ajudando, e eles te enrabando, o velho Habib até dizia que na terra dele, você empresta uma grana pro cara, e não tem esta história de documento coisa e tal, o cara te dando um fio de barba e pode dormir numa boa, no dia certo, o cara tá com a grana de volta, assim, o Turco, que deu jeito na linha de busão, lembra daquela merda de greve? eu já tava com dez busão, o Turco contando que chegaram uns carinhas do sindicato, esses merdas tipo barbudinho com bandeira vermelha do petê e disseram que chofer e cobrador tinham de fazer greve, senão eles quebravam, punham fogo nos busão, e o Turco, muito marrudo, falou *os caras aqui vão trabalhar, não tem greve não, quem quebrar busão leva porrada*, os piqueteiros então falaram que eram muito machos e que iam quebrar os busão, se os busão saíssem da garagem, e o Turco pegou um pau e quebrou a cabeça do primeiro piqueteiro que quis dar uma de folgado, veio a polícia, o Turco foi parar na Delegacia, tive que morrer com uma nota fodida pra tirar ele de lá, porque o Turco nem documento tinha, mas paguei com gosto, uma jóia o Turco, depois, o que que acha que fiz com o carinha? desperdício deixar tomando conta de busão, dei um ponto pra ele, e até que acostumei com o jeito marrudo do Turco, hoje, o Turco é de falar mais, também aprendeu português e tem o negócio dele, anda se metendo até com os colombianos e com aquela negrada da África, pó, muito pó, o Turco virou gente fina, anda pra cima e pra baixo de carango importado, mora no Morumba, não é mais aquele porrinha que vinha lá do escambau com uma mão na frente outra atrás, hoje, o Turco tá abonado, tem o ponto dele, os caras dele, o Turco é da pesada, mas, precisando do Turco, ele é ponta firme, é só bater uma linha *ó Turco, queria trocar uma idéia contigo, tem um carinha dando uma de folgado no pedaço*, sabe, hoje, não posso mais mexer com esses troços de ficar apagando carinha eu mesmo, por isso, que peço pro Turco, e o Turco ponta firme, tá ligado? esse Turco é nos conformes, mas só nos negócios, não quero papo com ele, meio loque o cara, seu Habib não, gente fina, mas o Turco, meu..., não escutou por aí aquela história das gordas? pois foi ele mesmo que aprontou com as gordas do Maminha, o Maminha sabendo que o Turco é meu chegado e bronqueado com o Turco, ele que se foda, eu sou mais o Turco, ainda sabendo que ele barbarizou as minas *dá um plá com ele, Mineiro, o*

Turco me fodeu com as gordas, eles que são de maior que se entendam, mas um sarro esse Turco, tá ligado? era fissurado no cuzinho de uma gorda, não podia ver gorda que ficava de butuca no anel, depois, não sei por quê, enjoou e começou com essa de orelha, não tô nem aí, meu negócio é outro, se o Turco sempre foi o mó legal comigo, sou eu que vou chamar ele e falando *Turco, vê se te cuida, onde se viu barbarizar as minas do Maminha?* não sou pai nem tio dele, cada um na sua, o Turco não se mete no meu trampo, e nem eu no dele, quando parece que vai ter rolo, a gente resolve numa boa, *Turco, aquele pilantrinha teu chegado, desculpe tá falando, o Lambari, aprontou uma comigo*, sei da força do Turco, não tenho medo dele, e nem ele de mim, tá ligado naquela de respeito? o Turco, é só precisar, que ele é ponta firme, mesmo sendo hoje o que ele é, uma potência, tô dizendo, uma potência, mas não abuso, sei ficar na minha, e pensar que ele, quando veio com uma mão na frente e outra atrás, só parecia um carinha marrudo, metido à besta e xingando o povo *Turco, puta que pariu*

Ø

Negão, matador de aluguel, Lambari, o peixe dos quinhentos mil e orelhas decepadas

Negão enfiou o pente na coronha da automática. Lambari, sentado numa cama com o colchão todo estripado, perguntou:

— Você vai mesmo me apagar, né?

— Vou.

— Já que vai mesmo me apagar, pode dizer quem que mandou?

— O Turco.

— O Turco? Pensei que o Mineiro.

Negão puxou a trava da pistola.

— E o Turco vai me apagar só por cinqüenta mil? Mixaria. Güentei muito mais do Mineiro.

— Você sabe, turco é turco. E depois, se ele deixar passar em branco, ninguém mais respeita. Sem contar que o Turco é assim com o Mineiro, disse Negão, juntando e esfregando os indicadores.

Ele sentou-se numa mesa de fórmica que rangeu, estremecendo sob seu peso.

— Por isso, é melhor que eu te mate agora. Se o Mineiro também anda atrás de você, você conhece a maldade do Mineiro, ele é capaz de te torturar, de te arrancar os bagos.

— Que que o Turco pediu pra fazer?

— Ora, pra te matar.

— Só isso?

— Pediu também pra cortar uma de suas orelhas.

— É, o Turco tem mania de orelha... Mas você só vai cortar minha orelha depois de me matar, né?

— Está me achando com cara de torturador, Lambari?

— Nunca se sabe.

Negão aproximou-se de Lambari.

— Não acha melhor a gente acabar logo com isso?

— Tá bom. Mas queria te pedir um favor.

Negão deu uma risada.

— Se for pra te deixar vivo, impossível.

— Não é isso não. É outra coisa.

— O que é então?

— Você me corta a outra orelha também?

— A outra orelha? Pra quê? Que que vou fazer com duas orelhas?

— Uma você dá pro Turco, outra, pra uma pessoa.

— Que pessoa?

— Te mostro quem é. Pega minha carteira aí na mesa.

Negão voltou o corpo e pegou uma carteira de plástico marrom com o emblema do Corinthians.

— Isso, agora, vê se acha o retrato de uma mina.

Ele abriu a carteira e viu o retrato de uma garota de shorts e blusa vermelha.

— Linda garota, Lambari.

— Pois é, tá vendo o que vou perder? Essa mina me deixou doido, fiz tudo por ela, ela se mandou, e me ferrei. Você acha que mulher faz de propósito querendo ferrar a gente?

— Fora minha mãe, não ponho a mão no fogo por mulher nenhuma.

— Pela Tuca, você punha. Te garanto, disse Lambari.

— Quem que é a Tuca?

— Essa coisinha aí que estou te mostrando. Ela me ferrou, mas ainda tô gamado nela. Mulher é prêmio. Por isso que todo homem tem que se ferrar, se não se ferrar, é porque não gosta de mulher. A maior bichona. Você vê: a gente faz tudo pra elas, dá tudo, até o cu se elas quiserem, mas o cu elas acham pouco, então, elas fogem com a tua grana, e você paga o pato. Eu tenho cara de pato, Negão?

— Por que você está perguntando pra mim?

— Você é um cara legal. Sempre achei você dez.

— Mas sou eu que vou te matar, Lambari.

— Isso não tem importância. Uma hora, a gente tem mesmo que morrer. Mas eu não queria morrer sem que você levasse minha orelha pra Tuca,

— Mas ela não pegou todo teu dinheiro?

— Pegou, e daí?

— Quanto que ela pegou?

— Tudo, me deixou liso.

Negão olhou para o quarto de paredes imundas, com o reboco caindo, a mesa de pernas cambaias, a cama de lençóis encardidos e perguntou:

— Você roubou quinhentos mil dólares e morando num muquifo deste?

— Pra não dar na vista. Ou você achando que ia sair por aí de carango importado? O que eu queria era dar um chá de sumiço e me mandar com a mina pra Jamaica ou pra Aruba.

— Você é mesmo otário. Mas ela te pegou tudo na mão?

— Você acha que eu ia andar com quinhentos mil na mão? Do colchão, ela levou os cinqüentinha do Turco. O resto numa conta da Suíça.

— E como que ela sabia da conta?

— Eu que disse, ora.

— Você é trouxa, Lambari.

— Sou trouxa, e daí? Pra Tuca, eu dava tudo, até o cu. Mas ela não queria meu cu, queria a grana. Aproveitou de mim, me roubou na cara dura. Aproveitou que fui resolver uns negócios em Santos pro Turco. Eu me fodemdo lá e, quando chego aqui no pedaço, o que que eu vejo? O colchão todo furado, e a grana, bau-bau. Desconfiei, ligo pra Suíça, e disseram que a conta zerada. Tô numa roubada, você pode ver. Ainda por cima, ela me dedou pro Turco. Não tô nem aí, sem a Tuca, o que que é a minha vida? Por isso que te peço: dá a minha orelha pra Tuca.

Negão consultou o relógio, deu um suspiro e disse:

— Tem um problema: onde é que vou encontrar a tal da Tuca? E, depois, você acha que vou ficar andando de um lado pro outro com uma orelha? Orelha é de carne, orelha apodrece.

— Te dou o paradeiro da mina, Negão. A orelha, você põe no formol ou no sal grosso.

— Outra coisa: quem disse que ela vai querer saber da tua orelha? Acorda, ela te deixou.

— Mas gamada na minha orelha. Só de morder a pontinha, sentia tesão. Falava: "coisa mais fofinha".

Negão aproximou-se mais de Lambari e perguntou:

— Qual orelha que vai pro Turco e qual orelha que vai pra Tuca?

— A com o brinco pra Tuca. Ela que me deu.

— Você ainda não disse o paradeiro dela.

Lambari voltou a apontar a carteira.

— Tem um papelzinho aí dentro com o endereço dela. A Tuca marcou bobeira, esqueceu de jogar o papel fora.

Negão desdobrou o bilhete e leu: "Endereço em Paris: rue des Capucines, 127, 4º andar, Paris, t. 745689".

— Porra! Isso fica na França!

— É na França mesmo.

— E você quer que eu vá até Paris pra entregar a tua orelha pra tua ex-garota! Por que você não foi antes de eu te pegar?

— Ir pra quê? A Tuca já tinha me matado antes de você chegar.

— Está parecendo até história do Hemingway...

— Quem o cara? Chegado seu?

— Não, não é chegado meu.

— Então, quem que é ele?

— Esquece...

Negão levantou-se da mesa e disse:

— O negócio é você querer que eu vá pra Paris...

— Não precisa ir agora. Você tá sempre viajando. Quando for pra Paris, você entrega.

— E você acha que vou passar pela alfândega com uma orelha?

— Tudo bem, se der rolo, você joga na privada.

Negão refletiu um pouco e depois disse:

— Engraçada essa tua história com uma orelha. Me faz lembrar do Van Gogh.

— Quem o cara?

— Era um pintor francês.

— O que que ele pintava?

— Ah, coisas comuns: comedores de batata, campos de trigo com corvos, um quarto com uma cama e uma cadeira...

— E o que que esse cara tem a ver com a minha orelha?

— Bem, o fato é que ele mandou a orelha para um amigo, o Gauguin...

— Nada a ver, Negão. Esse boiola aí mandou a orelha pro amigo, eu estou mandando pra minha mina.

— É, parece que não tem mesmo nada a ver. Só estava me lembrando da história, disse Negão, atarrachando o silenciador no cano da automática e perguntando em seguida: mais alguma coisa, Lambari?

— Acho que não.

— Em que lugar você prefere que eu atire?

— Onde dói menos?

— Dizem que na cabeça. Você morre na hora e não sente nada.

— Em compensação, é sangue pra tudo quanto é lado.

— Mas te asseguro que você não vai ver coisa nenhuma.

— Tá bom, tá bom, mas vê se não estraga a orelha.

Lambari levantou o dedo, fazendo sinal de positivo e disse:

— Sem bronca, Negão. Bye.

— Falou, Lambari. Boa viagem.

Negão apontou a pistola e atirou na testa de Lambari. O sangue espirrou, manchando os lençóis com sangue e pedaços de miolos. Lambari deu um grito e caiu estatelado de costas. Negão metodicamente desatarrachou o silenciador. Depois, tirou uma navalha do bolso e, inclinando-se sobre o corpo de Lambari, cortou-lhe as orelhas. Negão limpou a navalha no lençol encardido, levantou-se e saiu do quarto, fechando a porta atrás de si.

ζ

A Voz da Noite

o que é a verdade? pergunta-lhe a sombra, ele prefere calar-se e parece-lhe então vagamente ouvir a sombra dizer *lavo as mãos do sangue deste justo*, e ele murmura *mas meu Pai não me abandonará* e volta os olhos para o céu, e o Pai não o ouve, ou será que nunca houve Pai? interroga-se com terror, então de quem sou filho? da Noite? em que mergulha, o vento conduzindo-o em turbilhão e, de onde está, os vê, como formigas, escalando os cimos, onde sabe que um dia esteve ou sonhou que esteve, e os vê roubando-lhe partes de sua luz e os vê, com ela, semeando a dor, o terror, a discórdia e, alucinados, os vê voltarem-se contra si, que nas costas sente as chibatadas e tormentos sem fim, só porque os amei? e a sombra sopra-lhe ao ouvido: *quem foi ao vento perdeu o assento*, e seu trono de ouro todo marchetado eles tentam escalar e, muito abaixo, as negras potestades erguem os braços aos céus, dele escarnecendo, cantando profanos hinos de vitória e, fechando os olhos, ele, prisioneiro de uma história sem fim nem começo, pela primeira vez, chora e, atormentando pelas lágrimas, acorda em todo Seu esplendor, cercado por legiões de anjos, arcanjos e serafins, assentado no trono de ouro todo marchetado e, então, toma ciência, com um bocejo, de que será contemplado mais uma vez com a monotonia do espetáculo da Sua Glória, enquanto, distraída, a mente, com um arrepio de prazer e horror, interroga-se mudamente *e se, na confusão da Noite, Eu ousasse mergulhar?*

∅

Turco, comedor de quibes e esfihas, e colecionador de orelhas

Turco pegou mais um quibe da bandeja, temperou-o com limão e engoliu-o de uma só vez. Apanhou uma esfiha, mas, antes que pudesse levá-la à boca, bateram à porta. Turco limpou as mãos cheias de gordura na toalha de feltro da mesa e gritou:

— Entra.

Negão entrou, sentou-se diante da escrivaninha e, sem dizer nada, entregou-lhe um embrulho de papel cor de rosa.

— É a orelha?

Negão balançou a cabeça confirmando.

— Ah, então, já apagou o cara?

— Apaguei, mas não encontrei o dinheiro.

— Sabia que você não ia achar a grana. Quer um quibe?

Ele balançou a cabeça dizendo que não.

— Lambari não é otário, ou melhor, não era otário. Vai ver que a grana com o cacho dele, disse Turco.

— Foi o que ele disse. Que a garota fugiu com o dinheiro pra Paris.

— Você apertou muito pra ele contar?

— Não apertei nada. Lambari contou tudo espontaneamente.

— Você fala difícil, Negão, disse Turco, cuspindo pedaços de quibe sobre a mesa. Devia de ter estudado pra adevogado. Assim, podia quebrar uns galhos pra mim. Tô com o saco cheio do doutor Marrom. O cara vive me engrupindo.

Turco abriu o pacote e ficou algum tempo apreciando o conteúdo. Em seguida, apanhou uma caixa de laca e suspendeu a tampa. Dentro dela, havia escaninhos de veludo vermelho com orelhas. Sorrindo satisfeito, arrumou meticulosamente a orelha de Lambari num espaço entre duas outras.

— Por que você deixou este espaço entre as orelhas? Perguntou Negão.

— Porque recebi a orelha de um presunto ainda hoje. Como você apagou o Lambari ontem, o lugar da orelha dele ficou reservado.

— Nada como a organização, não é, Turco?

Turco riu satisfeito, e Negão tornou a perguntar:

— Tem outra coisa: se você guardar a orelha desse jeito, ela não apodrece?

— Tô pondo aqui só pra ver como fica. Depois, deixo um tempo no formol.

Turco fitou Negão no fundo dos olhos.

— Por falar neste último presunto, você não reconhece a orelha?

Negao levantou-se, veio até o estojo de veludo e examinou detidamente a orelha.

— Não, não reconheço.

— Olha bem, Negão.

— Parece de mulher.

— É de mulher.

— Você anda mandando matar até mulher, Turco?

— E por que não? É tudo orelha.

Turco fechou o estojo e pegou mais um quibe.

— Queria te pedir mais um favor.

Negão acomodou-se melhor na cadeira.

— Pois não, Turco.

— Você não quer dar uma chegada em Paris?

— Esperava que me fizesse esse convite.

— Quero que pegue a grana que roubaram de mim e do Mineiro.

— A do Mineiro também?

— Isso mesmo. Tô devendo um favor praquele filho da puta.

— Você quer que eu traga a grana pro Brasil ou deposite no banco da Suíça?

— Não precisa fazer nada disso. Só pega a grana e apaga a filha da puta que me roubou. A grana você entrega prum contato meu. Ele acerta as contas com você.

— Você é que manda. Posso saber quem é o contato?

— Pode, mas você não conhece. É o Reverendo.

— Reverendo? Não, não conheço. De onde que ele veio?

— Novo no pedaço. Veio do Norte. Meio loque, mas bom de berro.

Turco pegou mais uma esfiha e perguntou:

— Você não tá achando ruim ir pra Paris outra vez, Negão?

— Não, até que não estou. Aproveito pra ver umas coisas do Baudelaire.

— De quem?!

— Bau-de-lai-re.

— Cara que eu conheço?

— Com certeza não.

— Que que ele faz? Transa droga?

— Haxixe.

Turco abriu um sorriso.

— Tá abrindo negócio novo e pondo o velho Turco de lado?

— Nada disso, Turco. Não transo droga. Meu negócio com o Baudelaire é outro.

— É bom que não transa. Você sabe que tenho bronca de cara me passando a perna. Veja o Lambari: o maior traíra. Era um filho pra mim. Tirei o cara da merda. E o que que ele fez? Na primeira oportunidade, tentou me engrupir.

— Quer que traga a orelha da garota? Perguntou Negão, levantando-se.

— Mas é claro, querido! Mais uma pra minha coleção.

Negão já estava quase junto à porta, quando o Turco disse:

— Uma outra coisa: quando for cortar a orelha da mina do Lambari, fala pra ela que ninguém faz o Turco de trouxa e que quem tentar fazer acaba sem orelha. Você não esquece de dizer isso?

— Pode deixar que não esqueço.

— Não vai esquecer. É importante.

— Fica descansado.

Negão abriu a porta, saiu, e o Turco aproveitou-se para enfiar duas esfihas de uma só vez na boca.

Δ

procriei-os, imaginando-os como tolos, pascácios, pacóvios, ignaros, papalvos, lorpas, parvos, mas, com a pretensão de narcisos, gerando-se espontaneamente, com a pretensão de o cordão cortar, se fizeram mais que o pobre barro prometia, elfos de argila, bonecas de porcelana, astros de alabastro, por isso mesmo, em que pesasse à deserção ao que planejei, ainda que planejando castigos futuros, orgulhei-me da condenação à desdita, como se tivessem a marca rubra dos desatinados, & o desatino alteia-me, faz-me crer que não estou só, o desatino, digo, não o amor, como os pobre eretores de ídolos fizeram crer por séculos afora, a esses, sentei-os a minha mão direita, como se arremedo fossem de meu filho que ungi, um dia, & que, indiferente, o esqueci &, desses, que ninguém me ouça, aprendi algumas lições, que em nada afetam a fímbria da túnica do meu orgulho, porque de onde também viriam as trevas senão de meu maleável Ser? se me espelho em espelhos, descubro, em minha alma poliédrica, feições que desconhecia possuir — é próprio do ser que sou lembrar-me de tudo, esquecer tudo e povoar o espaço de ordem & balbúrdia, assim, invisto em mim próprio como espetáculo: impossível não me divertir com a comédia que, se laivos de tragédia sonha ter, é somente na imaginação de quem a perpetra,

porquanto me rio quando o sangue, o riso, às lágrimas se mistu-
ram em babélica atoarda & deixo-os que se ajustem ou que pensem
que se ajustem, às vezes, mesmo em nome de ou às custas de um
justo, a quem caberá a humilhação & a desgraça, enquanto o que
vivem é confusão & desordem, o pânico sorridente vestindo a túni-
ca cheia de guizos & o próprio rei se destrona, um rei que, imitan-
do a mim, desfigurou-se, movido por cordéis que nem eu mesmo sei
quem manipula, graças à minha onisciência: quem tudo vê nada
vê &, assim, ouço-os dentro da noite, malgrado a luz que procurei
instalar & nem sei mesmo de onde provém, se de mim, se de astros
com que povoei um espaço tão grande que dentro dele me perdi &
às vezes me busco, nada encontrando, a não ser uma imagem, de
um deles roubada, quem diria, quão rasteira, vazia, vem sendo a
minha alma, que, enojada de si, dá a medida da confusão em que
me meti: perdi-me dentro de mim porque sou labirinto &, agora,
só tenho saudades de mim & irrita-me, cansa-me o espetáculo, a
comédia ou seja lá o que for, vá! que tragédia seja, já que o que-
rem, pela pouca eternidade que viveram, repetindo sempre o mes-
mo canto, acompanhado de um contracanto, em que se vêem com
máscaras festivas, com a ilusão de que são outros, registrando em
pergaminhos, em superfícies de papiro ou de linho, aquilo que
pensam ser o espanto, & eu que sonhava em vencer o tédio de mim
mesmo, do eu sonhando sonhos abortados

$\Leftrightarrow$

Moon e os paraísos artificiais, Lambinha e a história dos peixes: o lambari herói e o vilão tubarão

Moon. Cabelos loiros, encaracolados, três brincos de ouro, em forma de argola, mais três brincos de pedrinha azul na orelha esquerda, um brinco em forma de cruz na orelha direita, mais dois pierces em forma de argola na narina e no seio direito, cinco, seis colares de missangas em torno do pescoço, uma pulseira de chifre de boi, dez outras, de alumínio, no punho e sete anéis de prata nos dedos.

— Mãe...

— Já vai, Lambinha. Pera um instantinho.

Na colherinha, esquentada pelo isqueiro, fervia a infusa de água destilada e cocaína. Depois, o braço esquerdo era fortemente apertado pela borracha até que uma veia saltasse. A boca cheia de saliva, antegozando o prazer, Moon apanhava a seringa, mas a voz de Lambinha, vinda do outro quarto, tirava-a do enleio:

— Mãe, você não vem?

— Já vou, Lambinha, já vou. Espera um instantinho.

A agulha furava a veia, a cocaína entrava na circulação, Moon caía de costas nas almofadas, semicerrava os olhos e suspirava fundo: ouvia então nitidamente a voz da

Gorda cantando *Summertime*, e o rosto dela fundia-se ao do Magro dirigindo a Harley, ao lado do cabeludo, numa estrada da California, Moon via-se então nua, banhando-se numa cachoeira, como faziam as ripongas em Woodstock, ao embalo de uma voz enrouquecida que pedia o pequeno auxílio dos amigos.

— Manhêêêê...

O Barbicha das aranhas, levantando-se do túmulo, fazia-lhe o sinal de paz e amor. Moon, embalada pelo rock, dançava mesmo deitada, e a voz de Lambinha parecia vir de muito longe, como do fundo de um lago, e ela lhe gritava de volta:

— Sai da água, amor, você pode se afogar, cuidado, Lambinha.

Mas depois se lembrava de que ele era um peixe, um lindo peixinho dourado, e filetes de ouro brilhavam diante de seus olhos, as mãos estendidas, ela tentava apanhá-los, mas eles desvaneciam-se, ela sorria, e um grande dragão verde flutuava no ar, protegei-me, Grande Krishna! o mal vindo nas asas do Demônio, protegei-me, meu Pai Iansã! protegei meu peixinho lindo, e o peixinho dourado entrava na boca do dragão, não, não, não pode ser, protegei-me, meu doce Krishna! E um grito agudo crescia na noite:

— Vem logo, mãe. Você me prometeu a história!

A boca cheia de saliva, os olhos semicerrados, ela dizia toda mole, tentando se levantar:

— Um instantinho, Lambinha, mamãe já vai.

E o dragão, sob o influxo da prece mágica de Krishna, ia-se aninhar mansamente em seu colo, a bífida língua presa no anel de argolinha que pendia de um dos seios, o perfume do incenso crescia na noite e invadia-lhe a narina, tô doidaça, meu, tô doidaça, paz e amor, bicho.

— Manhê! Vem logo!

Moon esticava o braço, agarrava-se à cômoda e, com

um esforço que lhe pareceu sobre-humano, foi-se erguendo pouco a pouco até que tivesse à altura do rosto as estatuetas de bronze de Indra e seus muitos braços, Krishna, Vishnu, Shiva, o incensário, também de bronze, em forma de serpente, decorado com fragmentos de pedra lazúli. Mais acima, presos ao espelho, com fita durex, recortes de jornal e fotografias de ídolos do rock, um pôster da pequena notável e suas bananas e, pendente de um prego, um rosário de grossas contas e fitas azuis, verdes, vermelhas do Senhor do Bonfim.

— Mamãe tá indo, Lambinha, disse com a voz mole, aprumando-se e começando a andar.

O menino abriu os braços, e ela, caindo na cama a seu lado, beijou-o, dizendo:

— Meu peixinho dourado, meu Lambinha!

— Vai, mãe, conta a história.

Ela bocejou, fechou os olhos, viu novamente a névoa dourada. A um safanão do filho, abriu os olhos e, já resignada, perguntou:

— Que história você quer?

— A dos peixes.

— A dos peixes?! Mas esta já te contei trossentas vezes.

— Vai, conta mais uma vez.

— Se quiser, conto a da festa no céu, você sabe aquela nas nuvens que só podia ir bicho de boca pequena, e o sapo, quando soube disso, fechou a bocona e disse: "coitadinho do jacaré!"...

— Não, não gosto desta, quero a dos peixes.

— Então, se quiser, conto a da mulher que fez o bolo pro menininho, veio o macaco malvado e...

— Não gosto dessa, quero a dos peixes...

Moon deu um suspiro, ajeitou-se melhor na cama e disse, à guisa de preâmbulo:

— Você sabe, Lambinha, você sabe que na vida não vence quem é mais grandão, quem é mais forte, às vezes, você é pequenininho, como você, e pode ter mais poder que um grandão, tem que usar a cabeça, tá ligado?

— Já sei, você já me disse isso.

— Mas você precisa guardar esta idéia com carinho bem lá no fundo da sua cabecinha..

— Já sei, mãe! Conta a história!

Moon deu outro suspiro.

— Tá bem, tá bem, lá vai a história:

"Era uma vez, um lago muito bonito, de águas azuis, com muitas flores nas margens, e tinha o rei-peixe do pedaço, D. Manjubinha, que quis dar uma festa. Então, ele foi a um bufê..."

— O que que é bufê?

— É um lugar que faz doce, bolo, salgadinho, tá ligado?

— Entendi, continua.

"D. Manjubinha foi ao tal do bufê, comprou coxinha, empadinha, quibe, sanduíche de metro, um bolo bem grande de chocolate, comprou muitos brigadeiros, olhos-de-sogra..."

— Mãe, que que é "olho de sogra"?

— Um doce feito de ameixa e ovo.

— Bleagh! Odeio ameixa.

— Mas tem gente que gosta!

— Eu não gosto.

— Escuta, Lambinha, você não pediu pra eu contar a história? Então, fica quieto e escuta:

"Depois de comprar os doces, ele convidou tudo quanto é peixe: o senhor Robalo, a dona Baleia..."

— Mãe...

— O que é?

— Tem uma coisa: acho que baleia não é peixe...

Moon deu um suspiro e perguntou:

— Como que não é?

— A tia da escola que disse.

— Ela disse que baleia não é peixe? Que tia mais ignorante. Baleia vive na água...

— Mesmo assim, ela disse que a baleia não é peixe.

— Tá bem, a tia disse que não é, mas, pra gente, faz de conta que é, tá ligado?

— Tô, continua.

— Continuando,

"o professor Pintado, o doutor Bacalhau..."

— O jacaré.

— Jacaré não é peixe, Lambinha.

— Se baleia pode ser peixe, jacaré também pode.

— Tá bom, você venceu: jacaré é peixe.

"o padre Jacaré, o poeta Cavalo-marinho, o soldado Polvo, a freira Lagosta, o jornalista Pirarucu, o conde Filé de Pescada, o ministro Salmão, o empresário Dourado, a linda atriz Truta, o general Tubarão..."

— Mãe, a história não era no lago?

— Sim, era no lago, no reino de D. Manjubinha.

— Então, não podia ter tubarão, tubarão vive no mar, disse o menino, levantando-se da cama.

— Deita aí, Lambinha, que eu te explico: era que o general Tubarão veio do mar pelo rio e o rio chegava no lago.

— E ele não ficou engasgado com a água do rio?

— Não, ele estava usando *snorkel.*

— *Snorkel?* O que que é isso?

— Aquela máscara de mergulhar.

— Ah, tá bom, continua.

"a princesa Ostra, o barão Siri Patola, o lambari Lambinha. D. Manjubinha, que morava num palácio de cristal, estava dando a festa porque queria casar a filha dele, uma peixinha muito bonita, chamada Manjubeta, com o peixe mais rico de todos, o empresário Dourado..."

— Por que com o empresário Dourado? Ela não casou com o Lambinha?

— Deixa de ser apressado, Lambinha! Primeiro, preciso contar o que D. Manjubinha queria, depois, é que eu falo do Lambinha.

— Ah, tá certo, continua.

"Então, D. Manjubinha deu a festa e, no começo, só vieram os peixes bonzinhos que..., vieram... os peixes bonzinhos..."

— Manhê! Gritou Lambinha, sacudindo Moon.

— O quê? Respondeu ela bocejando.

— Você tá dormindo!

Os olhos de Moon ofuscaram-se com a névoa dourada da luz do abajur decorado com imagens do Mickey, do Pateta, do Tio Patinhas. Quase dormindo, ela perguntou bocejando novamente:

— Eu não podia continuar a história amanhã, meu fofo?

— Não, eu quero hoje, você prometeu.

— Tá bem, tá bem, você venceu. Onde eu tava mesmo?

— Você tava falando que no começo da festa só vieram os peixes bonzinhos...

— Ah, tá bem...

"Quando o empresário Dourado veio, trouxe pra Manjubeta um colar de pérolas, um brinco de diamantes, um anel de brilhantes e um cofre cheio de moedas de ouro, mas a Manjubeta nem ligou pra nada disso porque se amariava no Lambinha que era pobre, mas sabia das coisas..."

— E o Lambinha, onde tava?

"O Lambinha tava nadando na floresta de coral, procurando o melhor presente do mundo pra dar pra sua querida Manjubeta, uma rara flor azul..."

— Manhê, uma flor azul vale mais que um colar de pérolas, um anel de diamante e moedas de ouro?

51

— Claro que vale, Lambinha! A flor azul é muito especial, não existe em nenhum lugar no mundo...

— Se não existe, como é que ele achou?

— É que o Lambinha era um peixinho batuta. A flor azul era como o sonho dele, tá ligado?

— Falou.

"Então, quando ele apareceu com a flor azul, a Manjubeta jogou fora os anéis, os brincos, as moedas de ouro e disse que queria casar com o Lambinha. É claro que D. Manjubinha não gostou e ficou muito bravo. Mas a Manjubeta esperneou, gritou e disse que só se casava com o Lambinha. D. Manjubinha fingiu que aceitava, mas mandou chamar o general Tubarão e disse que se ele comesse o Lambinha ganhava quinhentos mil dólares e também a mão da Manjubeta. O general Tubarão gostou da idéia, porque a coisa que mais gostava de fazer era comer peixes. Pra começar, nhac!, comeu D. Manjubinha, depois, nhac!, comeu o Robalo, depois, nhac!, comeu o Dourado, depois, nhac!, comeu o Jacaré..."

— O Jacaré? Impossível.

— Como, impossível?

— Jacaré tem aquela pele dura que nem tiro, nem faca pode entrar.

— Mas o dente do tubarão pode. É mais afiado que facão, que gilete, que tudo...

"e nhac! nhac! nhac!, foi comendo toda a peixarada. Aí, os peixes que sobraram resolveram lutar contra o Tubarão. O Polvo, que tem aquele monte de braço, agarrou a cabeça do Tubarão, o Siri Patola veio e começou a dar picadas com aquelas patas grandonas, mas o tubarão era mais forte e comeu os dois de uma só vez. Quando não sobrou mais ninguém, ele lembrou do Lambinha e da Manjubeta e saiu procurando aqueles dois. Mas o Lambinha, muito esperto, sabia que não dava pra enfrentar o

Tubarão assim no braço. Como ele era pequenininho, se escondeu num buraquinho com a Manjubeta. O Tubarão chegou e, vendo que não podia comer o Lambinha, disse *Lambinha, Lambinha, deixa eu ver seu dedinho.* O Lambinha, muito esperto, pegou um fiapo de alga envenenada e mostrou pro Tubarão. O Tubarão, que não enxergava direito, pensou que fosse um dedinho e, nhac!, comeu. Não demorou muito, sentiu uma dor de barriga muito forte, começou a vomitar..."

— Mãe, ele não tinha remédio?

— Não, não tinha.

— Tá bom e depois?

"No outro dia, o Tubarão voltou, disse a mesma coisa, o Lambinha deu pra ele outro raminho de planta envenenada, e ele comeu, pensando que era o dedinho do Lambinha. Começou a vomitar, a vomitar até que explodiu, buuuummmmm! E era pedaço do tubarão pra todo lado. Então, o Lambinha pôde sair do buraquinho com a Manjubinha, eles se casaram, tiveram muitos filhos e foram felizes pra sempre".

— Manhê, Lambinha sacudiu a mãe.

— Quê? Ela disse, bocejando mais uma vez.

— Se o Tubarão tinha comido os outros peixes, sabia como era o gosto deles.

— E daí?

— Bem, você disse na história que ele comeu as ervinhas pensando que fossem os dedinhos do Lambinha...

— Isso mesmo.

— Então, o tubarão era muito besta.

— Isso mesmo Lambinha..., isso mesmo..., Moon voltava a fechar os olhos.

— Manhê...

Lambinha sacudiu novamente a mãe, mas ela já ressonava, mergulhada em seu sonho dourado.

— Manhê...

Como ela não respondesse, Lambinha enfiou o dedo na boca e começou a chupá-lo. Depois, tirou o dedo da boca e disse dando um suspiro:

— Acho que nunca mais vou comer salada.

∅

Lambari, Tuca, Turca, o eu transcendental e o Movimento Muçulmano Feminista

— É o que te falo, Lambari, a gente tá tudo errado, saca. A gente tá vivendo uma ilusão. Você pensa que o real é o que você manja como real, mas você nunca fica na real, você vive fora do real, porque pensa que ficar na real é curtir esses bagulhos todos, cartão de crédito, carrão de luxo, roupa nova, o consumismo da civilização ocidental, mas, na civilização ocidental, manja, meu, ninguém é ninguém, a gente é jeans, Coca-Cola, Kibon, IBM, tá ligado?

Lambari beijou Tuca e disse:

— Já saquei. Você tem trocado idéia com a Turca, né?

— Tenho.

— Pra mim, aquela turca é sapatona. Não pode te ver, que fica babando.

— Pô, Lambari, sai dessa. A Turca é cabeça. Sabe que ela ajudou a descobrir meu eu transcendental?

— Que que é isso?

— Ela disse que eu era um objeto do prazer e me ajudou a descobrir o eu dentro de mim.

— Papo aranha.

Lambari beijou o calcanhar de Tuca, depois, a batata da perna.

— Sabe, Lambari, a tua coisa mais sexy?

— Já sei, minha orelha.

— A tua orelha. Se você fosse só tua orelha, eu me gamava em você.

— Pois eu gamo tudo em você, Tuca. O teu pé, o teu calcanhar, a tua perna, a tua bunda.

— Você só me vê como objeto sexual e esquece que tenho um eu interior.

— A Turca que disse?

— Que que tem que foi a Turca que disse? Tá com ciúme?

— Eu com ciúme da sapata, Tuquinha?

— A Turca é cabeça, meu, só você que não vê. Ca-beça. Outro dia, fui na casa dela, ela mandou eu tirar a roupa...

— Não disse que era sapata?

— Pô, Lambari, você só pensa nisso, disse Tuca, fechando a cara.

— Desculpa, conta a história de você pelada. Me dá tesão.

— Que tesão o quê! Ela me mandou ficar pelada na pose do hata-yoga...

— Que que é isso?

— Como você é ignorante! Hata-yoga é esta posição, disse Tuca, sentando-se na cama e cruzando as pernas e juntando as mãos.

— Isso que é hata-yoga?

— Também isso, mas tem outras coisas: concentração espiritual, negação do espaço e do tempo, contemplação do nada, esquecimento do sofrimento do corpo e, aí, pimba!, a gente chega no Nirvana. Você sabe o que é o Nirvana?

— Um bando de metaleiro.

— Sai dessa, Lambari! Nirvana é o estágio superior, onde o eu desaparece, e você é planta, árvore, rio, pedra, bicho, tá ligado?

— Parece negócio espírita...

— Nada a ver, Lambari.

Tuca começou a mover as mãos como se voasse.

— Detonou um baseado?

— Detonei, mas tô numa boa.

Lambari abraçou Tuca por detrás e beijou-lhe o pescoço.

— Ô Lambinha, se eu te pedisse uma coisa, você fazia?

— Tudo o que quisesse.

— Tudo mesmo?

— Tudinho, Tuca.

— Então, eu queria que você me desse a grana.

— Que grana?

— A grana que güentou do Turco e do Mineiro.

Lambari tirou os braços do corpo de Tuca.

— Te dar a grana? Toda?

— Todinha. Quero toda a grana.

Lambari deu uma gargalhada.

— Pra que que você quer toda a grana?

— Uma idéia que eu tenho.

— Se você não contar, não te dou.

Tuca abraçou Lambari e mordeu-lhe a orelha.

— Meu tesãozinho, faz a vontade da tua Tuquinha.

— Mas o que que você vai fazer com quinhentos contos?

— Vou dar pra Turca.

— Pra Turca?! Você tá doida.

— Não, não tô doida.

— E o que que a Turca vai fazer com a grana?

— Ela vai usar no MMF.

— MMF? Que que é isso?

— Movimento Muçulmano Feminista.

Lambari pulou da cama e disse:

— Você tá brincando! Você tá tirando sarro da minha cara!

— Juro por Deus, Lambari. Nunca falei mais sério na minha vida.

Lambari aproximou-se, agarrou Tuca pelos ombros e gritou:

— Porra, me explica, pra que que serve essa merda?

— Ei, Lambari, fala com mais respeito. O MMF é um movimento novo, cabeça. É um movimento que quer a libertação da mulher.

— Mas pra que tanta grana?

— Pra comprar arma.

— Arma pra quê?

— A gente vai matar o presidente da França.

Lambari balançou a cabeça.

— Entendi: vocês fundaram a porra de um movimento e querem agora matar o porra do presidente da França. Que que o cu tem a ver com as calças?

— A França é a responsável pela repressão aos movimentos islâmicos. Se a gente matar o presidente, todo mundo vai conhecer o MMF.

Lambari pôs as mãos na cintura.

— Posso saber quantas pessoas têm nesse movimento?

— Por enquanto, só eu e a Turca.

Lambari foi até o guarda-roupa e arrebentou a porta com um murro.

— E você andando com essa porra louca! E você pensando que eu vou te dar quinhentos mil só pra torrar nessa porra de MMF! Tá louca, Tuca? Tô gamado em você, faço o que você quiser, menos ajudar essa Turca, menos queimar quinhentos mil na porra do MMF.

Tuca abaixou a cabeça e disse com voz sentida:

— Você tá me magoando, Lambari. Não precisava ser grosso. Pra você, isso não é importante, pra mim, é muito importante. A Turca ajudou a achar meu eu transcendental. O MMF vai ajudar muita gente a encontrar o eu transcendental, principalmente as mulheres. Por isso que você precisa dar a grana.

— De jeito nenhum. Quero que essa Turca e o MMF se fodam! Se você der um puto pra Turca, vou atrás de vocês duas e dou um cacete nela! Juro por Deus!

Tuca levantou-se da cama e veio com o dedo em riste na direção de Lambari.

— Então, vou te roubar a grana e dedar você pro Turco.

— Você não tem coragem de fazer isso.

— Não tenho, é? É só você não me dar a grana, que te fodo.

Lambari abriu o guarda-roupa e pegou um casaco de couro.

— Larga de ser besta, Tuca. A grana é tua também. Você sempre soube o número da conta na Suíça. O que eu não quero é que gaste com bobagem.

— Onde que você vai?

— Acertar um negócio em Santos. Fico lá uns quatro dias. Enquanto isso, arruma os bagulhos, que a gente viaja no fim de semana. Já pensou nós no Caribe? Bye, Tuca.

Lambari saiu, Tuca voltou a deitar-se na cama, as mãos sob a cabeça. Depois de alguns minutos, ela se levantou, pegou o telefone e discou um número.

— É a Turca? Oi, Turca, aqui é a Tuca. Ô Turca, acho que já arranjei a grana... Quanto? Quinhentos mil. Tá ligada? Mas tem um porém: a gente precisa viajar logo, logo pra Europa. Um beijo, tiau.

Tuca pôs o telefone no gancho, voltou a discar e, quando atenderam do outro lado, disse:

— É o Turco? Quem tá falando? Uma amiga... Turco, quer saber quem te roubou a grana?

ζ

Uma Rumba na Jamaica

ao som da rumba, palmeiras verdes balançando as palmas, ele via-se usando uma camisa florida, e o pássaro multicolorido batia as asas, era a rumba, e a pequena notável, que a mãe imitava, usando chinelas de dedo à guisa de tamancos e uma toalha, como se fosse turbante, à cabeça, te beijava na boca, te beijo na boca, tu sempre serás minha e não precisarei gritar teu nome *Carmen! Carmen!* e, quando teu fascínio se esgotar no tempo, ele então gritará *Janis! Janis!* e tu cantarás *Summertime* e, na Jamaica, viveremos sonhos de amor, eu sou teu, tu és minha, viveremos sonhos de amor, eu sou teu, tu és minha, somos nós, eu tão pequeno adormecido no colo teu e, em tua boca, em tua saliva, nadarei feliz, meu aquário de alvéolos, minha semprenoite de prazer, e tu não me deixarás jamais, me embalando como sempre me embalaste: era uma vez..., e ele acredita que todas são iguais à mãe, as princesas com quem viverá no paraíso das histórias encantadas, tu és, princesa, a flor para quem abrirei meu coração de pequeno príncipe, lá onde se bebe o rum e se esquece da vida, lá onde se dança a rumba, a rumba, bá, bá, bá ... — as pancadas na porta, cada vez mais fortes, faziam que Lambari pulasse sobressaltado da cama, corresse até o olho mágico, onde via a imagem de Negão

∅

Barbie, prostituta, faixa preta de caratê e o tarado albino

Barbie tirou as últimas cutículas das unhas e começou meticulosamente a pintá-las. Quando terminou de pintá-las, soprou-as uma a uma. Secas as unhas das mãos, inclinou-se e tirou o algodão de entre os dedos dos pés. Barbie levantou-se do sofá, foi ao banheiro e pôs-se a escovar os cabelos loiros diante do espelho.

— Você tá uma gata, ela murmurou satisfeita.

Barbie abriu o armário e tirou cinco caixinhas de lentes de contato e, disse, apontando-as com o dedo:

— A mamãe mandou eu pegar esta daqui.

Barbie abriu a caixinha escolhida, sorriu e disse:

— Violeta. Hoje a gata vai de Michelle Pfeiffer.

De lente de contato, pintou os olhos, aplicou uma camada de base sobre umas pequenas manchas de varíola na face esquerda e batom vermelho, do mesmo tom das unhas, nos lábios.

Barbie foi ao quarto e pôs-se diante do espelho de corpo inteiro. Sopesou primeiro o seio esquerdo e, depois, o direito. Virou o corpo e contemplou as nádegas. Terminada a inspeção, abriu o armário embutido e demorou longo tempo escolhendo as roupas, antes de se decidir pela minissaia preta de couro, uma miniblusa vermelha, que deixava à mostra o umbigo, e botas de cano longo.

Na República do Líbano, depois de estacionar o Fiat vermelho numa travessa, voltou a pé para a avenida. Na esquina, deparou Andrezza que lhe disse:

— Sabe, Barbie, a bofe da Indianara pegou teu ponto. E disse que não sai de lá nem morta.

— Vamos ver se ela não sai.

— Disse que te corta de navalha.

— E eu sou boba, Andrezza? Ela tá indo, eu já tô chegando.

— Outra coisa, gata. Te cuida. O tarado pegou mais uma.

— Quem?

— A Vanessa.

— A Vanessa?! Coitada, logo ela que tava de bunda nova?

Andrezza suspirou e disse:

— Pois é. O tarado cortou toda a bundinha dela. Te cuida, gata.

— Eu sei me cuidar. Te cuida você.

Barbie seguiu vagarosamente pela avenida. Um Monza parou no meio-fio. Barbie foi até o carro e inclinou-se junto à janela.

— Qual a tua, boneca? Perguntou o motorista.

— Ativa e passiva.

— Quanto o michê?

— Vinte, a chupetinha, quarenta, a completa.

— Não faz a completa por vinte?

— Quarenta, gato.

— Tá caro, boneca.

— Vai te catar, seu bofe! Disse Barbie, saindo de junto ao carro e voltando a andar pela calçada. Barbie chegou num conjunto de árvores, onde havia uma mureta, sobre a qual se equilibrava Indianara vestida somente de fio dental. Ao ver Barbie, ela gritou:

— Vê se te manda!

— Sai dessa, Indi. Você sabe que este ponto é meu.

— Era. Te manda, senão, te corto.

— Então, vem cortar, sua bicha-louca.

— Bicha louca é a mãe!

Indianara abriu a bolsa, pegou a navalha e avançou contra Barbie, que num gesto rápido, fugiu o corpo e aplicou-lhe uma cutilada no pomo de adão. Indianara tropeçou e caiu ajoelhada. Barbie agarrou-a pelos cabelos e disse:

— Conheceu quem manda no pedaço?

— Ai, não me machuca, Barbie, disse Indianara soluçando.

— Não vou te machucar, bicha-louca. Mas some daqui, antes que eu fique nervosa.

— Já tô indo, gata.

Sempre soluçando, Indianara pegou a bolsa, levantou-se e saiu correndo. Barbie sentou-se na mureta, cruzou as pernas e acendeu um cigarro. Não demorou muito, um carro estacionou no meio-fio. Barbie levantou-se e aproximou-se da janela.

— Ativa e passiva. Quarenta, a completa, vinte, a chupetinha.

O albino, os cabelos encaracolados presos num coque, inclinou-se todo em direção do banco direito do carro e disse:

— Primeiro, queria ver tua bunda.

— No motel, você vê minha bunda, gato.

— Queria ver antes de ir pro motel.

Barbie virou-se, suspendeu a saia e abaixou a calcinha.

— Chega mais perto da janela. Tá escuro, não consigo enxergar nada.

Barbie aproximou-se um pouco mais do carro, e o homem disse em voz baixa:

— Eu sou o chicote do Senhor e fui escolhido pra castigar os impios!

Barbie voltou-se rapidamente e surpreendeu o homem com uma navalha. A lâmina riscou o ar, e Barbie fugiu o corpo. O albino perdeu o equilíbrio, Barbie agarrou-o pelos cabelos, sacudiu-o e gritou:

— Te peguei, seu puto!

O albino tentou desvencilhar-se, atacando com a navalha. Barbie deu-lhe uma cutilada no pulso, e ele gemeu soltando a arma. Barbie segurou-o pelos ombros e puxou-o para fora do carro. Quando ele caiu na calçada, levou a ponta da bota na cara. O albino deu um berro e rolou pelo chão. Barbie agarrou-o novamente pelos cabelos e arrastou-o até a mureta.

— Pensou que ia me cortar a bunda, seu filho da puta?

Barbie deu-lhe ouro pontapé na cara. O homem bateu a cabeça na mureta e estatelou-se de vez no chão. Barbie agachou-se ao lado dele, virou-lhe a cara que era uma pasta de sangue e disse:

— Que que eu faço com você agora? Se não fosse tão feio, te comia o cu, mas nem pra isso você presta.

O homem tentou levantar-se, Barbie encostou-lhe o dedo no nariz e disse:

— Fica quieto aí, seu puto.

Barbie foi até a sarjeta e começou a procurar pela navalha.

— Agora, você vai ver o que é bom pra tosse.

Quando voltou, o homem novamente tentava se levantar, apoiando-se na mureta. Barbie acertou-lhe outro pontapé na cara, e o albino caiu desmaiado na calçada. Barbie tirou-lhe as calças, a cueca, virou-o de barriga para baixo e fez-lhe um corte longitudinal nas nádegas. O albino acordou berrando e rolou de um lado para outro na calçada.

— Pra você aprender a ficar cortando a bunda das meninas. Agora, te manda, antes que te corte os bagos.

O homem ergueu-se cambaleando, as mãos segurando as calças. Sempre gemendo, entrou no carro e ligou o motor. Antes de partir, porém, gritou:

— Você me paga, sua filha da puta!

— Vai te foder, seu bofe! Gritou Barbie para o carro que se perdia na distância.

Δ

eu crio, eles, emulando, nomeiam os embrionários seres, gônadas projetadas em placentárias formas: larvas, algas, polvos & todos os dragões atroando os ares com o jurássico peso: ankylossauros, ictiossauros, pterodáctilos & todos os aquáticos de couro & escamas, nos bojudos ventres, penitenciando jonas: celecantos, tubarões, baleias & todos os rastejantes, amigos da noite, do lodo & da perdição das almas: víboras, gaviais, komodos & todos os similares dos anjos, gráceis, desafiando o cimo de montanhas: garças, águias, condores & todos os zumbidores, amigos de insídias: abelhas, moscas, poupas, sagrando-se em primaveras & os de sonhos, todos os que os doentes da imaginação conceberam: mantícoras, mirmecoleões, basiliscos & todos os terrestres, simulacros de sol: ursos, antílopes, tigres & os símios, estes que, tentados pela tentação do demo, tornaram-se macacos de Deus &, assim, fizeram meu retrato em pequeno, homem

⇔

Julieta aprisionada no corpo de Romeu, um verso de Casimiro numa tarde fagueira e comprimidos de Anaciclin, ele/ela mais que Tuca

ah, como se glosando um verso do adolescente Casimiro, *a luz da aurora me intumesce os seios*, lido ao balançar de uma rede, numa tarde fagueira, à sombra dos laranjais, onde, entre os troncos, celebrando os rituais dos troca-trocas, *ponho em ti, tu põe em mim*, Julieta, em corpo de Romeu, *tu põe em mim, eu me abro pra ti*, crisálida, esperando a hora de, transformada em lepidoptero formoso, para, abrindo as asas, ganhar os ares, *quem sou eu?* ele nu, mergulhando de madrugada na fonte da praça da Sé, e outros nus, todos tesos, a rola aflita do Casimiro, ele se fazendo de ela, o prazer consentido e ardentemente procurado, *veadinho, veadinho*, veadinho, não, mulher do Gambá, fazendo-lhe as vontades, mas querendo porque querendo ter o corpo de Tuca, os peitinhos aparecendo na blusa, a racha no meio das pernas, *tu não tem racha, veadinho, os caras ficam comigo quando eu quiser, cuzinho não é nada perto de xeta*, à noite, sonhando-se formosa, os peitos crescendo dentro da blusa, um retrato de corpo inteiro da Close numa banca de jornal, nua, ela também que chegou a fazer as ruas e, depois, iluminando as páginas das revistas, o sexo diminuto escondido em meio às coxas, depois, ouvindo dizer que operada na Suíça e casava com um bofe lindo de morrer, ai, a Cinderela que, em vez de sapatinho de cristal, experimentava no pé a escandalosa sandália de salto alto e longas tiras, número 40, que, no andar, endurecia a batata da perna e empinava a bunda, ele olhando com cobiça os sapatos vermelhos, dourados, os *collants*, as meias de seda na vitrine e, na calçada, ao comando das mãos já experimentadas no desenho com giz colorido, sob os olhares curiosos dos transeuntes, nasciam as ninfas siliconadas, projeto de um corpo que ainda não era o seu e que, embrionário de sereia, chorava a desdita de um tritão condenado por possuir um cetro de desassossego, ele se olhando no espelho de uma vitrine e dizendo *cara, tu é errado*, depois, aprenderia e, calejado nas artes, tomaria muitos comprimidos de Anaciclin e, não sabia se o efeito do vapor da lua ou da quentura do sol, sob a blusa, despontando os minúsculos montes, sobre os quais, arroxeadas, erguiam-se auréolas, que acariciava, arrepiado, com vocação de arrepiada, despertando já a cobiça dos notívagos, um gosto estranho na boca, o hálito de outra, uma doçura no meio das pernas já lisas como a bunda de um bebê, e as formas, em curvas, lançavam o desafio a Tuca *eu sou mais eu, sou mais que tu e quem me deseja deseja feroz*, e Tuca, no futuro, antevendo-se precoce em suas já estrias e placas de celulite, lançando gulosa o olhar para as formas duras, para a carne de plástico acetinado e maldizendo *teu destino, meu, é puta de rua, é comendo corno transviado*, ódio de bofe, ódio de bofe-mulher e, faceira, aprendendo a usar batom, a malemolência do andar, não de fêmea, mas de sinuoso peixe contornando os plânctons, ou de serpente, desenhando projetos de corpo ainda por haver, ou de dorso de tigre, listras movendo-se no dorso de ouro, desenhando labirintos e evocando sonhos de escritas, eis o que sou, ela mais que ele não pensa, acolhendo, nas curvas do corpo, uma pletora de signos: água nas mentes enfebrecidas dos romeus, fogo nos peitos infelizes de amar dos solitários riobaldos, brisa nas têmporas enoitecidas das divididas esfinges gordas e argila, projetando estátuas do outro ainda por fazer, dos lacoontes estrangulados por serpentes, *eu tenho o que tu tem, Tuca,* e sopesa os seios já bojudos, melões, ainda sabendo que, mesmo nisso, tem mais que ela, os dela, vê, tão pequenos..., e não lhe dá colher de chá *e tenho isso mais que tu,* mostra-lhe por sobre a calcinha, apertando na mão, o volume do pênis, *tu não tem uma racha, traveca filha da puta! só veadinho gosta de ti, corno de homo que te procura pra levar aids pra casa!* ela grita espumando, *olha que te unho, olha que te quebro a cara,* na liga da meia, a gilete, e Tuca corre, o rabo entre as pernas, toda faceira, ela, ele, deslizando pela calçada, na rua mesmo, dez a chupetinha, no hotel, motel e no drive, quarenta contos a completa, ativa e passiva, sonhando, princesa, com os braços do príncipe, mas, vendo-se príncipe à revelia, tendo nos braços, a princesa, outros, que não ela, com sonhos de outra, os seios intumescendo à luz da lua, lobimulher correndo as ruas de madrugada, à caça, sou tua, tu me chupa, te chupo, tu me come, te como, felina, desliza nas botas envernizadas, o fio dental dividindo a bunda, as mãos ofertando, como num altar, o pomo do sexo, os seios rompendo a fina fita do sutiã, o gogó de adão que não consegue esconder, a fina cintura de vespa, que matou com uma ferroada o zângão, as patas da gazela, as maçãs da face moldadas com o cinzel do silicone, os olhos tão oblíquos que nem mais dissimulam, enquanto, bombeando-lhe as veias, o sangue do tamtam do coração de seda: *souela, souela, souela,* Gambá aperta-lhe as nádegas adolescentes, quando era outro, frêmito de corpo, o coroa se chegando na praça da Sé, cinco se deixar ver o pinto, dez, se deixar pegar, não quero, mais fascínio com o pinto do coroa, maior do que o de Gambá, a dor da primeira vez, o coroa voltando, *sou fêmea, coroa, não vem que não tem,* e o deboche de Tuca *veadinho, só pega coroa,* e era o coroa, agora, ele que é ela, formosa, na noite da calçada, quem vinha no carrão importado, o vidro deslizando suavemente, *quanto é o programa, boneca?* o mundo cheio de coroas, só de coroas, os príncipes escondidos nos castelos, os bofes de carruagem, quem que virá me dar um beijo? quem que virá me oferecer o vestido branco de tule, a grinalda de lírios? eu, toda pura, entrando na nave da igreja, os pajens, as almofadas com a aliança, mas é o negrume da noite que é minha nave, e o príncipe, o sapo-bofe, ele, ela, voa nas asas do sonho, ainda moleque na praça da Sé, sentada na calçada, a troco de uns trocados, a ninfa nasce no esboço a carvão, depois bolinada pelo lápis de cera, pelo giz de cor, ela será ninfa, só uma ninfa, pois, em minhas mãos, perdeu o cetro do tritão, sou a criatura da noite, sou a noite em busca das asas

∅

Turco, Baleia, Tonelada, um baby-doll tamanho GG, meias e ligas pretas, chinelas pom-pom cor de rosa e uma orelha desejada

Turco entrou no *Blue Star* e sentou-se ao balcão. No palco, mulheres seminuas dançavam ao som da *music dance*. Turco fez sinal ao barman, pediu um gim-tônica e perguntou pelo Maminha.

— O Maminha tá lá dentro.

— Diz que eu quero falar com ele.

O barman, depois de conversar no interfone, disse ao Turco:

— Ele falou que já vem.

Turco virou o corpo em direção do palco, onde dançavam uma negra, uma japonesa e duas loiras gordas.

— Oi, Turco, como vai?

— Maminha, meu amigo. Há quanto tempo?

— Você andou sumido.

— Negócios.

— Falando em negócios, Turco, arrumei as garotas que você queria.

— As duas ali do palco?

— Elas mesmo. A Baleia e a Tonelada.

— Qual que é a Baleia e qual que é a Tonelada?

— A Baleia é a mais gorda.

— De longe, as duas parecem muito gordas.

— É que você não viu de perto. A Baleia tem cada mandiocão...

— Eu seria capaz de jurar que as duas são iguais. Tão até com o mesmo tipo de calcinha. Parecem irmãs gêmeas.

— Pois são irmãs gêmeas, Turco. Só que a Baleia é mais gorda e mais sexy.

— As duas rebolam gostoso.

— Repare na Baleia. Ela dá cada balançada de teta...

Turco bebeu mais um gole da gim-tônica.

— Já disse que não sei qual é a Baleia. E, depois, as duas balançam as tetas.

— Tem outra coisa, disse Maminha, se você ficar na dúvida, a Baleia levou uma navalhada na bunda.

— Navalhada? Não gosto de mulher com marca de navalha. Ainda mais na bunda.

— Fica embaixo da dobra da bunda. Só dá pra ver de muito perto.

— E quem que deu a navalhada nela?

— Um tarado. Tinha um doidão por aí navalhando os travecos. Pensou que a Baleia fosse traveco.

— Traveco a gorda? Esse cara deve de ser cego.

— Pois é. Deu uma navalhada na Baleia, mas, quando viu que ela não era traveco, pediu desculpa, pagou até o médico, explicou Maminha.

— Mas como ele foi confundir a gorda com um traveco? Não tem traveco gordo.

— Claro que tem. Já vi muito traveco gordo.

— Mas não é difícil ver que a gorda parece mulher. De longe, sei quando alguém é traveco ou não. E essas gordas aí — disse o Turco apontando com o copo — não têm nada de traveco.

— Sei lá o que deu na cabeça do tarado. Vai ver porque a Baleia andando de madrugada na República do Líbano. O tarado pensou que fosse traveco e navalhou ela. Coitada da Baleia, quase que estragou o material. Mas você vai ver: ficou só um risquinho vermelho. O médico que o tarado arranjou era muito bom.

— Me diga uma coisa: o que que a gorda tava fazendo de madrugada na República do Líbano?

— A Baleia é cheia de mania. Disse que chegada num traveco.

— Gorda mais louca, Maminha.

— Cada um com a sua mania. Você não é chegado numa orelha?

— Orelha é diferente.

— Falou. Mas, então, fica com as duas?

Turco acabou de beber o gim-tônica.

— Tá bom. Na suíte vermelha?

— Na vermelha. Vai subindo, que eu mando as gordas pra você.

Turco atravessou o salão e subiu as escadas até a suíte vermelha. Acendeu as luzes vermelhas, abriu o guarda-roupa e pegou um baby-doll também vermelho, cheio de rendas, tamanho GG, calcinha, meias-calça e chinelas pompom cor de rosa. Ele despiu-se, vestiu o baby-doll, a calcinha, a meia, as chinelas e deitou-se na cama redonda. Quando encostou a cabeça no travesseiro, bateram à porta.

— Entra.

As gordas entraram. Vestiam apenas uma tanguinha, e os mamelões caíam-lhe sobre as banhas da barriga.

— O senhor que é o Turco? Maminha mandou a gente.

— Deitem aqui comigo.

As gordas despiram a tanga e deitaram-se. Uma delas disse:

— O senhor fica bem de baby-doll.

Como se não desse importância ao elogio, Turco perguntou:

— Qual de vocês que levou a navalhada na bunda?

— Ela.

— Então, você que é a Baleia?

— E eu, a Tonelada, disse a outra gorda apontando para si.

Baleia deitou-se de bruços. Turco examinou-lhe as nádegas e, quando deparou o golpe de navalha, exclamou:

— Puta navalhada!

— O filho da puta de um tarado.

— Mas o que que você tava fazendo de madrugada na República do Líbano?

— Procurando travesti.

— Pra transar?

— Claro que pra transar. Me amarro num travesti.

— Você é doida, Baleia. Travesti é lixo.

— Ei, disse Tonelada, o senhor também é travesti.

Turco agarrou no cabelo de Tonelada, puxou-a ao encontro de si e deu-lhe uma cabeçada no supercílio, enquanto gritava:

— Eu sou é macho, sua vaca! Eu sou é macho!

O sangue espirrou da testa de Tonelada que caiu para trás desmaiada. Baleia recuou na cama, começando a chorar.

— Calma aí, Baleia, que o titio Turco não vai te fazer mal.

— Você matou ela.

— Que matar o quê! Joga água na cara da Tonelada, que ela logo acorda.

Baleia foi ao banheiro, voltou com um balde de champanhe cheio de água e derramou na cabeça de irmã, que voltou a si com um gemido.

— Você me machucou, ela soluçou.

— Claro que machuquei. Você me xingou de boiola.

— Desculpa, Turco. Não sabia que você ia ficar ofendido.

— Pois você me ofendeu.

— Mas não precisava me machucar desse jeito.

Turco levantou-se, foi até as roupas, enfiou a mão num dos bolsos e pegou um maço de dinheiro. Escolheu umas notas e jogou-as em cima de Tonelada.

— Depois, você dá uma costuradinha aí e fica nova de novo. Enquanto isso, liga pra recepcionista e pede um pouco de gelo pra pôr no machucado.

— Desculpa, Turco.

— Que é isso, fofa? Chega de briga e vamos brincar um pouquinho.

— Que que quer que a gente faça? Perguntou Baleia.

— Deixa eu ver a orelha de vocês.

— A orelha?! Perguntaram as duas a uma só voz.

— A orelha. Sou fissurado numa orelha.

— Mais do que numa bunda? Perguntou Tonelada.

— Também gosto de bunda e peito. Mas sou fissurado mesmo é numa orelha.

Baleia e Tonelada deitaram-se de costas na cama. Turco inclinou-se sobre as duas e examinou meticulosamente as orelhas.

— Gostei mais das orelhas da Baleia. As da Tonelada têm muito pêlo.

Tonelada fez cara de choro.

— Que que é isso, fofa? Em compensação, gosto mais de suas tetas.

Foi a vez de Baleia fazer cara de choro.

— Porra! É isso que me deixa grilado com mulher. Vocês nunca estão satisfeitas.

— Também, você só fica vendo defeito na gente.

— Chega de conversa. Você aí, Tonelada, desce pra pôr gelo na testa, enquanto fico curtindo a Baleia.

Tonelada levantou-se da cama com uma toalha empapada de sangue na cara e saiu da suíte. Turco chupou uma orelha de Baleia, depois, a outra.

— Tô gamado em suas orelhas, Baleia.

— Puxa, Turco, que tara!

Ele mordeu uma das orelhas com força.

— Ai, você me machucou.

— Sabe, Baleia, eu te dava duzentas pilas, se você me fizesse uma coisa.

— Fazer o quê? Te dar o cu?

— Que cu o quê? Tá me achando com cara de besouro?

— Você quer me bater? Duzentas é pouco.

— Eu queria que você me desse uma orelha.

— Ela é toda sua, amorzinho. Pode chupar, beijar e morder à vontade.

— Você não entendeu. Quero sua orelha de verdade.

Baleia ergueu o corpo e perguntou assustada:

— Como assim?

— Se você deixasse eu cortar uma orelha sua, te dava quinhentas pilas. Tô amarrado nelas. Principalmente na que tem uma pintinha marrom.

— Tá louco, Turco?! Você é pior que o tarado. Primeiro, bate na minha irmã, depois...

Antes que ela completasse a frase, ele acertou-lhe uma violenta cabeçada no supercílio, e a gorda caiu desmaiada de costas. Turco foi até as roupas, voltou com uma navalha e cortou-lhe a orelha esquerda.

Sentado sobre a cama, começou a masturbar-se. Depois de gozar, despiu o baby-doll e vestiu as calças e a camisa. No banheiro, embrulhou a orelha numa toalhinha.

77

— Mais uma pra coleção, disse, dirigindo-se para a porta.

Já ia sair, mas voltou e foi até Baleia, que ainda estava desacordada. Enfiou a mão no bolso, pegou um maço de dinheiro e jogou-o sobre os lençóis ensangüentados.

— Negócio é negócio, fofa.

Turco desceu rapidamente as escadas e atravessou o salão do nigth club, mas, antes que chegasse à saída, foi cercado por Maminha e o barman.

— Você tá louco, Turco? Por que arrebentou a cara da gorda?

— Me chamou de boiola.

— Te chamou de boiola? Não sabia disso. Se ela te chamou de boiola, tudo bem.

— Falou, Maminha.

— E a Baleia?

— Dei uma funicada nela. Tá lá em cima dormindo. Depois, você me manda a conta.

— Falou, Turco.

À porta, ele voltou-se e disse:

— Pra te falar a verdade, não gostei muito das gordas. Só da orelha da Baleia.

ζ

Phallovita & A Deusa Barbada

Deitadas de bruços,
a medo, entre os cabelos,
o vazio altar espreitávamos.
De súbito, rasgando os céu, eis que desce Phallovita,
                    [desce em meio a mil raios e trovões.
Phallovita! Phallovita!
Que Deus este anunciado pela fúria?
Phallovita! Phallovita!
Vomitando espuma, cego, orientando-se na noite pelo
                    [cheiro do peixe.
Phallovita! Phallovita!
Gritamos de horror e êxtase.
Phallovita!
Que nos rasgará as entranhas,
que nos trará a dor, o fruto e, com ele, o resguardo da
                    [Criação e do Amor.

Ai, nossa doce profetisa, salvai-nos de todo o mal!
Ai, nossa santa barbada, até quando seremos apenas
                    [um vale regado de orvalho?

Ai, nossa deusa de grandes barbas, enfrentai a espada
[de Phallovita com vossa concha dentada!

Afastai-vos de nós, Phallovita, eis que a rosa barbada...

... e um rítus de dor formava-se no rosto de Turca, mal
ela, abrindo os olhos, tocava a ferida recém-cicatrizada da
orelha

∅

Turca, cabeleireira e sacoleira no Paraguai,
a descoberta do eu transcendental
e o presidente da França

— Pode entrar, Tuca, é a sua vez, disse a atendente.

Tuca entrou na salinha apertada, onde havia um secador de cabelos, uma mesa de fórmica com vidros de esmalte, acetona, pacotes de algodão, lixas de unha, tesourinhas, alicates, uma cadeira e um banquinho. Encostadas na parede, havia sacolas cheias de echarpes de seda, brinquedos, garrafas de uísque e relógios.

— Tão feias tuas unhas, disse Turca, sentando-se no banquinho diante de Tuca.

— Nervoso, não paro de roer. Até o Lambari já reparou.

— Você continua com aquele cara?

— Ah, ele é legal pra mim. Me dá tudo que eu quero.

— Não existe homem legal. Homem quer montar na gente, fazer a gente de escrava. Já viu homem bom? É homem morto.

Tuca começou a rir. Turca deu um tapa na mão dela e disse:

— Fica quieta, senão me atrapalha.

— De onde que vem esta tua raiva de homem, Turca?

— Ih, minha filha, acho que desde que nasci. Tinha um ódio do meu pai que só vendo. Ô velho escroto. Você acredita que o puto teve sete filhas mulheres e dizia que era castigo do céu? Castigo foi ele ter casado e fodido a velha, uma tonta que só puxava o saco dele.

— Teu velho já morreu?

— Graças a Deus! Disse ela, batendo três vezes na madeira. Morto, enterrado e apodrecido.

— Que bronca, heim?

— Também, puta merda, Tuca, você nem sabe o que o sacana fez.

Turca pegou a outra mão de Tuca e começou a tirar as cutículas.

— A gente morava lá no Líbano na porra de um lugar que nem existe no mapa. Um dia, o velho chegou e, sem mais nem essa, disse: "arruma as coisas, que você vai casar".

— Assim na lata?

— Assim na lata. Então, perguntei: "com quem?". Ele disse: "não interessa. Arruma os troços". "Com quem?", insisti, porque sempre fui muito teimosa, mas não sei se você sabe, filho de libanês, principalmente se é filha, não tem conversa com pai, ele manda, você baixa a cabeça e obedece, senão, lá vem bolacha.

— E veio bolacha?

— Se veio. Só porrada. O puto me encheu de porrada. E eu com a cara cheia de bolacha, a mala pronta, sentei na sala e...

A atendente bateu na porta, abriu-a e disse:

— A mulher das quatro e meia quer saber se a senhora vai atender ela ainda hoje.

— Fala pra esperar. Não vê que estou com freguesa?

— Mas ela disse que precisa pegar o carro no mecânico.

— Ela que enfia o carro no cu. Manda esta mulher se foder!

— Outra coisa, a Barbie também ligou querendo marcar hora.

— Pô, você não tem agenda?

— Mas ela quer marcar em horário especial.

— Tá bem, tá bem. Fala que atendo ela na terça.

A atendente fechou a porta, e a Turca perguntou:

— Onde que eu tava mesmo? Essas putas ficam me interrompendo o tempo inteiro.

— Você tava falando que arrumou a mala e...

— Ah, lembrei. Eu, ali na sala, com minha mãe, o corno do meu pai chegou e disse: "você vai pro Brasil". Sabe, Tuca, a mesma coisa que alguém dissesse: "Tuca, você vai pra Lua". Brasil? Nunca tinha escutado falar, eu que fora de Ba'albek não conhecia nada. Beirute pra mim já era o mundo, então, imagina, vinha o velho e dizia: "você vai pro Brasil". "Pro Brasil, pra quê?", perguntei, já esperando porrada, mas não veio porrada, e o velho disse: "vai casar no Brasil". "Casar com quem?", perguntei de novo, de novo, esperando porrada, mas ele não me bateu e disse: "no Brasil, você conhece marido". Imagina, então, eu, Tuca, a Turquinha entrando naquele navio grande, botando as tripas pra fora na viagem inteira, vomitando, indo pro Brasil conhecer o puto do meu marido, conhecer o marido que nunca tinha visto nem de retrato.

— E ele te conhecia?

— Como assim? Nao te disse que nunca tinha visto o lazarento?

— Mas ele não tinha um retrato seu?

— Sei lá se tinha o maldito retrato!

— Imagina se você fosse uma gorda bagulhenta, o teu marido dava o pinote quando te visse.

— Eu *era* uma gorda bagulhenta.

83

Tuca começou a rir.

— Você era gorda?

— Gorda? Parecia uma baleia. Libanês gosta de gorda.

Tuca ajeitou-se melhor na cadeira.

— Tá com pressa, Tuca?

— Não, não tô. Anda, vai, conta o resto da história.

— Bem, esqueci de dizer que eu tava acompanhada de uma vaca, uma casamenteira, a mulher que arrumou o casamento.

— Eu já ia perguntar como você encontrou o puto do seu marido.

— Olha, Tuca, mesmo que não estivesse acompanhado da casamenteira, reconhecia aquilo de longe. Imagina que meu marido veio no porto vestido com um terno branco de listinha vermelha, gravata de seda roxa, uma flor desse tamanho, ó, na lapela. Nos dedos, cada anelão, no pulso, pulseiras de ouro e brilhantina no cabelo que dava pra engraxar uns dez pares de sapato.

— Coisa mais cafona!

— Bota cafona nisso. Parecia um cafifa. Ou melhor, o Turco, meu marido, era um cafifa...

A porta abriu-se mais uma vez, e a atendente perguntou:

— Que que eu digo pra mulher da oficina?

— Que mulher da oficina?

— Aquela que disse que não dava pra esperar porque tinha que pegar o carro na oficina.

— Eu não falei pra você falar pra ela enfiar o carro no cu?

— Falou.

— Então, o que tá esperando?

— Mas eu não posso falar isso pra ela.

— Então, fala outra coisa, porra! Não vê que tô conversando com minha amiga?

A atendente deu um suspiro e fechou a porta.

— Nem preciso te falar que não gostei de meu marido, desde a primeira vez que vi o puto no porto vestido com aquele terno cafona. Foi olhar pra ele e comecei a chorar. E a filha da puta da casamenteira dizendo: "que marido mais bonito a menina ganhou! Que distinto!". E eu com vontade de vomitar. O Turco veio, me deu dois beijos molhados, me lambuzou a cara de cuspe e me levou pro carro dele, que parecia uma banheira, de tão grande. Daí, saímos do porto, e o Turco me falando coisas, me passando a mão, olha, justo em mim, que, fora meu pai, nunca tinha visto homem na vida. Chegando em casa, sem esperar que eu descansasse ou que a gente se conhecesse melhor, o Turco me atacou.

— Assim na dura?

— Na dura. Entrei em casa, e ele veio pra cima de mim, e eu sozinha no mundo, com aquele elefante fedorento querendo me comer. E não deu outra: o Turco me levou prum quarto que parecia um puteiro. Já viu quarto de motel? Pois era pior, com lençol de seda vermelha, espelho no forro, filme de sacanagem na televisão. O Turco me rasgou a roupa, me chupou inteirinha, da cabeça aos pés, me falando indecência e dizendo que adorava minhas orelhas. Já viu? O Turco tinha mania de orelha...

— Turca, posso te perguntar uma coisa que você não se ofende?

— Claro que pode.

— Não se ofende mesmo?

— Já disse que não. Você é minha melhor amiga, pode perguntar.

— Essa sua orelha aí, a esquerda que você esconde, o que aconteceu com ela?

Turca deu um suspiro e disse:

— Eu sabia que você ia perguntar isso. Eu ia contar

pra você, mas já que perguntou, posso dizer agora: foi o Turco meu marido que cortou...

— Cortou?! Tuca levantou o corpo da cadeira.

— Pois é, pra você ver como era filho da puta aquele corno. Ele cortou minha orelha.

— Pra quê?

— Ele é fissurado em orelha.

— Em orelha?! Já vi gente fissurada em bunda, em peito.

— Não, o Turco. Esta a tara dele, mas, antes dele me cortar a orelha, como tava te contando, me fodeu de tudo quanto é jeito. Eu era cabaço, nunca tinha levado beijo de homem, pois o Turco não quis nem saber: crau!, me fodeu na frente e atrás, me deixou na maior merda, eu chorando, e ele todo contente, peladão, comendo quibe e esfiha, lambuzando toda a cama. Mas pensa que o Turco ficou nisso? Era trepar todos os dias, de manhã, de noite, até que uma vez, sabe o que ele quis?

— O quê?

— Você não vai acreditar. Quis gozar na minha orelha!

Tuca começou a rir.

— Na sua orelha? Essa é a maior. Mas por que gozar na sua orelha? Já vi gente gozando na xeta, no cu e nos peitos, mas nunca na orelha.

— Pois era o que o Turco queria.

— E você deixou?

— E eu tinha como não deixar? Pior que meu pai, o Turco. Se ele quisesse enfiar um toco de pau em brasa no meu cu, ele enfiava.

— E a orelha? Por que ele cortou sua orelha?

— Por tesão. Começou dizendo que tava doido pra me cortar a orelha. Até que um dia encheu a cara, me pegou de jeito e mandou ver. Mas você não sabe a pior.

— Tem pior depois disso?

— Tem, Tuca, tem. Descobri que o Turco tinha no escritório uma caixa cheia de orelha.

— Pra quê?

— E eu sei? Acho que faz coleção. Passa horas e horas no escritório olhando aquelas orelhas.

— E como você se livrou do peça?

— Ele que se livrou de mim. Um dia chegou e disse que eu tava um bucho, que ele tinha arranjado uma mulher melhor e meteu o pé no meu rabo. Sem um puto de um tostão e sem uma orelha.

Tuca olhou para as sacolas cheias de muamba.

— E aí você virou muambeira...

— Virei uma porra de muambeira! Virei empregada de madame, fazendo unha e cabelo dessa putada nojenta!

A porta abriu-se novamente.

— A mulher..., começou a dizer a atendente.

Turca levantou-se repentinamente, jogando longe a bacia com água, as lixas, o vidrinho de acetona e foi em direção da porta.

— Dou um jeito nessas vacas!

Turca pôs a cara na porta e gritou para a sala de espera:

— Suas putas! Não têm mais o que fazer? Tão querendo se enfeitar pra agradar o corno dos maridos?! Vão tudo se foder, vagabundas!

Ela bateu violentamente a porta.

— Nada com você, Tuca, você, a única legal. É com essas vacas. E quer saber de uma coisa? Tô puta da vida comigo. Servindo de sacoleira pra essas vagabundas. Vendendo perfume e uísque falsificado. Tô de saco cheio. Parece que, depois que deixei o Turco, nada mudou. O Turco me usava, hoje, é essa putada. Como se eu estivesse dando o cu, dando a orelha, você me entende, Tuca?

Ela balançou a cabeça, dizendo que sim.

— Se eu te pedisse um favor, você me ajudava? Disse a Turca voltando os olhos para as sacolas encostadas na parede.

— Claro, Turca, o que você quiser.

— Me ajuda a jogar fora essa muamba.

— Jogar fora, como?

— Pela janela.

Tuca começou a pular batendo palmas.

— Uau! Turca! Cabeça! Claro que te ajudo.

Elas arrastaram as sacolas até a janela e começaram a jogar fora a mercadoria.

— Puta que o pariu, Turca! Você quase acertou no coroa.

— Anda, Tuca, mais rápido.

Uma a uma, as sacolas esvaziaram-se.

— Ufa... sabe que você me ajudou a tirar um peso do meu coração? Disse a Turca, sentando-se e abanando-se.

— Ora, foi um prazer.

— Sabe, Tuca, quer que te fale uma coisa? A gente precisava largar desta vida.

— Largar dessa vida, como, Turca?

— A gente precisava encontrar o eu transcendental.

— Eu transcendental? Que que é isso?

— Uma coisa legal, uma coisa cabeça.

— Onde você viu esse negócio?

— Num livro.

— De quem? Do Paulo Coelho?

— Não. Da Benazir Mahomed, uma mulher que viveu vinte anos no Tibet, vinte em Meca e escreveu um novo Alcorão. O Alcorão, não sei se você sabe, é a Bíblia dos árabes. Pois a Benazir Mahomed teve um sonho com Maomé, que é o Profeta, e Maomé disse que o Alcorão era reacionário e pediu pra ela escrever um Alcorão novo. O livro chama *A maga das três cabeças e o eu transcendental*. Um livro legal, um livro cabeça. O cara diz que a gente precisa achar o eu transcendental, que o eu transcendental é diferente do eu material, e que a gente só será feliz, quando encontrar o eu transcendental. Mas, veja, como posso pensar no eu transcendental, se fico vendendo muamba, se fico enfeitando essas vacas pra elas dar pros maridos? A gente precisa viver no espírito, Tuca.

— Maneiro, Turca. Onde você achou esse livro?

— Acho que foi o Profeta que me iluminou. Porra, Tuca, eu nunca tinha lido um livro na vida. Um dia, tava na pior, saí do salão e comecei a andar pelo centro, eu não sabia onde ir, tava perdida, então, começou a chover, entrei numa livraria, eu que nunca tinha entrado numa livraria e peguei o primeiro livro que encontrei. E sabe que livro era?

— Da tal da Benazir Mahomed!

— Ela mesmo! Abri o livro e li esta frase que decorei e não esqueci mais: "o ser, ao contrário do que dizem os afoitos, não é um corpo e uma alma, nem um homem e uma mulher, é apenas o eu transcendental".

— Boiei.

— Não é complicado. Se você se ligar, vai ver que a gente só fica pensando no corpo, comendo, fodendo, cagando e dando atenção pro corpo e, depois, fica querendo salvar a alma, com essas coisas de religião. E, quando você é mulher, é pior, as pessoas te sacaneiam, e os homens querem montar em você, te foder, querem que você fique gorda, depois, querem que você fique magra. Se não existissem homem nem mulher, seria mais legal, se existisse só o eu transcendental, não teria um puto que quisesse comer teu cu e cortar tua orelha, só porque você é uma fodida de uma mulher!

Tuca levantou-se, deu uma volta pelo salão, olhou-se no espelho de corpo inteiro e disse:

— Gozado, Turca, homem nenhum me fodeu até hoje, quero dizer, fodeu de querer me ferrar. Eu é que fodo eles. O Lambari come na minha mão. Acho que você é que não soube como enganar os trouxas.

Turca balançou a cabeça e deu uma risada.

— É porque você é novinha. Quando ficar velha, um bucho que nem eu, te metem o pé na bunda. E, depois, não foi você que me contou que quando tinha doze anos tinha que dar na rua pra comer?

Tuca refletiu um pouco e depois disse:

— Dei mais que chuchu na cerca.

— Então, você achou isso legal?

Tuca voltou a refletir por alguns minutos.

— Você tem razão. Não foi legal. Também não foi legal o tempo que era garota de programa. Cada coroa nojento que tinha de aturar. Sabe que um dia que tava na pior trepei com um cara berebento que só de lembrar me dá nojo? Precisava ver as berebas do cara, Turca.

— É isso aí. Porque você é uma fodida de uma mulher. Se homem e mulher fossem tudo igual, se só tivesse o eu transcendental, ninguém fodia ninguém.

— Faz tempo que você vem pensando nisso, Turca?

— Faz tempo. Faz tempo também que venho lendo uma porrada de livro, mas só agora quando contei a minha história pra você e me lembrei do Turco, é que descobri que tava dormindo de touca. A gente não foi feita pra homem gozar e acabou e nem pra ficar pintando unha e vendendo muamba pra madame. Mas quer saber a verdade, a verdade mesmo de tudo, porque a gente tá numa pior?

— Por que, Turca?

— Por causa do presidente da França.

Δ

*& macacos de Deus, sonharam teogonias & passei a ser concebido à
semelhança deles & fui Dyaus, El, Anu, Io, Ixcareya, Iavhé, Karei,
Indra, Cristo, Olorum, Dzingbé, Mulugu, Tupá, Baal, Quetzcoatl,
Dinumesh, Alah, Urano, Tiamat, Zeus, Osíris & muitos outros,
tantos nomes que a confusão deles com as palavras os levou a tentar compreender o que não pode ser compreendido &, arrogantes
contumazes, também me pensaram a imagem em ídolos de semen-
tes mastigadas & sangue; em ídolos de pau — cedro, pinho, carva-
lho; em ídolos de pedra — basalto, sílica, mármore; em ídolos de
metal — cobre, bronze, ouro &, querendo aliciar-me para seus
sonhos vãos, ofertaram-me oferendas — carnes de crianças, carnes
de ovelhas, carnes de aves & incensos, jóias, templos &, com isso,
crendo que podiam obrar a minha história & eu que sou, sendo,
sem início nem fim, vi-me, a minha revelia, enredado num enre-
do, em que, passando a ter origem, vivo, sofro tormentos & morro,
para, depois, renascer em sol & fizeram então de mim um drama,
como se minha grandeza pudesse ser confinada aos limites de um
palco, onde meu caos original acabou por se transformar em cosmo
&, não contentes com isso, deram a um cego uma lira & uma voz,
através de quê, me cantou a mim & a ele se pretendeu dar um*

91

estatuto maior do que eu & os homens, por todo o sempre, esquece-ram-me, para chorar & rir com a desgraça daqueles em mim espe-lhados & que, menores do que eu em tudo, desprezíveis, asseme-lhavam-se a insetos vagando, em noite sem estrelas, em meio às torres da cidade de um gigante

⇔

Chocolates vendidos numa esquina, a extorsão de Nego Sete, poses da ninfeta, as vezes de um travesti e uma traição

Tuca, cê tá livre no sábado? tenho um programinha legal, o cara paga cento e cinqüenta, mas vou logo avisando que o cara, bem o cara, se você quer saber, ninguém tá querendo, sabe... que que tem o cara? ele gosta de comer o cu? de bater? só faço isso por duzentinha, mas este era o sonho do futuro de Tuca que, agora, ainda está toda encolhida num banco na Praça da Sé, esperando nascer o dia para telefonar para a 29ª, alô, é o Cachorro? fala pro Cabo que sei onde tá o Gambá, chovia, chovia, fazia frio, e eles todos encolhidos num buraco da estrutura do viaduto Costa e Silva, chovia, gotas de água espirravam, passando por uma frincha mal vedada, Gambá apertava-se contra ela, ela apertava-se contra o Mano, que se apertava contra Lu, que se apertava contra o Bundinha, outras imagens, outras idades, o Português correndo atrás deles, seus putos, se pego vocês de novo aqui na padaria, ela abraçada a um pacote de bolachas, metendo-se por entre os carros, e Tuca descia a favela, o pai empurrando-a, dando-lhe tapas na cabeça, que que tá pensando? só come quem trabalha, ela desenhava um castelo de torres tão altas que pareciam querer furar as nuvens, ela desenhava o castelo com os crayons que ganhara da tia na escola, escola, pra que escola? gritava o pai, varrendo a mesa com a mão, rasgando o papel com o lindo castelo, espezinhando os crayons, ela sentia frio muito frio, encolhendo-se toda no banco, alimentando-se do ódio por Gambá, alô, é o Cachorro? muito melhor no buraco do viaduto que ali na rua e, quando frio demais, ela cheirava cola de um saquinho, e vinham novamente as imagens do futuro, Tuca atendendo o recado do bip no orelhão, bem, se você quer saber, o cara tem umas berebas nojentas, se você não quer, falo com a Magu, ela tá a perigo, mas, como você é minha amiga, achei que você quisesse, é nojento o cara, mas o cara tá abonado, Tuca continuava a descer a ladeira, o pai dando-lhe empurrões e tapas, que que tá pensando? tá pensando que é rainha? não, não era rainha, rainha era a loirinha do desenho do Disney, tão bonita, ela queria ser rainha, imaginando, eu de vestido de veludo, como a princesinha do Disney que era pobre e vinha um príncipe, a garotinha pobre experimentando o sapatinho de vidro, e as irmãs delas, tinha uma nariguda feia, que ódio eu sentia dela, e a mãe dela, que não era mãe da garotinha bonita de verdade, e parecia uma bruxa má, queria que as filhas feias casassem com o príncipe, lindo de morrer, mas o príncipe não era bobo, não, a loirinha experimentando o sapatinho, ela ficava torcendo pela loirinha, o sapato servia nela, ela virava princesa, ela e o príncipe iam morar um castelo bonito como o do seu desenho, que que tem que tá parada? um empurrão e caía de joelhos, encarava o pai, vinha uma vontade muito grande de chorar, mas não chorava e sentia ódio, tá pensando o quê? o futuro novamente, tá bem, fala pro cara que eu topo, mas sem essa de pôr no cu sem camisinha, vai que pego uma aids, aí que tô ferrada, vagau que nem sua mãe, mas agora vai ver o que é bom pra tosse, e era erguida pela blusa que se rasgava toda, nunca mais vou chorar, ela prometia, velho fiodaputa, Tuca murmurava, mordendo os lábios, enquanto continuava a descer empurrada pelo pai, e a escola ia ficando para trás, nunca mais veria a tia, saíam na avenida, pegavam um ônibus, ela, muito pequena, que o pai queria que passasse por debaixo da catraca, o cobrador dizendo que não podia, o pai jurando que ela tinha oito anos, Tuca, inocente ainda, mas, pai, tenho onze, um pescoção, que onze o quê! tá doida, sabe, ela gosta de dizer que é mais velha, mas nem tem oito ainda, passava aos trambolhões por debaixo da catraca, ela, morta de sede, entrando na padaria, moço, por favor um copo d'água, e o balconista passava-lhe a mão nos cabelos encaracolados, sabe que você é um tesãozinho? quando ficar com mais de trinta quilos, fala com o papai aqui que te dou um trato, vai te foder, baiano fiodaputa, ela dizia, rindo, e ela, em sonhos, desenhava um castelo tão grande que chegava ao céu, um castelo mais bonito que o castelo da princesa do filme do Disney, e o Português da padaria dizia vem cá, miúda, vem cá, que te dou um chocolate e procurava lhe apalpar os peitinhos que já despontavam na blusa suja, vai te foder, Português, enfia o chocolate no cu, e, quando chegavam numa avenida, o pai dizia, entregando-lhe a caixa cheia de chocolates, fica perto do farol, pede dez real três chocolates, se a pessoa achar que tá caro, deixa por oito, se o farol abrir, vende por cinco mesmo, tá ligada? Tuca balançava a cabeça, dizendo que sim, mas já distraída com o movimento das pessoas, dos carros, de tarde, venho te pegar, não fica conversando com malaco e não gasta a grana, se aparecer com menos de trintinha, te dou um cacete, o pai virava as costas, ela fazia uma banana e sentia uma preguiça, naquela hora, devia estar na escola, a tia ensinando a desenhar, ela desenharia então um castelo, ela seria a princesa que casaria com o príncipe lindo de morrer, mas acordava, lembrando que tinha de levar trinta reais para casa, o farol fechava, ela corria com a caixa de chocolate até um carro, tio, vai três chocolates, dez real, compra, vai, pra ajudar meu pai que tá desempregado, o farol abria, ela levava um safanão, a caixa caía e quatro ou cinco chocolates eram esmagados, mas não demorava muito, ela aprendia as manhas com a turma, o Fuscão Preto, um ex-metalúrgico da Volks que vendia panos de prato, o Meio Quilo que só tinha a parte de cima do tronco e que, deslocando-se num carrinho de roleimã, vendia balas e chicletes e dirigia-se em inglês aos motoristas *good morning, madam, buy a drops or a chiclets to help a crippled*, o Gambá, que se fingia de surdo-mudo e ia de carro em carro, deixando pedacinhos de papel, em que vinha escrito sou surdo-mudo, por favor, com a graça de Nossa Senhora, dá um ajutório e que Deus te pague e, depois, mal aberto o farol, recolhia rapidamente os pedacinhos de papel, o Mano que fingia arrastar uma perna e, muito esperto, aproveitava-se de quando o farol abria para rapidamente arrancar as pulseiras e correntinhas das mulheres e sair em disparada no meio dos carros, a Lu que limpava o parabrisas do carro com uma esponja suja, tudo bem, Tuca dizia no futuro, mas fala pro cara que não quero beijo na boca, não mostro os peitos e não dou na bunda, só na frente, ah, outra coisa, fala também que quero duzentinha, duzentinha, ele acha caro, só paga duzentinha, se você deixar ele pôr no cu, e Tuca fazia logo amizade com o Gambá, o Mano e a Lu, mas, antes disso, aparecia um garoto mais velho na avenida, o Nego Sete, vinha como se não quisesse nada, ficava sentado no muro de uma casa só espiando o movimento, até que um dia, ela bebia água numa torneira, e ele perguntou quanto é que tu fez? ela levantando a cabeça, surpresa, pra que que você quer saber? porque quero o meu, gatinha, vai te foder, cara! Nego Sete pegava-lhe o braço, torcia-o até que ela, sem chorar, gemesse de dor, conheceu quem manda no pedaço, piveta? anda, me dá a grana, sempre gemendo e sem chorar, Tuca enfiava a mão na calcinha e pegava umas notas amarfanhadas, Nego Sete dividia o bolo de notas em duas partes, guardava uma delas no bolso, devolvia-lhe a outra e dizia, mostrando-lhe um estilete, se contar pro teu velho, te furo, fiodaputa! ela gritava, não fica brava, não, fofa, Nego Sete acariciava-lhe a face, tu, um dia, ainda vai ser minha, piveta, o dia terminava, ela não tinha vendido mais que três chocolates, o pai vinha, conferia o dinheiro, a quantidade de chocolates, cadê o resto? caiu na rua, levava um tapa na cara, você que comeu sua porrinha, ela subia correndo, sem chorar, a ladeira da favela, era alcançada, o pai derrubava-a, subia por cima dela, sentia o hálito fedido de pinga, juro por Deus, pai, caiu na rua, uma bofetada, o olho preto, mas não chorava, o hálito, como de noite no barraco, o peso do corpo do pai sobre o seu, fica quieta, senão te arrebento, a mãe e os irmãos ressonando ao lado, a mão do pai tapava-lhe a boca, o peso e o fedor do pai, as mãos apalpando-lhe os seios, as mãos descendo, ela não gritava, era dor, muita dor, ela não chorava e jurava nunca mais vou chorar, nem quando Nego Sete lhe torcia o braço, minha grana, piveta, ela entregava as notas amarfanhadas, Nego Sete apertava-lhe os peitinhos sob a blusa, não fica brava, não, pivetinha, é só crescer um pouquinho, e tu vai ser minha, nego fiodaputa, ela cuspia de ódio, até que o Gambá lhe dissesse quer que a gente damos um jeito no nego? e, quando Nego Sete veio de novo extorqui-la, o Gambá e o Mano aproximaram-se como não querendo nada e, enquanto Mano distraía Nego Sete, Gambá, por detrás, acertou-lhe uma cutilada com o estilete na coxa, Nego Sete berrava de dor, virava-se, e Gambá dizia vem, nego fiodaputa, que te furo mais, e Nego Sete sumiu de vez da avenida, Tuca já sabendo de todas as manhas, ganhava quarenta, cinqüenta reais e chegava mesmo a enganar o pai, que, um dia, para surpresa dela, não apareceu, ela esperou até o anoitecer, depois, subiu sozinha até a favela e ficava sabendo pela mãe que ele tinha sido morto numa briga de bar, vivia metido com as vagabundas, teve o dele, Tuca, no dia seguinte, desceu para a avenida para nunca mais voltar ao barraco, indo morar com o Gambá, o Mano, a Lu, o Bundinha, era frio, chovia, era gostoso, enrolando um baseado, cheirando cola, aprendia a ser esperta, era só ver a perua da Febem e corria para se esconder na catedral da Sé, Tuca ainda miúda, era fácil para ela se arrastar por debaixo dos bancos ou junto a uma coluna, isso quando o padre não a surpreendia e a expulsava, era miúda, sim, mas ganhava corpo, os peitinhos despontando na blusa, crescendo, as nádegas e coxas avolumando-se, via-se no espelho da loja Marisa e cobiçava as blusas, as minissaias, na distração da vendedora, saía correndo com uma peça de lingerie, a vendedora gritando atrás, e Tuca punha a camisola transparente para o gosto de Gambá, o Português tornava a apalpá-la, ela deixava, saindo com um misto quente, uma latinha de Coca, moço, me dá este resto? ela apontava para o prato de calabresa, sobre a mesa de um bar na calçada, atrás da biblioteca Municipal, o americano de camisa florida e óculos escuros enfiava uma nota de dez dólares no decote de Tuca, tem mais, dando um beijo, Tuca ficava na ponta dos pés e beijava a bochecha vermelha, o americano afagava-lhe os cabelos encaracolados, descia a mão, apalpava-lhe os ombros, as costas, garotinha linda, garotinha linda, Tuca corria pela rua molhada, mas a mão pesada alcançava-a por detrás, ela caía de cara no chão e era arrastada até uma C14, aqui tá a garota, Cabo, ela que sabe o paradeiro do malaco, Cachorro dava um safanão em

Tuca e perguntava como é, piveta, quedê o Gambá? que Gambá? Cachorro dava-lhe outro safanão, você sabe quem é, é cacho dele, não sei quem que você tá falando, Cachorro sacudia Tuca com raiva vou te encher a cara de porrada até você lembrar, tá bem, eu falo, mas que que vocês querem com ele? Cachorro pegava Tuca pelos cabelos, puxava-a contra si, que que uma garota tão bonitinha andando com um malaco como o Gambá? ai, você tá me machucando, fiodaputa! deixa ela, Cachorro, gritava o Cabo que, depois, se dirigia a Tuca melhor você entregando o Gambá logo, senão, a gente perde a paciência e te leva em cana, pode levar, desafiava Tuca, sou de menor, ainda não acabei de falar, piveta, a gente chama o juizado e te leva pra Febem, e você sabe o que que eles fazem com uma pivetinha gostosinha como você na Febem, então, se não quiser ir pra Febem, vai falando, a gente tamos atrás do malaco, você entrega ele e fica numa boa, vocês tão querendo ele por causa do Português, né? ela, muito esperta, quando o Português se distraía, enfiava a mão na caixa registradora e saía em disparada e, quando o Português ia alcançá-la, Gambá dava-lhe uma rasteira, e o Português caía de cara no chão, Gambá enchia a cara do Português de pancada, batia tanto nele, que o Português ficava desacordado no meio-fio, Tuca lembrava-se também do Português apontando para eles na praça e conversando no balcão com o Cachorro, sabendo do paradeiro do Gambá, dizia o Cabo, você me dá um toque, fala com o Cachorro que tá sempre aí no pedaço, tá ligada? então, chovia, fazia frio, Gambá apertava-a por detrás, o pênis de Gambá entrava no meio de suas pernas, ela gemia, ela ouvia também o gemido de Lu, o Mano atrás da garota e o Bundinha pela frente, uma garrafa de pinga para esquentar, uma pedra de crack para fumar e sonhar com o príncipe, o pênis de Gambá entrava nela, um tuim no ouvido, ela sonhava com a princesa em

seu castelo, ela era a princesinha, chovia, chovia, a água
entrando pelo buraco mal tapado com um pedaço de
papelão, Tuca encostava o corpo no carro, os peitinhos já
despontando na blusa, e dizia, toda dengosa, tio, me dá
um trocado, o homem, de óculos escuros e jeito efeminado, quer ganhar cinqüentinha? cinqüentinha? Tuca perguntava, desconfiada, pra fazer o quê? tirar umas fotos,
tirar umas fotos pra quê? não interessa, tiro as fotos e te
dou cinqüentinha no ato, tá legal, então, entra aqui no
carro, vamos até o meu apê, fazia frio, chovia, você entrega o Gambá pra gente, e a gente não te pega mais no pé,
mas some do pedaço, tá ligada, piveta? o efeminado pedia
que ela se despisse e sentasse no sofá, como ela hesitasse,
ele dizia se tá pensando que quero te comer, guria, pode
ficar na sua, que meu negócio é outro, Tuca despia-se e
sentava-se no sofá, agora, põe a cabeça no encosto e abre
as pernas, ela obedecia, o flash cegava-a por uns segundos,
agora, de bumbum pra cima, outra foto, agora, fica ajoelhada, empina a bunda e enfia esta banana na boca, não,
não, com casca e tudo, depois, o homem pedia que Tuca se
pintasse com batom e enfiasse a banana no meio das pernas, como se sentisse cansada, ela dizia com raiva vai querer também que enfio no cu? o homem ria-se, dizendo
sabe que não seria má idéia, enfia você a banana no cu! a
banana? pra quê, guria, se tenho coisa melhor pra enfiar?
e vinha então morar com eles no viaduto um garoto bonito, com jeito de menina, e já foi ganhando o apelido de
Barbie, de onde o boiola? Tuca perguntava, desconfiada,
cacho do Gambá, dizia o Mano com malícia, cacho do
Gambá, a puta que te pariu, já invocada com o garoto,
fazia frio, chovia sem parar, eles fechados no buraco dentro do viaduto, Barbie fumava uma pedra e, pra divertir a
turma, tirava as calças, ficava só com uma camiseta com-
prida apertada por um cinto, prendia dois limões com uma

faixa na altura dos peitos e começava a rebolar, imitando a Gretchen, e naquela noite, era o garoto bonito quem dormia com Gambá, Bundinha chegava em Tuca, apalpava-lhe os peitos, ela dava um safanão, chutava-o, vai te foder, Bundinha, tá nervosa, santa? ela, sozinha, encostada à parede fria, ouvia o ruído da chuva, os gemidos de Barbie e sentia ódio de Gambá, mordia os lábios e murmurava me deixar por causa deste boiolinha! jurava vingar-se e, na outra noite, vendo-o todo cheio de dengos, abraçado a Gambá, não conseguia controlar-se, avançava contra Barbie, querendo rasgar-lhe a cara com as unhas, Barbie, mais esperto, fugia o corpo e dava-lhe uma rasteira, ela caía de costas, espumando de raiva, traveco fiodaputa! sai, bofe, respondia Barbie, com denguice e rebolando, os moleques riam-se a mais não poder, impotente, Tuca recolhia-se a seu canto, mas não chorava, sentia era ódio, mas não só ódio de Barbie, sentia ódio de Gambá por tê-la deixado para ficar com o garoto, ouvia os gemidos na noite, e Barbie cada vez mais mulher, toda faceira rebolando diante dela, sufocava o ódio até que não podendo mais sopitar a raiva, explodia contra Gambá você me deixando por causa de traveco, vai ver que você ficou boiola também, o soco atingia-a no nariz, Tuca caía de costas, Gambá subia sobre ela e continuava a espancá-la vai ver quem o boiola, sua putinha, a cara inchada das pancadas, Tuca fugia para a noite, dormia num banco de praça, chovia, acordava tiritando de frio, com saudade do abrigo sob o viaduto, mas só de se lembrar de Barbie, todo faceiro, rebolando diante dela, do rosto congestionado de raiva de Gambá, sentia crescer dentro si o ódio, fechava bem os olhos e sonhava Gambá deitado de bruços e um buraco nas costas, de onde saía sangue, muito sangue, um sorriso de satisfação enchia-lhe o rosto alô, é o Cachorro? ó meu, fala pro Cabo que sei onde tá o Gambá.

∅

Francês e *la classe de français, on ne parle que français*, e *Petit Robert* e *l'Ecole Supérieure de Beaux-Arts*

— Porra, Francês, não consigo fazer essa boquinha de chupar rola. Não dá. Se você quer saber, tô de saco cheio. Nunca vou aprender a merda dessa língua!

— *Sacrebleu! Ne dittes pas ça, ma chère Barbie! Il faut essayer. Allons, dite: aigü, cocü.*

— *Aigou, cocou.*

— *Pas possible, Barbie! Pas ou, dite: ü!*

— Porra, não consigo!

— *Pas on portugais, ma chère! Ici on ne parle qu'en français.*

— *Très bien,* Francês, *oops, Français, je vais tenter, je vais parler seul en français. Mais je te dis que je ne peux pas parler cette merde de ou.*

— *Prendre patience, Barbie. Un jour tu apprendera a prononcer le ü. Le meilleur, maintenant, est apprendre le haricot avec ris. Du contraire, qu'est-ce que tu fera quand tu arriver à Paris? Il faut savoir les phrases simples, comme: "Comment allez vous?", "Moi? Très biens, et toi?", "Moi aussi". "Quel est le prix de cette merde?", "J'ai faim et je voudrais un morceau de pain et un balon de rouge".*

— *Je ne entend rien. Tu parles très rapide.*

Francês apanhou Barbie pelo braço e sacudiu-a.

— *Pas "entend". Je déjà t'ai expliqué plus de milles fois. On ne dit entend, mais compreend. "Entendre" est le verbe de la oreille. Çà va?*

— *Pardon, Français. Je oublier.*

— *J'ai oublié, Barbie!*

— *Français, c'est difficile pour moi dire les verbs. Dans mon dictionnaire, il n'y a pas les conjugations.*

— *Au* Petit Robert, *il'y a des conjugations. C'est par ça que je te dis que tu ne dois pas oublier d'achetter un bon dictionnaire. On appris une langue, en apprenant par coeur les paroles du dictionnaire. Il faut avoir toujours un bon dictionnaire. Mais pas un dictionnaire de poche comme le toi.*

— *Très bien, très bien. Mais si tu penses que je vais à Paris avec, avec...*

Barbie consultou o pequeno dicionário de bolso que trazia consigo e completou a frase:

— *...un brique, comme le* Petit Robert*, sur le bras, tu est fou. Et, depuis, je n'ai patience pour décorer les verbes.*

— *Calme, chérie. Ne te reste pas nerveuse. Il est meilleur que tu penses que au bout du mois tu será à Paris!*

Barbie abriu um sorriso, levou as mãos ao rosto. Em seguida, levantou-se e começou a dançar pela sala, cantarolando:

— *Paris! Paris! Mon rêve! Je se-rai à Pa-ris au bout du mois.*

Barbie sentou-se novamente, pôs as mãos no joelho do Francês e disse:

— *Tu sais que de sacrifices je faire...*

— *J'ai fis, Barbie,* corrigiu-a Francês.

— *...j'ai fis, pour avoir de l'argent e pour étudier peinture en France! Je ne vois pas l'heure d'être à Paris, de visiter le Louvre, la Gare d'Orsay et de réaliser mon rêve de me matriculer à L'Ecole Supérieure de Beaux-Arts. Imagine toi, ta vieille Barbie* *à L'Ecole de Beaux Arts étudiant la peinture des Impressionistes! Helás, je meurs!*

Francês bateu palmas e exclamou:

— *Très bien, ma chère! Ton français est magnifique! Tu te souviens quand tu a commencé a étudier avec moi? Tu ne savais rien! Aujourd'hui tu peu descendre de l'avion au Aéroporte Charles De Gaulle et parler sans problème avec quelqu'un. Tu te souviens? Tu ne savais rien!*

Barbie sorriu:

— *Je savais une chose.*

— *Quelle?*

— *Je t'aime, mon amour...*

Francês apontou o dedo indicador, onde havia um grande anel de ouro com um rubi engastado, para Barbie e disse:

— *Ah, Barbie, Barbie.*

— *Français, dite moi une chose. Comment tu apprendre français?*

— *Comment j'ai appris? Est-ce que je ne t'ai raconté pas comment j'ai apris? Tu te souviens de cette film là, "Un homme, une femme"? J'ai le vu dix fois! Mon Dieu, je criai au cinéma chaque fois que je voyais le film. À la même époque, j'avais aussi un voisin qui était fou par la musique française. J'écouttais tous le jours les mêmes musiques: "Aline", "Et maintenant", "La bohème", "Je t'aime, toi non plus", "Ma vie". Au bout, je détestais, mais, depuis, j'aimais les musiques. Alors, je disais pour moi même: "un jour, je parlerai parfaitement le français!". J'ai achetté les disques, je les écoutais et je chantais le jour entière. Comme je ne poudrais aller à l'écolle, à la Alliance Française, pourquoi je n'avait pas d'argent et du sac pour cela, j'ai acheté, au suif, un gros dictionnaire, une bonne grammaire et j'ai mis les faces. Maintenant, tu peux voir, je parle très vite, sans problème. Un jour, tu parlera comme moi vitement, e tu saura prononcer aussi les üs, Barbie.*

— *Pas le ou. Je ne sais pas faire bouche de bucette.*

Francês caiu na gargalhada.

— *Bucette!? Oú est-ce que tu a vu cette parole? Dans mon dictionnaire, il n'y a pas de paroles sales.*

— *Alors, comme ce dit* buceta *en français?*

— *Et moi je le sais? La seule parole sale que je sais est: "va faire foudre".*

— *Le que est ça?*

— *Comme je ne peu pas t'expliquer en français, je vais parler en portugais:* Vai te foder.

Barbie começou a rir.

— *Ça c'est bon! Va faire foudre...*

— *Ah, je me souviens d' autres paroles sales: "putain", "fils de pute".*

— *Tu ne nécessite pas traduire. Je t'entend...*

— *Barbie!*

— *Pardon, Français, je te comprend...*

— *Très bien!*

Barbie consultou o relógio.

— *Sac! Il est heure de travailler. Quelle desgrace! J'adore cette classe de français.*

— *Moi aussi. Si je n'avais toi comme élève, je serais perdu. Quand une personne ne pratique pas une langue avec quelq'un, elle oublie tout.*

Barbie levantou-se do sofá. Francês acompanhou-a até a porta.

— *Tu ne sais pas, comme je t'enviel Je n'ai pas un pute d'un sou pour faire le même voyage que toi, le voyage de mon rêve.*

— *Et pour quoi tu ne travaille pas avec moi, Français? Tu...*

Barbie voltou a consultar o dicionário e completou:

— *Quitte cette de décorateur! Aujourd'hui, personne avoir de l'argent pour décorer la maison. Alors, sans argent, sans voyage.*

— *Tu me recommandes de faire trottoir? Est ce-que tu est*

folle? Je ne suis pas como toi qui est jeune et belle, je ne suis pas qu'une vieille tante. Qui payerai pour foudre mon cul?

— *Tu ne sais rien, mon petit Français. Il'y'a goût pour tout, même pour vieux culs comme le toi.*

Francês beliscou de leve a polpa da nádega de Barbie e disse sorrindo:

— *Follette!*

ζ

A Origem do Mundo

rastejando em sua direção, vinha a serpente, os olhos cheios de chama, e era com medo e prazer que a esperava, as pernas abertas, os ásperos cabelos banhados pela seiva da concha, e a serpente passava-lhe por entre as pernas, provocando-lhe ondas e ondas de prazer e forçando-a, cada vez mais, a abrir a concha, onde a serpente mergulhava a cabeça, ela então gemia e, gemendo, com as mãos, premia os seios, a serpente movendo-se em coleios, mas, de súbito, a serpente, perdendo as escamas, trocando a pele, tão rosa quanto, estacava, e sua carne começava a fundir-se à dela, e, com horror, ela procurava afastá-la de si, puxando-a com fúria, mas, serena, a serpente era carne de sua carne e caía-lhe flácida, como que repousando sobre coxins, ah, se às mãos tivesse uma faca para expulsar de si a insolente, mas só tinha a mão que, tocando a serpente, fazia-a, para sua repulsa, estremecer de prazer, por que então lhe abria as portas? e, mais uma vez, procurava afastá-la de si, puxando-a, puxando-a, e a dor fazia que Barbie, sentada diante de "A origem do mundo", abrisse repentinamente os olhos e tirasse a mão do púbis, para, mais uma vez, contemplar o quadro de Courbet com sonhadora malícia

∅

O pastor da Igreja Universal dos Anjos do Sétimo Dia, uma orelha peluda e o chicote do Senhor

— Quer dizer que o senhor não acha que é pecado? Perguntou o albino ao pastor da Igreja Universal dos Anjos do Sétimo Dia.

— Não, não só não acho que é pecado, como também acho que você está prestando um serviço ao Senhor, irmão.

O albino aproximou-se mais do pastor e sussurrou-lhe à orelha:

— Quer dizer que se eu matar um desses pervertidos, Deus não me tira o reino dos céus?

— Não, meu filho. O Senhor o premiará, porque vem escrito no Livro: "aquele que pecar contra a castidade deverá pendurar ao pescoço uma pedra de mó e, com ela, atirar-se ao abismo", de modo que se você, irmão, ajudá-lo com um empurrão, certamente o Senhor o contemplará com Sua graça.

— E se eu não quiser matá-lo?

O pastor afastou sua cadeira do albino e perguntou:

— Como assim? Pensei que quisesse ser o justiceiro do Senhor.

— Querer eu quero, mas não foi isso que me foi ordenado. Só preciso deixar neles a marca do chicote de Deus.

O pastor voltou a perguntar:

— Como assim?

— O senhor já teve sonhos, pastor?

— Já, já tive sonhos.

— Mas acho que nenhum como o meu.

— Como foi o seu sonho, irmão?

— O senhor já sonhou com Deus?

O pastor afastou mais um pouco a cadeira do albino.

— Não acha que está cometendo um sacrilégio sonhando com o Senhor, irmão?

O albino levantou-se da cadeira e, apoiando a mão na coronha do revólver, aproximou-se do pastor.

— Não diga que estou cometendo sacrilégio! Por muito menos, estourei a cabeça de um padre.

— Não quis dizer isso, irmão. Acontece que sonhar com o Senhor...

O albino puxou a cadeira para bem perto do pastor.

— E o que que posso fazer, se Deus me apareceu acompanhado de um monte de anjo baitola?

— Anjo baitola? O que você quer dizer com isto?

— O senhor não sabe o que é baitola? É o mesmo que boiola, como vocês dizem aqui no Sul...

— ...?

— Veado, pastor, veado. Sempre achei que os anjos tinham alguma coisa de baitola. Foi o que aconteceu: sonhei, e aqueles anjos cercavam Deus, e Deus parecia muito infeliz. Mas, voltando ao que eu estava dizendo: Deus me apareceu e disse que eu tinha uma missão, que eu era o Seu chicote. Descobri então que Deus era prisioneiro dos anjos baitolas e que Deus queria se livrar dos anjos. Peguei o chicote...

— Dentro do sonho?

— Dentro do sonho. Peguei o chicote e comecei a

espancar os anjos, e eu dava na bunda deles, marcava a bunda deles pra que deixassem de sem-vergonhice, e Deus ria...

— O Senhor riu?

— Eu, pastor?

— Não, o Senhor Deus...

— Ah, Deus. Pois Ele riu. Pelo menos em meu sonho, Deus riu. Depois que espanquei os anjos, Deus me disse assim: "vós sois o Meu chicote e, como Meu chicote, sereis o redentor do Mal, livrando a Terra dos impios, dos transviados que atentaram contra a Minha Palavra". Por isso que não posso matar os impios, pastor, tenho que redimilos pelo chicote.

— Então, redima-os, irmão, que o Senhor te recompensará! Aleluia!

— O senhor me abençoa?

— Em nome do Senhor, te abençôo.

O albino começou a rir.

— Do que você está rindo, meu filho?

— O senhor foi o primeiro que me abençoou. Bendita a hora em que vim à Igreja Universal dos Anjos do Sétimo Dia e...

— ...recebeu o Sinal. O Senhor dá olhos a quem é cego, e aquele que O procurar encontrará consolo.

— Bom que o senhor me abençoe. Se não me abençoasse...

— Se não o abençoasse...

— Teria o mesmo destino do padre.

— Que destino, irmão?

— Eu lhe conto. Logo que vim do Nordeste pra São Paulo, foi como se tivesse chegado em Sodoma. Eram impios por tudo quanto é canto, e só a contemplação deles me fez pensar que estava pecando. Então, tive o sonho e fui a uma igreja. Disse ao padre que queria me confessar, porque desejava receber a bênção, antes de acabar com os impios. O padre sentou-se num banco e pediu que eu fizesse o mesmo. Perguntei: "e o confessionário, seu padre?". O padre riu e disse com soberba: "confessionário, meu filho? Isso é coisa do passado, uma reminiscência medieval". E como se, em Catulé, o padre só atendia no confessionário? Foi o que eu disse, e o padre disse que o Piauí era atrasado, que a Teologia da Libertação... Então, eu disse que preferia o confessionário, mas ele disse que nem mais existia confessionário na Igreja e que era melhor me confessar daquele jeito mesmo. Me conformei, pastor, sentei do lado do padre, mas só de ver a orelha do homem, quase morri de nojo. Uma orelha preta, peluda, e os pêlos pareciam vermes, ficavam mexendo sem parar. Perdi toda a vontade de falar. "O que é, meu filho?", perguntou o padre, "não vai começar a confissão". "A orelha, padre...". "Que orelha?". "A sua orelha, padre". "Que que tem a minha orelha?". Fiquei pensando se dizia a verdade ou não. Segurei todo o meu nojo e disse: "nada, padre". "Então, adiante". Comecei contando o sonho que contei pro senhor e disse que queria ser o chicote de Deus. Nem bem terminei de falar, e o padre levantou e começou a dizer que o impio era eu, porque não amava meus irmãos marginais, etc, etc. "Não são meus irmãos", eu disse, "são pecadores e estão pecando contra Deus e contra a Natureza". "Aquele que é isento de culpa atire a primeira pedra", teimou o padre. "Mas foi Deus quem me mandou castigar os impios, e por isso vou castigá-los". "Blasfêmia e sacrilégio", disse o padre, "aquele que usou em vão a palavra de Deus...". Nem dei tempo dele terminar e meti-lhe a coronha do revólver nos cornos. O padre caiu e ficou estatelado no chão. Eu ia saindo da igreja, quando, já quase na porta, lembrei daquela orelha nojenta e pensei que era lá que estava o sacrilégio. Voltei até o padre e descarreguei o revólver na orelha dele...

O pastor afastou novamente a cadeira do albino.

— O senhor então não acha que seja sacrilégio...

— Cumpra-se a vontade do Senhor, e o Senhor quis que o irmão fosse o Seu chicote. Aleluia, Irmão!

O pastor levantou-se e abençoou o albino que disse:

— Ainda não terminei...

— Como não terminou? Não disse que é o chicote do Senhor?

— Não quer saber por que me tornei o chicote de Deus?

— Irmão, já te abençoei...

O pastor começou a andar lentamente para trás, o albino mais uma vez apoiou a mão na coronha do revólver e disse:

— Eu acharia melhor que o senhor sentasse...

— O irmão está me ameaçando?

O albino tirou o revólver da cintura e o pôs sobre a mesa entre as cadeiras.

— Não, não o estou ameaçando, mas o senhor deve me ouvir, porque esta é a vontade de Senhor.

O pastor sentou-se na cadeira e disse, dando um suspiro:

— Se o Senhor assim quis...

— Não disse ao senhor que fui a um terreiro, depois que matei aquele padre... Quando contei ao pai-de-santo por que eu tinha me tornado o chicote de Deus, sabe o que ele fez? Soprou fumaça e cuspiu cachaça em mim e disse que ia tirar o demônio de meu corpo. Eu que tinha sonhado com Deus. Enfiei o cano do revólver na boca do pai-de-santo, e a cabeça dele explodiu como uma abóbora...

O albino deu uma risadinha.

— Garanto ao senhor que o demônio fugiu depressinha do pai-de-santo...

— Eu te abençoei, irmão.

O albino pegou o revólver e tornou a guardá-lo na cintura.

— Mas o senhor ainda não sabe por que me transformei no chicote de Deus...

— O irmão me disse que o Senhor o iluminou...

— Antes disso, antes que Deus me desse a ordem pessoalmente. Fui marcado pelo pecado.

O pastor uniu as mãos e disse:

— Todos os homens são marcados pelo pecado.

— Não como eu. Por que acha que sou um rato branco? No Piauí, diziam que minha mãe fornicando com o Cujo. Eu nasci no meio daqueles mulatinhos enfezados, cabeça grande, mas de olho azul, pele e cabelo branco. Porque minha mãe fornicou com o Cujo. Depois, meu pai dizendo que não tinha o que de comer, que eu era o culpado pela desgraça deles, e fui pro seminário. Sabe o seminário, pastor? Os padres querendo fazer coisa ruim comigo, pensando que era baitola, mas eu mostrei quem era baitola, dei num padreco e fugi do seminário. Porque, pastor, esse o Mal, os homens pecando contra a Natureza, contra as leis de Deus. Por isso que vindo a desgraça, o castigo do céu, essa doença que pegou os transviados.

— Sim, irmão, a AIDS é a cólera do Senhor, a ira do Senhor contra Sodoma e seus pecadores.

— E Deus me enviou pra conduzir as ovelhas tresmalhadas ao redil. Por isso que tenho que marcá-las com meu chicote. Que Deus o recompense por ter-me concedido a bênção, pastor.

— Aleluia, irmão!

Δ

&, confuso com a confusão deles, a quem criei para a minha Glória, que em sina se tornou, a vista minha se toldou &, assim, deixei de ser eu, sentindo-me, a partir de então, um ser, pela História, condenado a transitar, como o peixe, do rio levado ao mar sem fronteiras, a não ser a Noite, com sua legião de gnomos, trasgos, abantesmas, que, com afinco, combati, para fazer vingar a minha Luz &, levado pela insânia de minha criação & sem mais poder pôr termo à loucura, deixei-me possuir por outrem, que veio a mimar a minha obra — por quem sois? gemi eu, iracundo, projetando castigos inomináveis: abutres devorando fígados, serpentes constringindo pais & filhos, lepras corroendo carnes, globos mundos vergando ombros, mas estes audazes, que invejo, contra mim, ergueram o punho e cegaram-me com a luz, um dia, de mim roubada &, vivendo à minha sombra, zombadores, desafiaramme, pois que medo já mais não tinham — diferentes dos de pêlos, dos de couro, dos de escama, dor de pena seres — tinham por guia a chama imortal de uma palavra e então, sem que roubado fosse, como outrora a parcela da minha Luz, obrigado fui a lhes ceder o cetro

O filho do diabo, as manigâncias de Garnizé, doutor Gunte e a baitolagem, as prédicas de Frei Santo e o último pau-de-arara

Compadre meu, falecido Nhô Tó, nhor deve de ter conhecido, tinha costume de dizer que o dianho, por gostar de arte malina, vem e tenta a mulher das gentes, soprando palavrinha de agrado na orelha, e adepois emprenhando, como foi no meu causo, Nhá Menina, já idosa, nos cinqüenta e cinco, e assim mesmo o dianho, cheio de artimanha, veio e emprenhou ela, ela dizendo que não eram artes do Cão, não, mas obra da natureza mesmo, por ter molhado duas vezes as partes na água corrida, quando estando de escorrência, nhor sabe, mulher de escorrência deve de ter resguardo, e, nascido o menino, eu que não quis como filho, pois como podia eu, sendo caboclo, tendo filho assim de esconjuro, com a pele vermeia e o cabelo branco, feito de véio? Nho Tó, que viu primeiro de nascido adepois da comadre, Nhá Sertã, e dizendo *não lhe querendo precatar, compadre, temo de dizer,* esse Nhô Tó inté que estudado, sabia das leis, quem que entendia o que ele dizendo? pois me falava arrevesado *se em Deus querendo, vosmecê tenha tento, em não fazendo visagens contra o Divino, que o Tinhoso resvalando nos poderes com Ele,* assim, pelo miúdo, ficava sabendo que o menino nascido apadrinhado do Cujo, que não fora causo de escorrência de Nhá Menina, não, mas eu que pensando diverso, pois diversas são as leis e sei que quem foi que lançou mau olhado, cabra sem préstimo, Garnizé, nhor se alembra, um pardo, vesgo, filho do Coronel Mórgene, esse que andava de visagens com Nhá Menina, esta que minha esposa, sacramentada de igreja, mas Garnizé, tinhoso, de despeito dizendo que corno eu, um dia inté que estripava ele, dizendo ele que corno eu de lemão, essa gente que vem das estranjas, que tinha um lemão aqui, Doutor Gunte, homem apalavrado, que andou de empreitada em usina de álcool de cana, pois esse Doutor Gunte, dizia Garnizé que era muito namoradeiro, metido com rabo de saia, mas eu que tenho honra de homem, juro que ele, o lemão, nunca se achegou em Nhá Menina, que eu tenho minhas vergonhas, além do que logo o povo descobriu que Doutor Gunte era xibungo e que, por artes do Malino, não queria coisas com rabo de saia e, sim, coisas vergonhosas com cabocrinho, nhor, benza a Deus! de modes que continuei achando que eram artes de Garnizé, cabra ruim, que deve de ter olhado com visagens pra Nhá Flô, quando que ela se banhando, tal ela me disse e jurou três vezes sobre rosário bento do santo Padim Ciço, e, quando nascida a criança, juro por Deus e por esta luz que me alumia, nhor há-de me crer, vi sangue e jurei sangrar Garnizé e tinha sangrado, se ele não fugisse, lançando aleivosia contra o pobre do lemão, o Doutor Gunte, letrada e, por mal dos pecados, viciosa pessoa, que era xibungo, como se falava e que o lemão nunca que ia arrastar asa pra Nhá Menina, ainda mais tendo tanta moça de idade nova e Nhá Menina assim mais pra idosa.

Pois se deu que o menino crescendo, e Nhá Menina cheia de dengos, mas eu que não gostava mesmo dele, que não era meu filho, depois me confiei, com Garnizé longe de

Catulé, que era coisa do Cujo que tinha tentado Nhá Menina, e ele que, crescendo, mostrava também por mim, que pai não era dele, todo o desamor, muito lhe dei com a correia, que era pessoa gente de maus bofes, Nhô Tó que dizia *não carece de bater, compadre, criatura assim, enfezada do Cujo, inté gostando, fumiga ele com ervas* e, com conselho de Nhô Tó, mesmo não sendo filho meu, levei naquela Nhá Santa, nhor deve de conhecer, ela que era esposa de compadre Fefa, pois fui inté ela, não queria era estrupício vivendo mais a gente e, em não sendo vontades de Nhá Menina, largava ele no mato, fosse eu dizer tal, ela de quatro pedras na mão *indo meu filho, vou junto, vosmecê que mau pai, homem quizilento*, e eu dizia *este não é filho meu, vosmecê não vendo?* era a pele branca, eram os zóio azul, era o cabelo branco, mais filho que fosse do Doutor Gunte, não fosse ele, o lemão, xibungo, de cara virada pra rabo de saia e correndo atrás de cabocrinho, credo em cruz, nhor há-de convir, mas, como dizia, levei ele pra Nhá Santa que fez a reza e foi como se não fizesse reza, o tal, de zóinho enfezado, cheio de brabeza e, quando muito brabo, quando lhe dava eu correção com a correia, fazia escuma pela boca e revirava os zóio, e se estremecia, estrebuchando todo, se revirando no chão, como que tomado de terçãs, esse que não era mesmo filho meu e, enquanto criança, pude com o bicho, mais crescido, um dia, me tomou a correia da mão e disse *agora em diante, não me dá mais nhor com ela*, e era tanta brabeza que eu, que medo nao tenho nem de gente nem de bicho de couro, de pêlo, fiquei temeroso, tanto era o ódio naquele filho do Cão, além de que me faltando as forças, eu que um homem perto dos setenta e, então, disse pra Nhá Menina *veio de ameaço, eu que não posso com ele*, e Nhá Menina, com ele, cheia de mimos e dengos, que mais estragando o que o Dianho já tinha começado, nhor vê como são as potestades do Cujo.

Inté que se deu que, um dia, veio Frei Santo mais a gente dele, tudo padre de saia marrom, que vinha pra confessar o povo, falar palavreado e dar comunhão, porque o povinho em Catulé tinha só igreja, mas padre não vinha nunca, e eles vieram, falei pra Nhá Menina que devia de contar o causo do menino, e o Frei quis ver ele pra dar a bênça e, mesmo na frente dos padres, ele espumando todo, e aquele homem santo disse *Belzebu, Satanás, Lúcifer, por qual nome atendas, sai deste corpo, por ordem de Nosso Senhor Jesus Cristo que morreu no calvário para nos livrar de sua tentação*, e jogou água santa, e não é que o menino foi serenando, serenando, até que ficou calminho e dormiu ali mesmo no chão? e no fim da rezação, Frei Santo me disse que queria levar o menino com eles, então vi manigâncias! nhor me crendo, será que não queriam mostrar pro povinho o filho do Cão, feito aconteceu em Paturi, o povo vindo de longe pra ver o bebê-diabo, esse que até chifre tinha, o pai ponhava numa jaula, o povo pagando pra ver? vi então, como disse, manigância e preguntei *por mal que lhe pregunte, lhe respeitando a santidade, nhor querendo levar o menino a mode de quê?* e Frei Santo me dizendo, nhor conhece os padres, desfingindo malícia, *para consagrá-lo a Nosso Senhor Jesus Cristo* e foi que eu disse *me adesculpe ignorança, mas o que isso quer dizer?* e o Frei Santo me explicou *queremos que sirva ao Senhor como padre*, cocei a cabeça, me demorei pensando, porque sabia o Frei Santo atilado e disse *o menino é braço que me ajuda na lavoura, como é que eu fico?* mentira era, que aquela peste não tinha mesmo serventia, mas, se o tal do Frei Santo querendo levar o menino, que devia de me pagar um ajutório, o Frei Santo me olhou, ardiloso, e disse coisa complicada, que não tive muito entendimento *maiores são os poderes de Deus, o senhor devia humildemente permitir essa vocação, ajudando a criança a se consagrar ao serviço de Nosso Senhor Jesus Cristo.*

E no outro dia, quando acordei, vi que o menino tinha ido com os padres e descobri que por artes de Nhá Menina, *melhor pra ele*, ela disse, *assim tem casa, comida e vosmecê não implica com ele*, sofri muita raiva com Nhá Menina, nhor vê, pensando que o Frei Santo é que ia tirar proveito, mostrando ele em circo de cidade, que esse povinho gosta muito de estranheza, como disse que aconteceu em Paturi, que chovia tanta gente que o pai do bebê-diabo enricou e enricava mais, se o filho não tivesse morrido de artes do Cujo, que deve de ter levado ele pras profundas, e assim se ia aquele que eu não queria mais em casa, por artes de malícia do Frei Santo e inté que foi que passou tempo e, um dia, chegando da roça, dou com ele, moço crescido, e Nhá Menina, toda em dengos, servindo café quente e rapadura, dizendo *olha, que nosso filho, deixando os padres, voltou*, bebi meu café e preguntei *por que vosmecê deixou os padres? não tinha lá casa e comida?* e ele, todo impante, com jeito de desaforado, que nhor vê que nem sabia de respeito ao pai, *vida de padre não combina comigo, sem contar que não sou chegado à xibunguice*, vi que estava forte e falava com qualidade, como se fosse já doutor, e ele foi ficando com a gente, mas, calaceiro, não era dado ao trabalho, gostava de ficar entoando modinha, de lançar palavrinha doce às moças que até provocou arruaça, mexendo com quem não devia, como a mulher de Nhô Jê, que era homem quizilento, como nhor sabe, de maus bofes que disse que matava ele, que até aprovei, mas não Nhá Menina que fez que fez, vendeu galinha, vendeu cabra e, com os cobres, comprou bilhete de passagem pro marmanjo num pau-de-arara, ele se foi pro Sul, e a gente nunca mais vimos ele.

Mas não é que, depois de vinte anos, eu já entrevado, mal podendo me alevantar da cama e pensando que ele nas profundas com o verdadeiro pai seu, o Cujo, que aquele não tinha juízo e, nem no Norte, nem no Sul, futuro tinha, um dia, não é que ele, enricado, nhor pasme das artes, voltava todo soberbo, de óculo preto e terno branco, com radiola de fio na orelha e sapato de tênis, trazendo muitos presentes pra gentinha da terra, uma televisão pequena, colorida, pra Nhá Menina, que veio gente de toda Catulé ver os programas, que televisão só tinha na prefeitura, com ordens do prefeito, e mais água benta da santa de Aparecida do Norte pra Nhá Santa e mesmo pra mim, eu que ele não gostava, um canivete que causou dimiração, que tinha serventia de garfo, de colher, de cortador de unha e muito mais que era maravilha, e foi que contou que, no Sul, tinha muito dinheiro, que qualquer enricava, que ele trabalhando prum turco, e eu que conhecia um que vendia botão, linha, agulha e de quem Nhá Menina se servia quando precisada, nhor sabe dessas gentes das estanjas, preguntei se era mascate o patrão dele, ele se riu, cheio de soberba, e disse que no Sul não tinha mascate, não, que o patrão dele era homem de posses, de muitos negócios, e eu não podia entender como ele, assim dado à mandriice, podia trabalhar com aquele turco e enricar, que qualquer um podia ver que tava enricado, nhor precisava de ver, tantas eram as quantidades de dinheiro que trazia, o anelão de ouro no dedo, e o relógio grande cheio de ponteirinho no braço, mas descobri que não devia de ser boa coisa quando ele tirou o paletó e vi no bolso de dentro arma de fogo e, quando que preguntei o que que era, ele disse, com cara de malícia, que era pra segurança do patrão, e sei que ele ficou ali em Catulé pra mais de uma semana, aos dengos com Nhá Menina e vi que continuava calaceiro, mas não querendo nada com as moças da terra, pois que dizendo que eram feias e que as do Sul, todas cheias de perfumes e bonitezas que eram coisas de um homem cuidar, e, um dia, Nhá Menina chorando muito, ele se foi todo faceiro e disse que ia de ônibus até Teresina, pra depois pegar avião! enricando aquele filho do Dianho, que nem querendo saber mais de ir pro Sul, como todo mundo, de ônibus, e dizendo que ia escrever carta, mas nunca mais escreveu e nem nunca mais veio pra Catulé, faz agora mais de quatro anos que apareceu todo lorde, e Nhá Menina, nhor fica sabendo, é que chora dizendo que com saudades, eu que não quero por perto, inté que vendi o canivete pra compadre Jê que, pra mim, que só preciso de faquinha pra picar fumo, e nem um cigarrinho mais posso fumar, que dói o peito e escarro sangue, pois que aquele canivete não tinha mesmo prestança, sem contar que penso que comprado com ajuda de artes do Cujo, eu que não aturo mais, não querendo morrer em pecado, tocando coisa que presente de um filho do Dianho, pois nhor sabe: coisa que o Cão põe a mão, fruto é de tentação.

Ø

Anjo, unhinhas douradas, um poema de Baudelaire, os desejos de Turco e o país de Cocanha

Anjo beijou as costas de Negão e disse:

— Mô, lê pra mim uma poesia daquele cara.

— Que cara?

Ela foi até a estante, pegou um livro, voltou para a cama e soletrou:

— Do Bau-de-lai-re.

— Bôdlérr, Anjo.

Ela beijou a boca de Negão e disse, magoada:

— Não debocha de mim, mô. Sei que sou ignorante.

— Não estou debochando, Anjo. O que é certo é certo.

— Tá bom. Então, lê a poesia.

— Em francês ou português?

— Em francês.

— Mas você não sabe francês.

— Adoro ouvir você falar francês.

Ele abriu o livro e começou a folheá-lo.

— O que foi? Não vai ler a poesia pro seu anjinho? Perguntou Anjo, sacudindo-o.

— Espera um pouco. Estou procurando uma bem bonita.

Negão apoiou o travesseiro na guarda da cama, acomodou-se e leu:

— "A une passante".

— O que quer dizer isso? Perguntou Anjo.

— "A uma passante".

— "Passante"?!

— Uma pessoa passando na rua. Presta a atenção:

La rue assourdissante autour de moi hurlait.
Longue, mince, en grand deuil, douleur majestueuse,
Une femme passa, d'une main faustueuse
Soulevant, balançant le feston et l'ourlet;

Agile et noble, avec sa jambe de statue,
Moi, je buvais, crispé comme un extravagant,
Dans son oeil, ciel livide, où germe l'ouragan,
La douceur qui fascine et le plaisir qui tue.

Un éclair... puis la nuit! — Fugitive beauté
Dont le regard m'a fait soudainement renaître,
Ne te verrai-je plus que dans l'éternité?

Ailleurs, bien loin d'ici! trop tard! jamais peut-être!
Car j'ignore où tu fuis, tu ne sais où je vais,
O toi que j'eusse aimée, ô toi qui le savais!

Anjo bateu palmas.

— Que lindo, Negão! Adorei. Agora, fala como que é
em português.

Ele pensou um pouco e, depois, começou a explicar:

— Bem, é o seguinte: um dia, o velho Baudelaire estava andando pela cidade. Na rua, era a maior confusão, você
sabe, aqueles marreteiros gritando, as carroças passando
sobre as pedras do calçamento...

— Carroças? Por que carroça? Ele morava numa cidade do interior?

Negão começou a rir, abaixou a cabeça e beijou uma a uma as unhas douradas de Anjo.

— Não, sua bobinha. Ele morava em Paris. Acontece que esta história se passa no século XIX.

— E quando que foi o século XIX?

— Antes do nosso, mais ou menos, uns cento e quarenta anos atrás.

Anjo arregalou os olhos azuis, soprou uma mecha dourada de cabelo que teimava em lhe cair sobre a face e disse:

— Cento e quarenta anos? Poxa! É tempo à beça. Vai, continua a contar.

— Como eu dizia, o Baudelaire, estava lá andando, quando uma mulher magra, alta, loira, igual a você, anjo, passou...

Anjo sorriu e beijou Negão.

— Tinha chovido muito em Paris, a mulher, para não se sujar, levantou a ponta do vestido e, com isso, acabou mostrando a perna tão linda que parecia a de uma estátua grega. E, em meio àquela confusão dos marreteiros, das carroças e carruagens jogando lama para tudo quanto é lado, caminhava com a graça, a leveza de uma aristocrata. Baudelaire sentiu uma atração tão grande por ela que ficou todo crispado e bebeu a doçura que fascina e o prazer que mata naqueles olhos que pareciam um céu claro onde nascem os furacões. Mas, de repente, quando ele menos esperava, a mulher se enfiou no meio da multidão e, para seu desespero, perdeu-se de vista como um clarão na noite. Cheio de tristeza, Baudelaire teve consciência de que nunca mais veria aquela beleza fugidia que o fizera renascer para vida e a quem amaria, ainda que fosse depois da morte.

Negão calou-se e Anjo, depois de um tempo, em que rugas se lhe formaram na testa, perguntou:

— Mô, não entendi uma coisa: se o Baudelaire tava tão interessado na mina, por que não foi atrás dela?

— Se o Baudelaire fosse atrás dela, o poema perdia o efeito principal, representado pela idéia da impossibilidade de amar e, sobretudo, pela questão da percepção do estético pelo ser humano. Porque, se você quer saber, Anjo, "A une passante" não é propriamente um poema de amor. É muito mais uma reflexão estética. Baudelaire não acreditava numa Beleza absoluta; para ele, a beleza era sempre relativa e mostrava-se ao homem apenas num relance. A mulher, esteticamente, é um símbolo da fugitiva Beleza, algo fantasmagórico, como um clarão, que dá sentido a nossa vida e de que temos apenas vislumbre.

Anjo correu as unhinhas douradas pelo peito de Negão.

— Mô, você não fica bravo comigo?

Ele beijou-lhe o pescoço e perguntou:

— Por que eu ficaria bravo com você?

— É que não entendi nada do que você disse.

— Não precisa entender, Anjo. Às vezes, falo pra mim mesmo.

— Não sei por quê, Negão, você fala difícil, é meio maluco, mas te adoro. Você quer saber? Acho que você é pra mim como essa mulher que apareceu pro cara. Só que você não vai sumir, né?

— Não, não vou sumir, querida.

Anjo beijou Negão na boca e suspirou.

— Pena que, saindo daqui, fico com o nojento do Turco.

— Nojento mesmo. Não sei como você agüenta.

— O Turco é amarrado em mim. Me dá tudo que eu quero. Você me daria tudo o que eu quisesse, Negão?

Ele jogou o lençol longe, levantou-se e foi até a janela.

— Vem aqui, Negão.

— Não gosto que você fale desse jeito. Parece puta.

— Mas eu *sou* puta. Onde você pensa que o Turco me achou?

— Quando tiver dinheiro, tiro você do Turco.

Anjo levantou-se da cama, foi até ele, abraçou-o por detrás e começou a beijar-lhe as costas.

— Não fala bobagem, Negão. Tá bom assim. O Turco me dá tudo o que eu quero, adoro você, você me adora. Se fosse você que me dava a grana, vai ver que eu te corneando. Homem que dá grana pra mulher merece de ser corno.

Negão voltou-se e abraçou Anjo que o acariciou à altura da virilha.

— Tá vendo, mô, já de tesão. Quando que o Turco de tesão?

— Ouvi dizer que o Turco o maior tarado...

— Mó grupo. A gente nunca trepou de verdade. Comigo, o Turco fica frouxo.

— Uma coisa que não entendo: o Turco adora gorda, e você nem gorda é.

Anjo pegou na mão de Negão e puxou-o para a cama.

— Sei lá. O Turco é loque. Sabe como ele me conheceu? Eu era dançarina no *Blue Star*. Um dia, depois de dançar, me convidaram pra beber numa mesa. Sentei do lado do Turco que eu nem sabia quem era. Ele então começou a olhar pra mim de um jeito que parecia louco. Uma hora, não agüentei aquilo e perguntei: "que que foi, meu? Nunca viu mulher?". "Mulher já vi", me respondeu, "e até mais gostosa que você, mas nunca vi orelha tão linda". Dei uma risada e disse: "orelha tão linda? Você tá brincando!". "Não, não tô brincando. Juro por Deus que nunca vi orelha tão linda! Chega aqui pra eu ver mais de perto". Cheguei, ele ficou bufando na minha orelha. "Ai, que cócega", disse com nojo, porque o Turco, com aqueles dentes podres, tem um bafo de onça... "Gamei sua orelha", ele falou, e só sei que, naquela noite mesmo, o Turco disse que queria ficar comigo. Quando meu patrão contou que o Turco cheio da grana, aceitei na hora. O Turco me tirou da vida, me cobriu de jóia e vive dizendo que se corneio ele manda me matar.

— E você não tem medo?

— Eu? Medo daquele trouxa? O Turco me adora, de tão fissurado nas minhas orelhas. Tenho mais de duzentos brincos em casa, de ouro, de prata, de diamante, esmeralda, rubi. Cada viagem que o Turco faz, ele me traz um brinco novo. Vem, me dá a jóia, manda eu ficar pelada, só de brinco, e fica babando. Depois, acaba batendo uma punheta.

— E você? Não sente tesão pelo Turco? Perguntou Negão com um sorriso zombeteiro.

Anjo bateu três vezes na guarda da cama.

— Isola! Gostar daquele monte de banha! Turco mais nojento. Precisa ver ele pelado! Mais peludo que um macaco e peida o tempo inteiro.

— Como peida o tempo inteiro?

— Peida, ora. Você nunca viu ninguém peidando?

— Claro que já vi.

— Mas garanto que não como o Turco. Ele peida alto e em qualquer lugar. No quarto, na sala, na cozinha. E cada peido fedido! Não agüento aquele Turco. Que diferença de você tão cheirosinho e gostosinho.

Negão deitou-se sobre Anjo e disse:

— Mas acho que você devia tomar cuidado. O Turco é ruim. Amanhã, vou matar um cara pra ele.

— Matar por quê?

— Ah, porque o cara roubou cinqüenta mil dele.

— Se você quer saber a verdade, acho que o Turco tá certo. Se ele deixa um cara roubar, mesmo que seja merreca, daqui a pouco tá todo mundo roubando.

— Tudo bem, o cara roubou do Turco, mas sabe o que o Turco me pediu?

— ...?

— A orelha do cara.

Anjo começou a rir e riu tanto que engasgou.

— Ai, ele é pinel mesmo. Sabe pra que o Turco quer a orelha? Pra coleção dele. O Turco tem uma caixa onde guarda um monte de orelha.

— E você não tem medo que ele corte a sua?

— Não, não tenho. O Turco é gamado em mim.

— Eu não teria tanta certeza assim. Você não ouviu aquela história das gordas?

— Que gordas?

Negão saiu de cima de Anjo, sentou-se na cama e começou a contar:

— O Turco foi ao bar do Maminha e pegou duas gordas. As gordas eram irmãs e faziam streaptease. Pois o Turco subiu com as duas até o quarto e, não demorou muito, arrebentou a cara de uma delas com uma cabeçada e, depois, arrancou a orelha da outra com a navalha.

— Quem te contou essa história?

— O Maminha. Está até aqui com o Turco. Disse que ele estragou as gordas, e que ninguém mais quer ficar com elas.

Anjo começou a rir.

— Não te disse que o Turco é maluco? Cortar a orelha da gorda... Qualquer dia, vou pedir pra ele me mostrar a orelha.

Negão passou a mão nos cabelos loiros de Anjo.

— Você está brincando com fogo. Se o Turco desconfia...

— Que desconfia o quê! E quer saber de uma coisa? Quanto mais eu trato mal o Turco, mais ele gama. O Turco tem cada tara que só vendo! Até te conto, mas não vai dizer que contei, que o Turco me mata. Ele gosta de vestir de mulher e, às vezes, pede pra eu bater na bunda dele com um chicote. Aí, eu bato mesmo, com vontade, de deixar vergão. E o Turco chora, fica babando e bate uma punheta. Diz que sou um anjo do céu, que não precisa trepar comigo, que pra trepar tem as putas. Vai ver que as gordas as putas. E ainda bem que não querendo trepar comigo. Já pensou me arrebentando o olho ou me cortando a orelha?

— Por isso que você precisa se cuidar.

Anjo beijou Negão.

— E você que anda comendo a mulher dele?

— Eu me defendo. E, depois, você vale o risco.

— Adoro escutar você dizendo isso.

Anjo esticou o braço, abriu a mão e olhou demoradamente para os dedos.

— Negão, você sabia que o Turco me quebrou a unha?

Ele beijou a mão de Anjo e chupou-lhe o dedo, onde a unha estava quebrada.

— Isso é o de menos. O Turco maluco daquele jeito, e você vem falar de unha?

Anjo olhou Negão nos olhos e disse:

— Mô, sabe que tô gamada em você? Tão gamada que não vejo mais nada na vida?

— Anjo, sabe que se eu pudesse e se você quisesse, te levava pro país de Cocanha?

Anjo soergueu o torso.

— País de Cocanha? Onde fica isso?

— É um país soberbo, Negão começou a dizer, que sonho visitar com uma velha amiga. País singular, escondido nas brumas de nosso Norte, e que se poderia chamar o Oriente do Ocidente, a China da Europa, tanto se espraiou nele a quente e caprichosa fantasia, tanto ela, paciente e obstinadamente, o ilustrou com sua sábia e delicada vegetação. Um verdadeiro país de Cocanha, onde tudo é belo, rico, tranqüilo, harmonioso; onde o luxo tem o prazer de se mirar na ordem; onde a vida é fácil e doce de respirar, de onde são excluídos a desordem, a turbulência e o imprevisto; onde a felicidade se casa ao silêncio; onde a própria cozinha é poética, farta e excitante ao mesmo tempo; onde tudo parece contigo, meu querido anjo.

Anjo apertou o corpo contra o corpo de Negão, beijou-o demoradamente na boca e depois disse sorrindo:

— Meu amor, quem sabe, um dia, a gente não vai pra esse lugar?

ζ

O Corcel Negro

vê, ainda que os olhos fechados, tudo vermelho, vermelho do sangue que cachoa, como a enxurrada de uma tempestade, e o ruído da tormenta chega-lhe aos ouvidos, e agora o ruído é como o soar de cascos de cavalos, que estilhaçam as pedras e soltam faíscas, como o raio que risca o céu, ele nu está, montado em pêlo no cavalo preto que galopa na pradaria sem fim e, de repente, sua barriga em arco funde-se ao dorso do corcel, e ele então é o corcel negro, as espáduas cobertas de espuma e, galopando, as narinas fremindo, os tendões tensos, como as cordas de um violino de Paganini, e a melodia que ouve fere-lhe os ouvidos, como se a litania de mortos, e ele inclina a cabeça e põe os olhos no chão, onde vê, de bruços, as vítimas que o esperam, e ele espezinha-as, penetra-as com o grande falo e arranca-lhes as orelhas a dentadas, é o corcel negro, as crinas ao vento — *eu sou o garanhão!* grita, a boca cheia de sangue negro e, sob o ritmo do gozo, Turco abre os olhos, nas últimas de mais uma polução matutina, e coça, deliciado, os colhões

$\varnothing$

Reverendo, Turco, e um estupro relatado

— Grande Reverendo! Como vai esta força?

Reverendo, de óculos escuros e esparadrapo no nariz, rosnou alguma coisa em resposta e ficou parado diante da mesa do Turco.

— O que foi, meu? Bateu num trem?

— Mais ou menos, respondeu Reverendo.

— Senta aí. Não paga nada.

— Não quero sentar.

— Então, fica de pé. Mas conta aqui pro velho Turco o que que aconteceu com você.

— Você me pediu uma coisa, e eu fiz a coisa pra você. Fora isso, não tenho que te contar nada.

Turco sorriu, avançou a cadeira para mais perto da mesa e disse:

— Deixa de ser invocado, cara.

— Não sou invocado. É que não gosto de conversar sobre coisa particular.

— Então, vamos aos negócios. Você apagou ela?

— Apaguei, como você pediu.

— Conta pra mim como foi.

— Bem..., começou Reverendo.

— Senta aí, cara. Chato conversar com alguém de pé.

— Porra, Turco, já disse que não quero sentar! Não posso sentar. Estou com a bunda machucada.

— Andou dando a tarraqueta?

— Turco, olha o respeito. Você fica me insultando, eu não gosto e aí...

Turco começou a rir.

— Calma, Reverendo. Não tá vendo que tô brincando?

— Você sabe que não gosto desse tipo de brincadeira.

— Acho que você não gosta de brincadeira nenhuma. Nunca vi cara mais invocado... Mas conta o que você ia contar.

Reverendo deu um suspiro e voltou a falar:

— Estava te dizendo, fiquei de campana perto do apê do Negão.

— Que horas que ela entrou lá?

— Duas da tarde.

Turco deu um murro na mesa.

— Filha da puta! Ela disse que na cabeleireira. A velha história dessas lazarentas.

— Cada um sabe onde dói o pé..., disse Reverendo.

Turco abriu a gaveta, pegou um 38 e o colocou sobre a mesa.

— Reverendo, outra brincadeira dessa e te estouro os miolos.

— Calma, Turco. Também, estava brincando.

— Acontece que sou o chefe, e você, um bosta. Te estouro os miolos e te arranco essas orelhas de rato branco!

Reverendo apertou os dedos contra as palmas das mãos. Os dois se encararam sem falar por uns minutos. Por fim, Reverendo disse:

— Está bom, Turco, desculpa. Mas, por favor, não me chama mais de rato branco! Se você é o chefe, não tem o direito de abusar.

— Vamos parar de conversa. Conta logo a história.

— Está bem, Turco. Fiquei vigiando o apartamento do Negão. Ela chegou perto das duas e ficou lá até as seis e, quando desceu, vinha acompanhada do Negão. O Negão estava com uma camisa listada azul e cinza...

— Por que o detalhe da camisa?

— Por quê? Já te digo por quê. Ela comprou pra ele. Eu vi quando ela foi no shopping e escolheu a camisa. Sabe, Turco, ela ficou um tempão olhando as vitrines, depois, entrou numa loja, não quis uma, não quis outra, mandou o puto do balconista mostrar tudo quanto é modelo de camisa. Uma droga de uma camisa listada...

— Mais um motivo pra eu foder aquela puta. E depois?

— Depois, ela saiu, fui atrás e, quando passamos ali perto da Cidade Universitária, eu alcancei ela e buzinei. Primeiro, ela pensou que fosse paquera e virou a cara. Na terceira buzinada, me mandou tomar no cu, subiu o vidro e acelerou. Alcancei ela novamente no farol, dei outra buzinada, ela virou a cara pra xingar, fiz sinal, apontando o pneu. Ela deu uma risada sem graça e estacionou. E eu atrás. Ela desceu do carro e foi olhar o pneu. Encostei nela, o dedo embaixo da blusa, como se estivesse turbinado e disse: "um assalto, moça". Ela foi gritar, ameacei: "se gritar, leva chumbo. Entra no meu carro". Ela entrou, eu disse: "vai guiando". "Pra onde?". "Pega a Marginal". E ela se cagando toda, só olhando pro meu dedo e pensando que era uma arma. Andamos, andamos, e ela: "por favor, moço, te dou o que quiser. Minha bolsa tá cheia de grana". "Fica quieta e guia". Continuamos a andar e, depois do Centro Empresarial, falei pra ela entrar numas quebradas e fomos pra Parelheiros. Ela começou a ficar assustada e disse: "você não deve saber disso, mas acontece que sou mulher do Turco". "Que Turco?", perguntei, fingindo que não sabia de nada. "O Turco traficante. Se ele sabe que você tá me seqüestrando, ele te mata". "Não tô te seqüestrando". "O que que você vai fazer comigo". "Pera aí que você vê".

— Ela tava nervosa?

— Só. Parecia que ia ter um troço. Pois bem, levei ela até umas estradas de terra, entramos numas quebradas e, quando mandei parar o carro, ela disse: "cara, sei qual a sua" e já foi tirando a blusa.

— Ela tava de sutiã?

— Não.

— Filha da puta! Sempre falei pra ela sair de sutiã.

— E se você quiser saber, ela estava também sem calcinha, porque suspendeu a saia, abriu as pernas e disse, passando a mão na buça: "vem fazer amorzinho, meu bem", foi o que ela disse, ela pensando que sou trouxa. Sabe o que a dona tinha na mão fechada? Uma tesourinha. Já pensou, Turco, se dou uma de trouxa? Ela me fura todo.

— E o que você fez?

Reverendo deu uma risadinha.

— Torci o braço dela e disse: "pensando que sou otário?", ela me xingou de filho da puta, me cuspiu, torci o outro braço e amarrei com o cinto, depois, virei ela de bruços e disse o que você mandou dizer.

Turco dobrou o corpo sobre a mesa e perguntou:

— Como foi que você disse?

— Assim, normal. Disse que ela era uma vagabunda por enganar você com o Negão e que por isso mesmo ela ia ver o que era bom pra tosse.

— Pera aí, Reverendo. Você disse que eu disse "como era bom pra tosse"?

— Modo de dizer. Por que você está encanado com isso?

— Reverendo, tenho cara de xarope?

— Turco, você se preocupa com cada coisa...

— Claro que preocupo. Te mandei falar uma coisa, e você falou outra. Ela tinha que ter escutado só o que mandei falar.

— Pois eu falei, Turco. Mas mesmo que não falasse, não tinha importância, ela está morta mesmo.

— Não é a mesma coisa. Mesmo morta, antes de morrer, tinha que escutar tudo que eu queria falar pra ela. Pra aprender a não abusar de mim. Ninguém apronta comigo e sai por aí, mesmo que seja no Inferno, falando que abusou do Turco.

— Está bom, está bom. Então, deixa eu falar o que disse de verdade pra ela: "você abusou da bondade do Turco, por isso, vai pagar pelo que fez, porque ninguém apronta com ele e sai por aí dizendo que aprontou".

— E ela?

— Ela começou a chorar e disse: "não abusei. Juro por Deus que não abusei. Eu amo o Turco, o Turco é o homem da minha vida".

— Falsona...

— Pois é. Então, abaixei a calça e fiz o que você mandou.

— Conta direito, Reverendo.

Ele apoiou as mãos na mesa e disse:

— Você quer mesmo que eu conte?

— Claro que quero. Se tô pedindo pra você contar...

— Primeiro, comi o cu dela, depois, virei e comi a buça.

— E ela?

— Ficou chorando e pedindo pelo amor de Deus.

— E você gozou?

— Claro que gozei. Que que você queria? Que eu não gozasse?

— Só faltava você não gozar. A filha da puta me corneia com o Negão, me faz de trouxa, mando você estrupar ela...

— Estuprar, Turco.

Ele apoiou a mão no cabo do trinta e oito e disse:

— Reverendo, às vezes, não entendo você. Te pago pra fazer um serviço, você me faz um serviço, ganha a tua grana, esquece que sou o chefe e ainda fica me gozando.

— Não tô te gozando, Turco. É que você falou "estrupar..."

— Que que tem?

— Está errado.

— Tá bom, tá bom, você devia de ser professor. Mas o que que eu tava falando?

— Sei lá, agora esqueci.

Reverendo tirou as mãos de sobre a mesa, espreguiçou-se e perguntou:

— Não quer que eu continue contando a história?

— Continua.

— Depois que estuprei ela, agarrei ela pelos cabelos e disse: "agora, você vai fazer parte da coleção do Turco".

— E você cortou a orelha?

— Fiz tudo como você pediu.

— Ela tava viva, né?

— Eu disse que fiz o que você pediu.

— E como que ela reagiu?

— O que que você queria, Turco? Berrou como uma vaca, esperneou, me unhou a cara.

— Ah, por isso, que você tá todo enfaixado?

— Não brinca. Isso foi outro rolo. Como você disse, bati de cara com um trem.

Turco esticou a mão por sobre a mesa e disse:

— Dá aqui.

— Dá aqui o quê?

— A orelha, ora.

— Ah, a orelha, disse Reverendo enfiando a mão no bolso e pegando um envelope. Está aqui, cortada e fresquinha.

Turco levantou-se, foi até um móvel atrás da mesa, abriu a porta e pegou a caixa preta laqueada.

— Mais uma pra coleção do titio Turco...

Ele abriu a caixa e pôs a orelha num dos escaninhos, tomando, porém, o cuidado de pular um dos espaços.

— Ei, Turco, você se enganou. Falta uma orelha aí.

— É de propósito. Tô esperando uma encomenda.

Ele abriu uma gaveta, pegou um maço de notas e entregou-o para Reverendo que o enfiou no bolso da calça.

— Não vai conferir?

— Não precisa, disse Reverendo, fazendo menção de sair.

— Pera aí, a conversa não acabou.

— Já te contei tudo.

— Não é isso. Tenho outro serviço pra você.

Reverendo voltou para junto da mesa do Turco que lhe disse:

— Quero que você apaga o Negão.

— O Negão?! Por que não me falou antes que eu aproveitava e apagava ele junto com ela?

— Não te mandei pegar o Negão antes, porque ele vai resolver um negócio pra mim em Paris. Depois que ele te dar uma grana que me devem, você apaga ele por lá mesmo.

— Por que em Paris? Não posso apagar ele aqui?

— Você fala francês, Reverendo?

— Dá pra me virar. Aprendi um pouquinho no seminário.

Turco abriu de novo a gaveta, pegou um envelope e deu-o a Reverendo.

— Acontece que quero que você investigue uma coisa pra mim. O Negão vai encontrar um cara em Paris. Ele disse que não é negócio de droga, mas não acredito.

— Quem que é o cara?

— Nunca ouvi falar. Foi o Negão que disse que o cara ligado no haxixe. Você passa isso a limpo, porque não gosto de ver pessoal meu me passando pra trás.

Reverendo ficou quieto por alguns minutos e depois disse:

— Deixa eu pensar: encontro com o Negão em Paris, pego a grana e apago ele. Não, espera aí, antes, tenho que ver o negócio do traficante. O Negão disse o nome do cara?

— Disse.

— Que nome que era?

— Não lembro direito. Acho que era Bode-qualquer-coisa.

— Está bom, vou investigar. Outra coisa: o que que você quer que eu falo pra ele?

Turco pensou um pouco e depois disse:

— Bem, você pode falar tipo: que fui eu que mandei matar ele pra ele aprender que ninguém põe os chifres em mim e sai por aí dando uma de gostoso.

— "Estou te matando por ordem do Turco, pra você aprender a não pôr os chifres nele e sair por aí dando uma de gostoso", é isso mesmo que você quer que eu falo?

— Tira os chifres. Fala "enganar o Turco".

— Tá bom.

Reverendo ia saindo da sala de Turco, quando se voltou para perguntar:

— Outra coisa, onde que encontro o Negão?

— Hotel Cujas. Dentro do envelope tem o endereço, uma passagem ida e volta e grana pra despesa.

— Classe econômica?

— Claro, você vai a negócio, Reverendo!

— Acontece que em avião só como comida macrobiótica. Na classe econômica, não tem comida macrobiótica.

— Reverendo, posso saber por que você não come comida comum? Tem mais vitamina. Essa tal de comida macrobiótica acaba com os globos vermelhos, deixa um homem frouxo.

Reverendo fechou o cenho e disse:

— Eu como comida macrobiótica e não sou frouxo.

— Não disse que você é frouxo...

— Turco, se você quer saber, essa comida que vocês comem tem muita proteína, e a proteína ataca o cérebro, e a pessoa pensa que é a pessoa, mas não é ela mesma, vira um zumbi. Tudo por causa da proteína.

Turco fitou Reverendo com um sorriso zombeteiro nos lábios.

— Prefiro virar zumbi do que virar frouxo.

— Cada um na sua, Turco.

Reverendo saiu da sala batendo a porta com força. Turco deu de ombros e ficou algum tempo recostado na cadeira, a cabeça apoiada nas mãos. Depois, aproximou-se de novo da mesa, tirou do escrínio de veludo a nova orelha da coleção, beijou-a e disse:

— Anjinho, meu anjinho, por que foi aprontar comigo?

Δ

eu que cego sou, porque a cegueira não me deixa ver as confusas pelejas neste erebro de fancaria & faz-me sonhar que também um deus sou, como o arquétipo que se ri de mim, de minha audácia, mas a mim me inveja porque seu discurso se resume a um predicativo em que se consome a si — Eu sou o que é —, *& assim Lhe falta a Ele, em Sua arrogância, o partilhar o embate das paixões &, invejoso, criou-me a mim & a mim me deu o dom de palavras semear & minhas palavras, como tambores ou como tubas, ora soam retumbantes & fazem os gigantes levantarem-se no seio da Terra & povoarem, a partir daí, as imaginações de pesadelos, ora soam veladas, como flautins e cítaras, acordando os elfos, os serafins adormecidos nas nuvens que povoarão de sussurros as noites dos esquecidos & minhas palavras — gritos de gigantes ou murmúrios de serafins - concertarão o mundo, iludindo o arquétipo, despojado de sua arrogância, porque também sou o criador de mundos por fazer & meu drama, com início & fim, será mais que a litania que, um dia, Ele ousou criar, tão monocórdia quanto o eterno enunciado que se enuncia* Eu sou o que é, Eu sou o que é...

Vó Pequenita, as "Portas da Esperança", um futuro no sortista e Anjo, garota de programa

Simpatia

> Num lugar mais alto que a sua cabeça, acender 3 velas brancas num prato com água e açúcar, para os seus anjos protetores Rafael, Miguel e Gabriel e fazer 1 pedido. Em três dias você alcançará a graça. Publicar no 3º dia e observe o que acontece no 4º dia. (V. P.)

***

Quando vó Pequenita enfiou na cabeça que tinha que ir na "Porta da Esperança", no SBT, achei programa de índio, a gente no meio daquela putada gritando, querendo agarrar o Sílvio, mas a coitada da vó queria porque queria uma geladeira nova, Frostfree, e disse que tinha recebido telegrama do SBT e que tinha certeza que ia ganhar mesmo a Brastemp, então, contou pra todo mundo, como se tivesse ganhado a porra da geladeira, *sonhei*, ela disse, *sonhei que as portas abriam e que o Sílvio falava hê, hê, há, há, dona Pequenita! não é que a senhora teve a sorte grande?*

sonhei até que a gente fazendo sorvete no congelador, sorvete de morango, eu não queria ir, coisa mais cafona, mas vó Pequenita a mó legal, coitada, tava ficando cega, quase que não via a tevê, e de domingo não saía de frente da tevê, era o Sílvio o dia inteirinho, queria porque queria a Frostfree, toda semana comprava o Papatudo, uma vez até quase que chegou a ganhar, disse que tinha sonhado com o número, *sonhei com o macaco,* e toda vez que ela sonhava com número, corria pra jogar no bicho ou comprar o bilhete da loto e contava a mesma história, que, um dia, quando ainda era moça, tava andando de jipe, vó Pequenita, naquele tempo, tinha um jeep de capota de lona, passou por um chalé e viu o número e ganhou uma grana preta, *e aí comprei esta Frigidaire que tá aturando até hoje e o armário enrustido da cozinha na Eletro,* acho que ela nunca ganhou mais nada na vida, mas vó Pequenita sempre achando que tem muita sorte, que tem sonho bom, como agora com a história da Frostfree, acabou escrevendo pro progama do Sílvio, recebeu um telegrama e já achando que tava com a geladeira na mão, tanto que se arrumou, comprando vestido novo, fez unha e cabelo na Turca, porque é Deus no céu e o Sílvio na Terra, ela acha ele o cara mais lindo do mundo, com dentadura e cabelo cheio de Grecim dois mil e tudo, e vó Pequenita vindo com idéia de jerico *você vai comigo, vê se põe uma roupa nova, você muito bonita e vai que o Sílvio gostando de você, tão dizendo que ele deixou a mulher por causa da Sula, e vai que ele não gostando da Sula e gostando de você,* vó Pequenita sempre com essas idéias de jerico, ela querendo que eu casasse legal com um cara tipo coroa abonado, e eu querendo saber de coroa? coroa o que tem é reumatismo, mas vó Pequenita enfiando na cabeça que eu precisava arranjar um homem rico e me passando anúncio de jornal

A "LINHA DOS ENCONTROS"

NOVO AMOR! AMIGOS! PAQUERA! *ESCUTE MENSAGENS DAS PESSOAS* QUE PARTICIPAM DESTE CORREIO *RECEBA E PARTICIPE DESTE CORREIO* PARA PESSOAS DO SEU INTERESSE
2867900

até insistindo que eu fosse no "Namoro na Tevê", *vi cada moço fino, educado no domingo, você bem que podia, arranjava um noivo, casava, porque eu não aturo muito, logo, logo, nos braços de Deus,* vó Pequenita achando que eu devia de casar, *se não tá a fim do Sílvio, telefona pra uma agência, quem sabe, não encontrando moço fino, um dia, Deus me querendo, e você sozinha no mundo,* o Sílvio tirou o mó sarro de cara da vó Pequenita, *hê, hê, há, há, mas a senhora é pequenininha mesmo! diga, dona Pequenita, desde quando chamada de Pequenita?* vó Pequenita tanto que sonhando, até chorei quando não veio a geladeira, a gente, nós duas no auditório, eu, sentada, que morta de vergonha de ir lá na frente, ela, no palco, conversando com o Sílvio como se ele fosse velho conhecido, a porra da porta abriu, e cadê a Frostfree? e pensa que vó Pequenita chorando? não, que é Deus no céu, e ele na Terra, ela falando *juro que vi, quando a porta abria, um brilho branco, era a Frostfree! mas Deus não quis, vai ver que dando prum necessitado, que eu, você sabe, Anjo, comprei esta Frigidaire, que vai pra mais de trinta anos com o dinheiro que ganhei na Federal, lembra que te contei que tava com o jipe do seu avô e foi que vi o número num chalé?*

***

Pai Bidu Muiraquitã

Com seu glorioso poder de vidência, búzios e tarô, te dará a solução para todos os seus problemas. Se você não é feliz no amor, não está tendo sucesso em seus negócios, se tudo em tua vida não segue como você quer, tenha fé e procure quem realmente pode te ajudar. Pai Bidu Muiraquitã esclarecerá os seus problemas e dará a solução certa e com garantia.

Fone: 5724489

***

— A senhora nem precisa me dizer nada, e eu vejo na bola de cristal, vejo nos búzios, leio nas linhas da mão da senhora que um desgosto grande, parente, filha, podia ser filha...

— É como uma filha pra mim, Pai Bidu, o pai saindo por este mundo, homem mais desconsiderado, sem coração, a mãe, a minha finada filha, a Amparo, me deixando a menina, a neta, mas é como se fosse filha, cuidei dela desde pequenininha, porque a mãe, que Deus Nossos Senhor me perdoe, era uma desnaturada, eu que cuidando da criança, e ela na esbórnia, o senhor já viu causo assim?

— São as tentações do Demo, mas Deus pode mais, com Sua luz, ajudado por Iansã e pelo poder de Krishna...

— Sempre me encomendando pro senhor Jesus e pro Espírito Santo. Mas o que pode uma mulher sozinha como eu, mesmo com a ajuda dos santos?

— Esta bola de cristal me revelando: a senhora viúva, com algumas posses do falecido, dinheirinho na poupança...

— Me deixou a casinha e a pensão da Sorocabana, era maquinista de trem, e um dinheirinho que guardo e não mexo, pro futuro da menina...

— Pra ler a sorte da menina, me passando um pertence: fio de cabelo, uma fita, pedaço de roupa, caco de unha...

— Mecha de cabelo tenho aqui na bolsa mesmo, Pai Bidu, de quando era criança, precisava ver os cachinhos, parecia um anjinho de Deus... Olha o retrato, não é bonita ela? É boa moça, mas pouco juízo, queria que arrumando moço bom, que lhe desse um lar, filhos, ou homem de posses, não importando a idade, desde que educado. Tenho a pensão do falecido, tenho casa própria, mas com o futuro só Deus sabe e ninguém pode, o senhor não concorda comigo?

— A senhora pensando no destino da moça, os búzios não mentem, vejo aqui que ela muito bonita, loira, parecendo artista de cinema, fez teste na tevê, mas muito tentada por mau elemento.

— Sim, senhor, queria porque queria ser paquita na Xuxa, só não foi porque já era de maior, hoje, sendo paquita, tava bem de vida e não por aí sendo tentada por maloqueiro, gente sem préstimo que não quer casar e só pensa naquilo.

— Mas não tem juízo, vejo aqui, os búzios não mentem, a senhora pensando no futuro, tudo bem, faço simpatia pra ela arrumar um homem de posses, cinqüenta real a simpatia, a senhora manda ela vim aqui em pessoa, e dou a bênção fumigada nela das Sete Estrelas de Iançã, a bênção do Amor e da Fartura de Krishna.

***

Anjo

18 aninhos, loirinha, olhos azuis, corpo violão, depiladinha, dengosa, iniciante, só p/brincar. Fone: 2769980 (rec. p/ Tia Flô).

***

Querida Tia Malu

Tomo a liberdade de escrever pra senhora, esperando que não repare na letra porque tenho andado com umas tremuras, nem mais crochê posso fazer, o doutor disse que de nervoso, mas outro dia, li uma revista Capricho, na qual a senhora responde cartas, quando estava na cabeleireira, onde fui fazer o cabelo, na qual a moça é muito caprichosa, uma lá do meu bairro, a Turca, porque domingo que vem vou no Sílvio Santos, na "Porta da Esperança", a qual espero, com a graça de Deus, ganhar uma frostifri, porque meu refrigerador tem mais de trinta anos, que comprei no tempo em que o finado era vivo com o dinheiro da Federal. Mas como dizia pra senhora, li a revista Capricho e gostei das coisas que a senhora diz pras moças que escrevem e pensei que a senhora podendo me mandar um conselho bom sobre a minha neta que tem andando em muita má companhia, e eu tenho medo que ela perdendo o rumo, como a senhora sabe esta cidade é capaz de perder qualquer um, ainda mais uma moça bonita como ela que qualquer um cobiça, pensando que é moça de vida fácil. Então, eu estava pensando o que que faço pra ela parar de sair de noite sozinha, ou de receber telefonema de homem na vizinha, até que a vizinha, a Tia Flô, que é muito minha amiga e deixa a gente usar o telefone dela, reclamou que é um tal de homem telefonando todo dia, querendo falar com Anjo, que é o apelido que ela tem, com proposta indecente, desconfio que não é coisa muito boa e tenho medo que ela no mau caminho, será que a senhora não podia escrever pra mim, dizendo o que posso fazer, me ajudando a resolver este problema muito espinhoso?

Da sua criada,

Dona Pequenita

***

te conto, Tati, o mó sarro, quero dizer, agora que acho o mó sarro, porque na hora não foi, aquele cara fedorento, com um turbante na cabeça, querendo me comer, não, não fui eu que tive a idéia de procurar o panaca, foi idéia da minha vó, coitada, ela pegou o papel na estação do metrô e foi visitar o porra do sortista, o tal do Pai Bidu, conversou com ele e disse pra mim que o cara sabia de tudo, você sabe, né, Tati, esses caras gostam de engrupir as pessoas, tanto que vó Pequenita morrendo com cinqüentinha que tirou da poupança, depois que o cara passou a conversa nela e depois ele falando que eu tinha que ir lá pra receber os passes, eu não acredito nessas coisas, mas, como vó garantiu que o carinha era bom eu fui, chegando lá, ele disse que vó Pequenita tinha que ir embora por causa que eu tinha que tá sozinha no pedaço, vó Pequenita, que é muito inocente, se mandou, me deixando com o tal do Pai Bidu, você precisava ver a cara do panacão, tipo um gordo de turbante e roupão de veludo vermelho, fumando charuto, aí, ele falou um monte de abobrinha, mas acertou umas coisas da minha vida, fiquei impressionada e até achei que o cara sabia das coisas, mas uma hora ele disse que eu precisava de tirar a roupa, fiquei desconfiada, mas achei que era coisa de espiritismo, porque o quarto tava cheio de fumaça, e ele falando naquela voz cavernosa, então, tirei a blusa e a calça, ficando só de sutiã e calcinha, e ele mandou tirar o resto, eu falei que o resto não tirava, que não gostava de ficar pelada na frente de desconhecido, e ele disse que não era desconhecido, que era meu irmão espiritual, que era filho de Iansã e de ..., como era mesmo? ah, lembrei, uma coisa tipo Krishna, que ele não olhava o corpo material e que eu precisava ficar pelada pra ele ler o meu espírito, tirei o sutiã e a calcinha, e ele veio e começou a me passar água no corpo, como se tivesse me bolinando, aí sabe o que ele fez, Tati? tentou me enrabar, o puto! dei uma porrada no olho dele com o cotovelo, e, depois, virei e acertei um chute no saco, precisava ver, o mó barato, ele no chão de quatro, peguei as roupas e me mandei, coitada de vó Pequenita, achando que o cara um sortista de verdade, aquele o mó pilantrão!

***

AO BOM JESUS DE PRAGA

Ao bom Jesus de Praga, que morreu martirizado, rezo três padre-nossos e três ave-marias, iluminada pela luz do Divino Espírito Santo, e todo dia digo: "Jesus do Santo matrtírio, lembrai-vos de mim, que por Vós intercedeu". Publicar no 7º dia, depois da Graça alcançada (V. P.)

***

Querida Tia Malu

Escrevo pra senhora pra dizer que seu conselho foi muito bom e que, com a Graça de Deus, a minha neta tomou rumo, porque arrumou um homem de posses com quem vai viver, é bem verdade que não vai noivar, porque ele é separado e disse que não tem tenção de casar de novo, mas é como se fosse, porque ele quer que a minha neta vai morar com ele numa casa muito grande. Eu segui todos os conselhos da senhora, falei com minha neta, disse que ela precisava de tomar juízo, pensar no futuro e largar da má companhia, minha neta sempre teve bom coração e sempre me respeitou, não é como essas, muitas que vejo por aí, como a filha da compadre Flô que vêm com pedras na mão, quando a mãe fala com boas intenções.

Muito agradecida e também agradecendo a Deus, esta que é sua criada,

Vó Pequenita

***

— Ó Flô, não é que o bom Jesus ajudou, e também acho que foi coisa do sortista, aquele que disse pra você, até que acho que você devia de ir nele, chama Pai Bidu Muiraquitã, peguei o anúncio no metrô e fui até na casa dele que fica na Vila Mariana, ele que leu nos búzio que minha neta ia conseguir marido e depois fez uns passes nela, sei que ela andava no mau caminho, bem que você me avisando desses homens telefonando toda hora, aí na sua casa, era carro chic parando na porta, e ela dizendo que de agência de modelo, que ia ser artista e já tava dançando num clube de nome americano, que ia ficar famosa, e logo ela dançando no Sílvio ou no Gugu, até que escrevi uma carta pro SBT, pra Globo, mas ela já de maior, não podia ser paquita, que a Xuxa só quer brotinho do lado dela, você sabe, né? Pois, comadre Flô, eu naquela agonia, rezando ao Bom Jesus, e não é que Anjo arrumou um homem? eu te disse, ele, o Turco, não sei que que faz, parece que coisa de muito dinheiro, domingo passado fui na casa deles, Anjo já vai mudar pra lá, ele, o Turco me mostrando tudo, benza a Deus! a cozinha, você precisa ver, Flô, toda vermelha com friso dourado, a geladeira, o freezer, o fogão de seis bocas, tudo vermelho, e o azulejo cor de rosa combinando, a cozinha maior que minha casa, a sala toda carpetada de roxo, uma mesa com tampa de vidro fumê e doze cadeiras forradas de veludo vermelho! cada quadro de palhaço na parede e corujinhas tão bonitas que Anjo comprou, precisa ver a suíter, a cama redonda cheia de botão pra música, pra tevê, com bar enrustido, espelho no forro, no banheiro, espelho grande com moldura de plástico transparente roxo, banheira de mármore cor de rosa com as torneiras, Flô, douradas, em forma de ganso!

— O Turco muito respeitador, homem grande, gordo, bonito, eu disse pra Anjo que fizesse de tudo pra segurar, muito agrado, porque esta gente turca gosta de mulher carinhosa, foi que li na revista *Capricho*, turco gosta de cafuné, até dei pra ela simpatia do Pai Bidu Muiraquitã, que não falha, é só ela pegar um fio de cabelo do homem, pode ser da cabeça, do peito, de qualquer lugar do corpo, pôr num prato com água e sal e deixar do lado de fora, três dias e três noites e, durante três noites, falar, olhando pra lua: "amarra este fio em mim, amarra com o poder da bênça do Santo Expedito", é coisa certa, que o homem não vai embora nunca mais, quero que Anjo seja muito, muito feliz.

***

Querida Tia Malu

Estou escrevendo esta com o coração amargurado, não sei se a senhora lembra do meu caso, eu sou a vó daquela moça que não tinha muito juízo e que quis até levar no "Namoro na TV", pra ver se arrumava moço sério, trabalhador, e que a senhora deu conselho que devia de conversar com ela, pra ver se tomava juízo.

Pois bem, o causo é o seguinte: fiz tudo como a senhora mandou e até disse isso pra senhora numa outra carta que a senhora não deve de estar lembrada, e ela realmente teve a sorte grande encontrando aquele Turco, um homem que parecia de respeito e rico, e ela foi morar numa casa muito bonita e ganhou um carro só dela, um que eu acho que é um Catete e pensei que seria feliz, mas ela não ficou feliz, porque o tal do Turco, ela descobriu depois, é homem de muitos maus bofes, muito abrutalhado, que um dia fui na casa dele, num domingo, ele fica arrotando e soltando gás na frente da gente, não respeitando que eu tenho mais de setenta anos, que o finado, por exemplo, só soltava gás no banheiro, nunca na frente dos outros, ainda mais de visita. A minha neta contou umas coisas do marido dela, ela não está casada no papel, mas é como se fosse, que fiquei muito assustada, parece que ele mexe com bandidagem e com droga, que se soubesse, nunca que tinha deixado minha neta ficando com ele. A senhora acredita que ele tem uma caixa cheia de orelha de gente que cortou, eu não vi, mas minha neta viu e disse que é a coisa mais nojenta.

Mas estou escrevendo pra senhora por coisa pior que não sei como fazer, coisa que me assusta, porque nesses causos de marido e mulher, mesmo que não casado no papel, quando o homem é ciumento, e a mulher engana ele, benza a Deus! É que minha neta disse que se engraçou com um homem de cor que trabalha pro Turco, este que é o marido dela, ela até comprou uma camisa bonita pra dar pra este homem que não devia de se meter com a mulher do chefe que parece que é homem de muitos maus bofes. Já nem sei o que falar pra minha neta que parece que ainda não tem juízo, ainda mais andando com homem de cor, eu não tenho nada contra os pretos, que tem muita gente boa por aí que é preta de coração branco, como o causo do Pelé, mas não fica bem uma moça loira andando com preto. Um dia, este Turco fica nervoso e faz coisa ruim que não quero nem pensar o que que é, só de pensar, fico chorando e já acendi uma vela bem grande e levei na capela da Nossa Senhora do Bom Parto, pra ver se Nossa Senhora me ilumina. Então, espero que a senhora, que é uma pessoa muito boa, pode me dar outro conselho bom pra eu falar pra minha neta que não me escuta e fala que o marido dela ela faz o que quer, que não tem perigo.

Da sua criada,

Vó Pequenita

***

Novena

Oh! Santa Clara que seguiste a Cristo com sua vida de pobreza e oração, faze que entregando-nos confiantes à providência do Pai Celeste no inteiro abandono, aceitamos serenamente tua divina vontade. Amém. Rezar esta oração e mais 9 Ave Marias durante 9 dias com uma vela acesa na mão, deixando-a queimar até o fim. Fazer 3 pedidos, um de negócios e dois impossíveis. Mande publicar no 9º dia e veja o que acontecerá. V.P.

∅

Anjo, a atendente do salão, unhas douradas, Turco e orelhas nuas

— É do salão da Turca? Queria marcar hora pra amanhã.

— Posso marcar hora, mas não sei se a Turca vai atender.

— Como não sabe se a Turca vai atender?

— Não sei, ora, respondeu a atendente. A Turca não veio ontem, não veio hoje.

— E amanhã?

— Olha, dona, pra ser sincera, não sei de mais nada. Ela pode vim amanhã e pode não vim. A Turca nunca avisa se vem ou não vem e, se a senhora quer saber, nunca sei qual é a da Turca. Sou a atendente do salão, mas ela não dá a mínima pra mim. Outro dia, só porque entrei na sala dela pra avisar que uma cliente tava com pressa, ficou uma arara.

— Ficou uma arara como? Nunca vi a Turca brava.

— Pois a senhora precisava ver. Tava uma vara. Xingou todo mundo de cada palavrão!

— Alguém encheu o saco dela?

— Que nada! A Turca ficou uma arara, explicou a

atendente, só porque a freguesa disse que tava com pressa. Acontece que a Turca tava de conversa com uma amiga dela, e a Turca, quando começa a conversar, a senhora sabe, fala mais que a boca e não pára mais, aí, abri a porta da sala, e a Turca disse aquilo pra mim...

— O que que ela disse?

— Bem, disse umas coisas feias que nem gosto de repetir.

— Que coisas feias? Insistiu Anjo.

— A senhora que tá pedindo. Ela disse pra mulher..., bem, ela disse pra eu falar pra mulher enfiar o carro no cu.

Anjo riu tanto que engasgou e começou a tossir.

— Essa é boa. Mas escuta uma coisa: que que tem o carro a ver com o salão de beleza?

— A senhora não entendeu. A mulher disse que tinha que passar no mecânico, né, e, então, falou pra mim pra perguntar se a Turca podia ir mais rapido que ela tinha pressa. Foi o que falei pra Turca, e a Turca, imagina a senhora, me mandou dizer pra mulher enfiar o carro no cu! Sempre sobra pra mim...

— E você disse isso pra mulher?

— Eu? A senhora acha que eu ia falar uma coisa dessas? Falei pra mulher outra coisa, disse que a Turca tava ocupada. E sabe o que a Turca fez quando a mulher mandou perguntar de novo se ia demorar muito?

— ...?

— Abriu ela mesma a porta e mandou todo mundo praquele lugar, assim, gritando feito louca. Gritou isso pras freguesas! A Turca tava com a macaca. Depois, a senhora nem sabe, a Turca ainda jogou pela janela toda a muamba dela.

— Como jogou pela janela?

— Jogou, ué. Pegou as sacolas e jogou os relógios, as echarpes, os uísques. Tudo. Bem que ela podia ter dado pra

155

mim. Mas não, jogou tudinho fora. A senhora quer saber? Pra mim, a Turca tá doida, tá pinel.

Anjo deu uma gargalhada.

— A Turca sempre foi pinel.

— Mas era diferente. Nunca maltratava freguesa. A Turca era gente fina. Depois, é que virou maloqueira. Acho que de tanto andar com a Tuca. A Tuca...

— Quem que é a Tuca?

— Uma amiga dela, mó maloca. Quando a Tuca vem no salão, a Turca esquece da vida e pode até ser Nosso Senhor Jesus Cristo, que ela nem tchum...

Anjo deu um suspiro.

— Quer dizer que não adianta marcar hora?

— Se a senhora quiser marcar, eu marco, mas não sei se a Turca vem. Pra que hora que a senhora quer?

— Deixa pra lá, obrigada.

Anjo pôs o telefone no gancho e deitou-se de costas na cama. Ficou algum tempo enrolando uma mecha do cabelo no dedo e cantarolando uma canção do Leandro e Leonardo: "pense em mim,/Chore por mim,/Não, não chore por ele". Depois, levantou-se, pegou uma tesourinha, lixa, um vidro de acetona, um vidro de esmalte e vagarosamente começou a fazer as unhas.

Turco saiu do banheiro, esfregando uma toalha na cabeça e perguntou:

— Com quem tava falando?

— Marcando hora no salão.

— Marcou pra quando?

— Depois de amanhã.

Turco parou de massagear o couro cabeludo.

— Se marcou hora, por que tá fazendo a unha?

— Pro meu cabelo, ignorante. A unha eu mesmo gosto de fazer.

— Você gosta? Nunca vi você fazendo unha.

Anjo passou a primeira camada de tinta dourada numa das unhas da mão esquerda, estendeu o braço, ficou um instante admirando o efeito da luz sobre o esmalte e perguntou:

— Que que você acha?

— Acha o quê?

— Da nova cor da minha unha?

Turco deu um peido longo e outro curto.

— Não acho nada. Quem tem que achar é você.

— Não precisava ser bruto.

— Não sou bruto, disse Turco, pulando sobre a cama. O que eu não gosto é de frescura de mulher. Que mania de perguntar se a roupa tá boa, se a unha...

— Mas você gosta de falar de meus brincos.

— Brinco é coisa diferente.

— Brinco é coisa de mulher. E se você fala de brinco, podia falar também do esmalte, da cor do meu vestido. Se você fosse um cavalheiro...

— Se eu fosse um boiola, você quer dizer. Os boiolas é que gostam dessas coisas.

Turco aproximou-se de Anjo e começou a babujar-lhe a orelha. Com um safanão, ela procurou fugir dele.

— Pára com isso. Tô com cócega.

Turco deitou-se de costas na cama, mas não demorou muito ergueu o torso e disse:

— Ei, espera uma coisa. Por que você tá se enfeitando tanto? Vai numa festa?

Anjo sorriu.

— Pra você, amorzinho. Não gosta que seu anjinho se enfeite pra você?

— Já disse que só sou amarrado na tua orelha.

Turco envolveu Anjo com os braços e tentou beijá-la de novo na orelha.

— Me larga, Turco! Tá me babando!

— Orelha mais tesuda! Um dia...

— Que idéia mais maluca. Não entendo por que você é fissurado em orelha.

— Você não gosta dum cacete? E cacete é bem mais feio e nojento que orelha.

— Ih, Turco, deixa de ser grosso! Tamos falando de orelha, e você vem com bobagem.

Turco empurrou Anjo, deitou-se de costas e disse:

— Você já pensou por que uma pessoa gosta de uma coisa e outra gosta de outra? Você gosta de cacete, eu...

— Que coisa... Você fala como se eu fosse tarada!

— ...e eu, continuou Turco, de uma orelha. Conheço um cara que tem o maior nojo de quibe. Puxa vida, às vezes, fico com vontade de acabar com o cara. De meter uma bala nos cornos dele. Não gostar de quibe?! Vá lá que tem gente que não gosta de jiló, de abobrinha. Eu mesmo não gosto de jiló, mas quibe é diferente, você não acha?

— Não acho o quê?

— Você não tava escutando o que eu falei? Você nunca escuta o que eu falo!

— Também, você só fala abobrinha. Essa conversa de orelha, de quibe, Turco, me deixa doida. Você só sabe falar disso.

— Anjo, você tá ficando abusada.

— Que abusada o quê. Você fica nervoso à toa.

— Não gosto de ninguém me fazendo de trouxa, e você tá abusando...

Anjo olhou para Turco e começou a rir.

— Meu Turquinho, não fala assim de mim. Acha que ia abusar de você?

— Acho e, se abusar, acabo com a tua raça.

Anjo inclinou-se sobre Turco e perguntou:

— Que brinco você quer que eu ponho pra você?

— Vai te foder!

Anjo levantou-se e tirou a calcinha. Em seguida, foi até a cômoda, abriu o portajóias, pegou um brinco de grandes pingentes dourados que prendeu nas orelhas e voltou à cama.

— Turquinho, não fica bravo com seu anjinho.

Turco olhou para Anjo, e ela perguntou:

— Que que acha do brinco novo que me deu?

Anjo desfilou pelo quarto, e ele disse:

— Vem até aqui.

Anjo voltou para junto da cama, e Turco puxou-a contra si.

— Ai, seu bruto! Tá me machucando!

Ele apertou-a nos braços, ela resistiu procurando escapar.

— Não adianta, Anjinho, o titio Turco é bem mais forte.

— Me larga!

— Primeiro, deixa gozar na sua orelha. Sabe, só de ver sua orelhinha pelada, fico doido, Anjo. Não posso viver sem ela.

— Minha unha! Você quebrou minha unha, Anjo começou a chorar.

— Depois, te compro outra.

— A unha, seu idiota. Minha unha! O que que vou fazer sem a unha?!

Turco mordeu de leve a ponta da orelha de Anjo, que continuava olhando para a unha solitária, pintada de dourado.

— Minha unha, ela soluçou, enquanto Turco procurava forçá-la a deitar-se.

— Te dou tudo, meu tesão. Uma unha nova, um carro novo, um brinco de ouro. O que você quiser.

Anjo caiu deitada de costas na cama e deixou de resistir. Turco ajoelhou-se sobre ela, prendeu-a entre as coxas e pôs-se meticulosamente a lhe babujar as orelhas.

ζ

Ouro & Ébano

a Terra, ela vê, é uma plataforma verde e azul, uma ilha suspensa no espaço e sustentatada por quatro cordas, e os cabelos dela são ondas de um mar dourado, onde ele flutua, e eles estão na areia banhada pela espuma, suja de salsugem, *sou um pedaço de sol,* ela se vê dizendo, e vê-se então, como uma pepita de ouro incrustada num bloco todo de ébano, *ó minha Noite,* ele que espreitava além dos montes e que a abraça, e é dor que sente, ainda que o deseje, e o desejo é tão forte que não teme que a esmague, como agora em que quase não consegue respirar com a Noite pousando sobre seu seio, seu ventre, entrando em meio as suas pernas, *vem, vem,* ela, estendendo as mãos de unhas douradas e pontiagudas como estiletes, vê-se dizendo à Noite, que a espreita além dos montes, e a Noite envolve-a e aprisiona-a, e a dor é tamanha que ela desperta, ela, Anjo, e sobre seu peito, seu ventre, vê o corpo cabeludo, de imensa barriga, como um monte, do Turco, que estertora e ronca, acariciando os colhões

∅

Negão, um balon de rouge *no Trocadero, Tuca, um* recuerdo *de Lambari e um cão de pupila matizada*

Negão sentou-se a uma mesa de um bar, junto ao Trocadero, e pediu um *balon de rouge.* Consultou o relógio e olhou para a esplanada, depois, enfiou a mão no bolso, pegou uma caixinha laqueada, abriu-a e contemplou a orelha de Lambari. Negão bebeu um gole de vinho e voltou a consultar o relógio. Quando levantou a cabeça, deu com uma mulher vestida de árabe, o rosto velado, parada diante da mesa.

— Posso me sentar? Ela perguntou num francês todo estropiado.

— Acho melhor, não, estou esperando uma pessoa.

Mesmo assim, a mulher sentou-se e tirou o véu da face.

— Será que não sou eu que você tá esperando? Ela perguntou em português.

— Você é a Tuca?

— Eu mesma. O que você quer comigo?

Negão empurrou a caixinha na direção de Tuca e disse:

— Uma encomenda pra você.

— Pra mim?! De quem?

— Do Lambari.

— Do Lambari..., ela disse, franzindo o cenho e empurrando a caixa na direção de Negão.

— Não quer ver o que é?

— Não. Lambari pra mim já era.

— Você não devia falar assim dele. O Lambari se danou por sua causa.

Tuca começou a rir.

— Quem mandou ser otário? Bem que avisei ele.

Negão voltou a empurrar a caixa em direção de Tuca.

— Você devia ter um pouco de consideração.

Tuca levantou-se, pôs as mãos nas cadeiras e perguntou:

— Qual a sua? Por acaso, é parente do cara?

Negão ficou em silêncio e Tuca insistiu:

— Anda, vai, você é parente do cara?

— Não.

— Então, qual é a sua com o Lambari?

— Trabalhei com ele.

Tuca estremeceu.

— E...o Lambari tá bem?

— Não, não está.

— Como assim? O que aconteceu com ele?

— Está morto.

— Minha Nossa Senhora! Morto? Quem matou ele?

— Eu.

Tuca voltou a sentar-se.

— Você que matou ele? Quem diria! Você mata o cara e agora vem com essa de consideração.

— Uma coisa não tem nada a ver com a outra.

— Posso saber por que você matou o Lambari?

— Não é da sua conta.

— Foda-se. Tô me lixando praquele trouxa.

— Devia se lixar. O cara morreu pensando em você.

— O que que ele disse?

— Disse que te amava e que depois que soube que você o tinha traído não se importava em morrer.

Tuca pôs a mão espalmada no peito.

— Ele disse que eu traí ele?

— E não traiu? Perguntou Negão, bebendo mais um gole de vinho.

Tuca ficou séria, mas acabou sorrindo.

— Bem, pra falar a verdade, traí, mas, sabe, não foi uma verdadeira traição, porque disse pra ele que se ele não me desse a grana eu tirava a grana dele e me mandava.

— Você entregou ele pro Turco!

— Que Turco?

Negão apontou o dedo para Tuca.

— Não seja safada, mocinha. O Turco sabia de tudo, e quem contou ao Turco que o Lambari tinha roubado o dinheiro foi você!

Tuca ergueu a cabeça e disse:

— Tá bem, dedei ele pro Turco. E daí? Se eu não dedasse, o Turco vinha pra cima de mim.

Negão bebeu outro gole de vinho. Depois, olhou por cima da cabeça de Turca, em direção da Torre Eiffel e disse distraidamente:

— Quem será que teve a idéia de construir essa coisa de ferro em Paris?

Tuca olhou para trás e deu de ombros.

— Sei lá! Pra falar a verdade, nem sabia que existia esse troço.

Negão balançou a mão espalmada diante do rosto de Tuca.

— Acorda, garota, o mundo está aí.

— Sai dessa. Tô acordada pro que é importante.

— Por exemplo?

— Vai te catar, meu. Qualé? Você me faz sair de casa só pra entregar uma encomenda daquele babaca e pra me dar lição de moral?

— Não estou te dando lição de moral. Só queria saber pra que você está acordada?

— Pra vida, pro agito da vida.

— No entanto, entregou o cara que te amava...

Tuca aproximou mais a cadeira da mesa.

— Meu, nunca escutou aquela: quando um não quer, dois não têm um caso? Ele tava gamado em mim, eu não tava gamada nele. Quando um gama no outro, faz tudo pelo outro. Essa é a lei. Ele tava gamado em mim, disse que fazia tudo por mim e fez, é verdade. Eu não tava gamada nele, pra mim, o Lambari não era nada. Ou melhor, era o trouxa que eu precisava pra sair da merda da minha vida. Agora, quer saber de uma coisa? Nunca enganei ele: sempre falei que tava com ele porque ele me dava o que eu queria. Se o Lambari entrou na minha, azar dele, entrou porque quis, ninguém forçou.

— Ele foi forçado pelo amor que sentia por você.

— Meu, você fala difícil. Qualé a sua? Tá dando uma de professor?

— Não, não estou dando uma de professor, disse Negão. A única coisa que não entendo é que o rapaz fez tudo por você, e você a primeira coisa que faz é traí-lo. Você se parece com um espinho sem rosas.

Tuca começou a rir.

— Uma rosa sem espinhos, você quer dizer.

— Não, eu quis dizer isso mesmo: um espinho sem rosas.

Foi a vez de Tuca passar a mão espalmada diante do rosto de Negão.

— Acorda, meu! Acorda! Onde que você tá? Parece

que tá no século de Cristo. Sem essa de gamar, sem essa. Vocês, homens, pegam uma mulher e toc, toc, toc, comem de graça e só porque dão a porra do dinheiro pensam que a mulher tem que ser de vocês. Já não chega a comida de graça? Mulher trouxa é que se amarra em homem. Por isso que a gente tem mesmo é que foder os homens, antes que vocês fodam a gente. O mundo dos trouxas já era, meu.

Negão deu um suspiro, acabou o resto do vinho e disse:

— Desisto. Impossível conversar com você.

Ambos ficaram em silêncio. Tuca começou a raspar uma bolha de tinta da mesa com a unha. Negão voltou a falar:

— Mas, pelo menos, você podia me responder uma coisa?

— Depende.

— Por que você está vestida de árabe? Você ficava bem melhor de shortinho.

Tuca deu uma risada.

— Onde você me viu de shortinho?

— Numa fotografia no apartamento do Lambari. Coisa feia estes panos aí.

Tuca fechou a cara.

— Tá vendo? Vocês só pensam na parte material. Pra vocês, a mulher não passa de objeto de consumo. E se quer saber de uma coisa, tô pouco me lixando pra vida material, meu corpo hoje não vale mais nada, renunciei a ele depois que descobri meu eu transcendental.

— Eu o quê?

— Eu trans-cen-den-tal. Nunca ouviu falar?

— Nunca.

— Pois precisava. Quando alguém descobre o eu transcendental, se liberta da vida material. A vida material não vale nada, meu.

Negão começou a rir.

— A vida material não vale nada? E os quinhentos mil que você roubou do Lambari?

— Quem disse que roubei pra mim?

— Pelo que estou sabendo, você roubou a grana do Lambari e fugiu pra cá. Agora, só não entendo por que roubou todo esse dinheiro e anda vestida como uma maloqueira...

— Pera aí. Agora, eu que queria fazer uma pergunta pra você. Como é que me descobriu aqui em Paris?

— Não interessa.

— Interessa sim, e é bom você responder bem rapidinho. Tá vendo aquela perua ali?

Negão olhou para trás e viu uma perua negra estacionada junto ao meio fio.

— Que é que tem e a perua?

— Bem, dentro daquela perua tem uma companheira minha. Ela tá armada com um fuzil e tá de olho em você. Qualquer movimento, e ela te arrebenta a cabeça, ou pensando que você me telefona, e eu vinha te encontrar sem mais nem essa? Anda, fala, quem que me entregou?

Negão enfiou a mão no bolso da gabardine.

— Eu queria te dizer também que tenho uma pistola no bolso, e que o cano da pistola está apontado pra sua linda barriguinha. Antes que sua companheira atire, faço um estrago em você, e é tripa pra tudo quanto é lado.

Tuca fechou a cara, mas depois, lentamente, começou a rir.

— Então, tamos empatados...

— Não, você perdeu, disse Negão.

Tuca deu de ombros.

— Tá bom, você venceu. O que quer que eu faço?

— Faça um sinal pra sua companheira pedindo pra ela

sair daqui, e eu largo o revólver. Depois, conversamos à vontade.

Tuca levantou-se e abanou os braços. Ouviu-se o ronco de um motor, e a perua afastou-se, estacionando alguns metros adiante. Tuca voltou a sentar-se.

— Tá bom, o que você quer?

— Você pega a encomenda que o Lambari te mandou e me entrega o que sobrou do dinheiro.

— Deixa ver a encomenda, disse Tuca, esticando a mão.

Negão empurrou a caixinha em sua direção. Ela abriu-a e, ao deparar a orelha, deu um grito.

— Credo, uma orelha! O que que é isso?

— A orelha do Lambari.

— Não diga que ele me mandou essa coisa!

— Isso mesmo. Disse que você gostava da orelha dele.

— Que coisa mais nojenta!

— Nojenta ou não, você devia ficar com ela.

— Eu ficar com a orelha? O que que vou fazer com ísso? Disse Tuca, empurrando a caixinha em direção de Negão.

— Sei lá, isso é problema seu. Estou fazendo o que o Lambari pediu antes de morrer.

Tuca começou a rir.

— Não vai me dizer que veio até Paris só pra me trazer uma orelha...

— Não só por causa da orelha. Como disse, também vim buscar o dinheiro.

Tuca esticou a mão.

— Tá bom, dá aqui a orelha.

Negão deu-lhe novamente a caixinha. Tuca abriu-a, pegou a orelha com a pontinha dos dedos. Em seguida, olhou na direção de um cachorro que se deitara perto da mesa e atirou-lhe a orelha. O animal mais que depressa abocanhou-a.

— Ei! Gritou Negão, levantando-se da cadeira e correndo em direção do cachorro. Me dá isso daqui.

Tuca também se levantou e gritou para a perua estacionada:

— Atira nele, Turca! Atira nele!

Ouviram-se dois disparos. Negão rolou no chão, enquanto as balas ricochetearam, zumbido como moscas, no calçamento. Quando ele conseguiu equilibrar-se para tirar a automática do bolso, Tuca já tinha acabado de entrar na perua que saiu em disparada.

— Merda!

Negão levantou-se lentamente e limpou as manchas de sujeira da roupa. Reparou então que uma das balas lhe havia furado a manga da gabardine.

— Merda! Gritou novamente, enfiando um dedo no furo.

Enquanto isso, escondido atrás de uma árvore e rosnando, o viralatas comia a orelha de Lambari, Quando chegou ao brilhante do brinco, engasgou, pôs-se a tossir e vomitou-o. O brinco, cheio de baba, voltou a face do brilhante para a luz do mercúrio e, por um instante, matizou intensamente a pupila do cão com reflexos coloridos.

Δ

eu, reduzido à minha cegueira, & com a minha lira, cantando, crio & não me interessam os chãos & nem os à felicidade sempiterna votados & nem os enfiados em modorras dormindo sonos debaixo duma pedra & nem tampouco me interessam os tempos em que o céu se coalhava de estrelas & o sol vinha banhar de ouro & rosa a campina sempre verde, para isso, não tenho olhos, mas meus ouvidos ouvem o choro do vento nos caniços, o zumbido agônico de um inseto ao ser apanhado pela úmida espada de uma rã & o coaxar estrangulado da rã quando surpreendida pela fisga de uma víbora &, muito mais, atento ouço ainda quando ele, tentado pela tentação do demônio, quebrou a frágil couraça de vidro & ousou esboçar um caminho, em que passará privações & dor, em que confrontará o outro, conspurcando-se por um valor que nem ele mesmo sabe qual é, sim, é a (ch)saga dos (im)puros, dos oprimidos, dos arrogantes que me seduz & me faz cantar, então, me sinto como se a voz de Deus cantando

Um negro entre brancos, leituras de Cruz e Sousa e Baudelaire e a profecia de um destino bandido

Pra falar a verdade, nunca gostei muito de preto, mas, depois que aquele carinha veio morar com a gente, fiquei mais bronqueado ainda e passei a ter raiva da raça inteira. Também não sei onde papai estava com a cabeça quando inventou de trazer o negrinho pra casa e querer criar como filho. Quando ele trouxe aquele carinha com um embrulho debaixo do braço, mamãe ficou louca da vida e disse toda invocada *isto não vai dar certo. Ele é negro, somos brancos.* Papai explicou que tinha uma dívida com Donana, que havia cuidado de vovó quando ela ficou doente. Tá certo, Donana era legal, fazia uns doces legais, mas não era da raça da gente. Mamãe achava o mesmo, tanto que disse pro velho *dá um dinheiro pro menino, não quero ele aqui criado junto com o Junior. Melhor se fosse pra um orfanato.* Foi a vez do velho ficar louco da vida e, como costumava acontecer nessas ocasiões, começou a gritar, dizendo que o carinha ia ficar, que era falta de caridade mandá-lo pro orfanato, ainda mais depois de tudo que Donana tinha feito por vovó. Mamãe chorou, esperneou, mas papai não mudou de idéia. Isso ele não fazia de jeito nenhum, que era homem teimoso. *Está bem,* mamãe acabou dizendo com a cara fechada, *ele dorme no quartinho dos fundos.* Ainda assim papai não gostou do que ela disse e insistiu *nada de quartinho, quero o menino aqui dentro, criado como se fosse nosso filho.* Mamãe estrilou, disse que ia embora de casa, mas desistiu disso quando papai socou a mesa com raiva e gritou *ele fica aqui dentro! Onde está seu Cristianismo, você que vai à missa todos os domingos?* Depois, mais manso, abraçou mamãe e disse *você tem que compreender. É uma caridade que fazemos com Donana, aquela santa. Tanto que zelou por minha mãe...* Mamãe chorava e dizia *mas pôr ele aqui dentro? Nem sabemos quem é. Talvez nem tenha higiene. Com certeza, vem cheio de piolho e vai contaminar o Junior.*

Até que chegaram num acordo, e o negrinho ficou dormindo no quarto dos fundos, mas papai mandou reformar, comprou uma cama nova, o que não gostei porque a minha estava velha e vivia rangendo. Por isso que comecei a tomar raiva do carinha, ainda mais depois que percebi que mamãe também não gostava dele. O negrinho era quieto, ficava no quarto dele quase que o dia inteiro e só saía pra comer ou quando papai chegava do quartel. Mas me dava raiva assim mesmo porque ele era muito orgulhoso, apesar de comer da comida da gente. O pior veio depois: não demorou muito, deu pra perceber que papai estava começando a gostar dele, tanto que um dia mamãe disse *você parece que gosta mais do negrinho que do Junior.* Papai ficou bravo outra vez e, quando ele ficava bravo, mamãe morria de medo. Ele disse que não admitia que chamassem o carinha de "negrinho" e que não via diferença no modo como me tratava e como tratava o carinha e que se, às vezes, parecia que tratava o carinha diferente, era porque·ele não tinha ninguém no mundo, enquanto eu tinha pai e mãe. Mas a verdade era que ele tratava o negrinho diferente de mim, pegava ele no colo, perguntava um monte de coisas, o negrinho morria de rir, papai fazia cócegas nele, ele ria mais ainda, e aquilo foi-me dando tanta raiva que, um dia, aproveitei que papai não estava em casa e dei uma surra no carinha. Bati com tanta força que cheguei a cortar os lábios dele. Quando vi o sangue, me deu um branco, porque se papai visse aquilo ia ficar puto da vida. Disse então pro negrinho *se não contar nada pro velho, te dou meu gibi novo.* Ele olhou pra mim com uma cara de ódio e disse que não queria o gibi. Pensei: estou ferrado, o lazarento vai me dedar. De noite, quando papai chegou e viu o negrinho com a boca machucada, perguntou o que tinha acontecido, e o negrinho mentiu *caí.* Papai ficou nervoso e gritou com mamãe *será que você não viu que ele se machucou?* Mamãe, que sabia que eu tinha dado umas porradas no negrinho, disse *culpa dele. Parece um macaco, fica subindo em tudo quanto é árvore...*

O negrinho cresceu mais um pouco, e papai quis pôr ele na mesma escola que eu. Foi outra briga em casa, porque mamãe achava que ele devia ir pra escola pública. Papai teimou e pôs o negrinho no "Floriano". No dia em que começaram as aulas, mamãe disse com desprezo e bastante alto pra que o negrinho escutasse *deixa ele ir, não agüenta o tranco e toma bomba. Aí quero ver o que seu pai vai fazer.* Mas, no fim do bimestre, quando trouxemos a caderneta, o negrinho, pra vergonha de mamãe, veio com notas melhores do que as minhas. Foi aí que comecei a sentir raiva de verdade: onde se viu um preto me passando na frente na escola? E papai que nem um tonto, só conversando, só fazendo agrado nele. E o negrinho continuava com aquele jeito orgulhoso, nem olhando pra cara da gente, trancado o dia inteiro no quarto dos fundos. Até que um dia me deu vontade de ver o que ele ficava fazendo lá dentro, porque desconfiava que coisa boa não podia ser. Abri a porta e vi o negrinho sentado na cama com um livro na mão, na maior folga. Então, perguntei *que que você está lendo?* Ele suspendeu a cabeça e disse de um jeito invocado *poesia.* Fiquei bronqueado com a resposta e dei o troco *poesia, pra mim, é coisa de fresco.* E pensa que o negrinho ligou? Nem um pouco, só abaixou a cabeça e continuou a ler. *Quem que escreveu este livro?* O negrinho levantou de novo a cabeça e disse *Cruz e Sousa.* Perguntei quem que era o cara, porque, nesse negócio de poesia, não entendo porra nenhuma. Ele disse que um poeta negro. Dei uma risada e disse com desprezo *coisa de preto, deve ser mesmo uma bosta.*

E aí papai, vendo que o negrinho gostava de ler, não tinha dia que não chegasse com livro novo. Pra mim, ele dava, quando se lembrava de comprar, brinquedo, pro negrinho, livro. No começo, até achei bom, mas depois comecei a ficar com raiva porque desconfiava que o velho me achava burro. Já tinha tentado ler livro, mas nunca conseguia chegar até o fim. O que que o negrinho via na porra dos livros? Um dia, me deu tanta raiva que aproveitei que o negrinho não estava no quarto, peguei os livros dele, joguei álcool em cima, pus fogo, enquanto gritava *negrinho, vem ver o que fiz com seus livros!* Foi a primeira vez que vi o negrinho chorar e foi a primeira vez que papai também me bateu de cinta e me bateu tanto que mamãe teve que me socorrer. De noite, escutei ela brigando feio com papai *por causa de um estranho, batendo no Junior.* E papai dizia *em primeiro lugar, ele não é um estranho, em segundo lugar, bati no Junior, porque achei um absurdo ele queimar livro. Livro é coisa sagrada, é coisa que não se queima!*

Desde aquele dia, papai ficou com o negrinho e mamãe, comigo. Se eu já tinha raiva dele porque era preto, passei a sentir mais raiva ainda, porque tinha tirado papai de mim. É bem verdade que nunca tinha sido muito chegado em papai, mas depois da vinda do negrinho, o velho ficou ainda mais distante. Agora, passava as noites fechado no escritório conversando com o negrinho sobre coisas de poesia. E chegou ao cúmulo de um dia ir especialmente a São Paulo pra comprar o presente de aniversário do carinha: as porras de uns livros encadernados, com letra dourada, de capa vermelha, escrito tudo em francês. O negrinho lendo francês! Mamãe ficou doida, resmungando que papai estava passando dos limites, mas ela não podia fazer nada contra o negrinho, que o velho estrilava. Quanto a mim, nem mais podia bater no carinha, porque ele tinha crescido e estava mais forte que eu. A última vez que tinha tentado lhe dar uma porrada, ele me segurou o braço, torceu-o e disse com a maior calma *só não te dou uma surra, por causa de papai*. Papai? Pensei. Ele tinha coragem de chamar meu pai de pai? Mas não disse nada porque estava começando a ficar com medo dele e, quanto mais medo tinha, mais ódio sentia e concordava com mamãe quando ela dizia *eles são diferentes de nós, não se apegam às pessoas, ao trabalho, estão sempre bêbados, só pensam em festa.* Eu concordava com mamãe: embora o negrinho não gostasse de festa e nem bebesse, passava o tempo lendo. Era por isso que não prestava, porque sempre achei que quem gosta de livros tem merda na cabeça.

Já não agüentava mais viver na mesma casa que o negrinho, que tinha virado um negrão, o que me deixava com mais ódio ainda, eu que era fraco e não podia com ninguém. E sentia uma humilhação muito grande só de ver os músculos dele quando fazia exercícios com barras no quintal. Mas eu sabia que o negro ia se foder quando papai morresse. O velho andava muito mal, quase não saía da cama, o negro do lado dele lendo livro. E quando papai se foi, o negro, pra minha alegria, chorou feito doido, e eu dizendo pra mim mesmo: chora na rampa, negão! E o velho, morrendo, pedia pra mamãe que não desamparasse o cara, e eu dizia pra mim mesmo: é você morrer, meu velho, pé na bunda do crioulo! E foi que a gente voltando do enterro, fui no quartinho e joguei as coisas dele pela janela. Peguei o livro que ele mais gostava, que papai tinha trazido de São Paulo, um livro de um tal de Baudelaire e rasguei em pedacinhos, espalhando tudo pelo quintal. Depois, me tranquei no meu quarto e fiquei na janela de butuca. Não demorou muito, o negão chegou e, vendo aquela zorra, ajoelhou-se e começou a chorar. Achei tão divertido que gritei *chora na rampa, negão!* Ele ficou tão puto que me jogou um tijolo, espatifando a vidraça. Mamãe veio correndo de dentro de casa e gritou *onde você pensa que está pra fazer baderna? Não respeita nem os mortos?* O negrão olhou pra ela e disse com a maior cara de pau *os mortos eu respeito, quem eu não respeito são os vivos.* Mamãe começou a gritar feito louca e mandou que ele arrumasse os troços e fosse embora de casa. Ele nem reclamou e pôs as coisas na mala. *Antes de sair, quero ver o que está levando aí dentro,* disse mamãe só na maldade. O negão ficou fodido: abriu a mala, jogou os troços no quintal e disse todo malcriado *pode ficar descansada, que, fora meus livros, não quero nada desta merda de casa.* Era a primeira vez que eu via ele falando palavrão, ainda mais pra mamãe que ficou mais furiosa ainda *suma logo daqui, seu ordinário, vagabundo!* O negão guardou os troços na mala e se mandou sem dizer nada. Mamãe, já mais calma, balançou a cabeça e disse *não sei, não, com esta arrogância, este daí virar bandido.* E foi assim que nunca mais vimos aquele negro em Florianópolis.

∅

Barbie dans le métro, *um albino em Paris e uma visita à Gare d'Orsay*

Barbie abriu os olhos e estremeceu de frio no quarto sem aquecimento. Com um suspiro, afastou o casaco de pele de onça artificial que lhe servia de cobertor, pulou da cama e, tiritando, aproximou-se da janela da mansarda. Um sol pálido tingia a fachada e os telhados cobertos de geada.

— Merda de inverno.

Barbie saiu da janela, abaixou a calça, sentou-se no bidê e urinou. Depois de se lavar, pôs num copo de plástico duas colheres de café em pó, quatro gotas de adoçante e água quente da torneira da pia. Bolachas salgadas e patê de *foie gras* completaram o *petit déjeuner*. Terminando de comer, Barbie, sempre tiritando, despiu-se. Os braços envolvendo o corpo, mirou-se no espelho.

— Você emagreceu, querida, ela murmurou, para depois acrescentar: Francês filho da puta!

Barbie vestiu um *collant* negro, sobre o qual pôs uma meia-calça de lã e uma calça de veludo da mesma cor do *collant*, um cacharel vermelho, botas de couro e, sobre tudo isso, o casaco de peles que lhe servira de cobertor. Voltou ao espelho, procurou disfarçar as olheiras com camadas de base, avivou os lábios e escovou os cabelos. Nas orelhas, dependurou brincos de pingentes dourados. Recuou alguns passos, contemplando-se de corpo inteiro no espelho, e disse:

— Você tá um nojo!

Barbie abriu a bolsa e contou o dinheiro que tinha na carteira. Apenas vinte notas de dez francos.

— Francês filho da puta!

Barbie pôs a carteira de volta na bolsa, abriu a porta do quarto e saiu. Desceu seis andares e, ao passar pela portaria, o atendente disse-lhe alguma coisa. Barbie balançou a cabeça, dizendo:

— *Pardon, je n'entend pas.*

O homem voltou a falar, gritando-lhe, que ela devia pagar as diárias atrasadas. Ao ouvir a palavra *payer*, Barbie sorriu e disse:

— *Je n'entend..., pardon, je ne compreend français très bien.*

O homem mostrou-lhe uma nota de dez francos e tornou a dizer que Barbie precisava acertar as contas.

— *Très bien*, seu filho da puta, *je vais payer*.

Barbie pegou a carteira na bolsa, apanhou algumas cédulas e entregou-as ao homem, perguntando:

— *Çà va?*

— *Çà va*, disse o homem guardando o dinheiro na gaveta.

Barbie saiu na rua e, ao sentir o vento gelado, estremeceu, enrolando-se ainda mais no casaco de peles. Como o vento soprasse com força, desarrumando-lhe o cabelo, ela apanhou uma echarpe na bolsa e a pôs sobre a cabeça. Barbie começou a andar depressa até que chegou a uma das entradas do metrô e desceu as escadas rolantes. No subsolo, examinou atentamente os itinerários, correndo as linhas coloridas com a unha vermelha e pronunciando em voz alta os nomes das estações:

— Gare d'Austerlitz, Saint Michel Notre-Dame, Saint Michel, Musée d'Orsay...

Barbie comprou o bilhete, passou pela catraca, andou por um longo corredor e, tropeçando nos saltos das botas, entrou quase caindo na esteira rolante. Depois da esteira, veio uma escada e, enfim, a plataforma, onde Barbie apanhou uma composição. Os olhos atentos às estações, foi controlando o itinerário, até que resolveu descer numa das paradas. Lá, procurou a saída para a conexão seguinte, mas, atrapalhando-se com o fluxo de passageiros, acabou por errar o caminho e, ainda por cima, a catraca não lhe devolveu o bilhete. Barbie voltou a consultar o mapa, e seu dedo correu as linhas multicoloridas.

— Merda!

Barbie dirigiu-se à bilheteria, onde, fazendo gestos em direção da catraca eletrônica, disse:

— *Mon billet, je perdre.*

— *Pardon, Mademoiselle?* Perguntou o funcionário sorrindo.

— *Pardon*, o caralho! Disse Barbie com raiva. É essa merda de metrô que só atrapalha a gente, a gente entra num buraco e tá fodida, nunca mais acha a saída, e aquela máquina ainda come o bilhete, merda de cidade, merda de metrô!

Como o homem não parasse de sorrir, Barbie gritou:

— *Merde de metrô! Merde de cité, Va faire foudre, pédale!*

Barbie deu as costas ao homem e subiu correndo as escadas. Na calçada, o ar gelado apanhou-a, e ela foi obrigada a abotoar todo o casaco. Caminhando vagarosamente, por um momento, distraiu-se, parando diante de uma loja onde, na vitrine, havia casacos de visom, de lontra, de arminho.

— Barbie, você ficaria uma lady num casaco desses, disse para si mesma.

Depois, vieram lojas de bolsas, de calçados, de lingerie, uma agência de turismo. Barbie demorou-se diante de um anúncio cheio de mulheres seminuas, louvando as belezas do Rio. Mais alguns metros, uma rotisserie atraiu sua atenção. Barbie entrou e, apontando com o dedo, pediu um croissant com presunto e saiu comendo pela rua. Na esquina, porém, um homem, vindo apressadamente na direção contrária, atropelou-a, jogando longe seu sanduíche. Sem ao menos parar, rosnou, de passagem, um *pardon* e seguiu andando.

— *Fils de pute! Mon croissant!* Barbie gritou

Como o homem não se dignasse a se voltar, Barbie seguiu-o até que, num cruzamento, alcançou-o e puxou-o pelo ombro.

— *Qu'est ce que vous voulez?* Perguntou o homem de maus modos.

— *Mon croissant.*

— *Va faire foudre, travelo!*

— *Travelo* é a mãe, seu puto!

Mas, de repente, Barbie afirmou a vista, pôs as mãos na cintura e exclamou em português:

— Que coincidência! Você de novo?!

O homem olhou com raiva para Barbie e disse também em português:

— Não te conheço, cara! Não sou de falar com travesti!

— Pois eu te conheço, puto!, disse Barbie, agarrando-o pela gola do casaco e sacudindo-o. Como é, veio cortar a bunda das garotas em Paris?

Com um safanão, o homem livrou-se de Barbie e atravessou a rua correndo. Barbie, apoiando-se numa árvore, recuperou o equilíbrio e também atravessou a rua, esgueirando-se por entre os carros. Ao chegar do outro lado, teve ainda tempo de ver o homem entrando no metrô.

— Puta merda, no metrô, não.

Mesmo assim, desceu as escadas, comprou o bilhete e, não foi difícil seguir o homem, porque ele era albino e tinha os cabelos presos num coque. O albino saltou na estação Châtelet, consultou um guia turístico e seguiu apressadamente. Alguns quarteirões acima, na Rue Cujas, entrou no hotel de mesmo nome e conversou algum tempo com o porteiro. Barbie aguardou-o na esquina, andando de um lado para o outro. Não demorou muito, o albino saiu do Cujas, atravessou a rua, encostou-se na parede do prédio fronteiro ao hotel e abriu um jornal.

— Merda! Disse Barbie, tiritando de frio.

De repente, o albino, parecendo bastante excitado, abaixou o jornal. Barbie fixou a vista e viu um negro alto e forte saindo do Hotel Cujas. O albino jogou fora o jornal e pôs-se a segui-lo. O mesmo fez Barbie. O negro foi até o fim da Rue Cujas, andou um pedaço do Boulevard Saint Michel até a Place Edmond Rostand, junto ao Jardin du Luxembourg, e sentou-se à mesa de um bar. O albino foi sentar-se atrás dele, quando deu com Barbie que vinha em sua direção.

— Pensou que podia fugir de mim assim tão fácil? Disse Barbie, afastando as cadeiras do caminho e aproximando-se dele.

Mais que depressa, o albino voltou-lhe as costas e correu para a avenida, onde pegou um táxi.

— Ainda te pego, seu puto! Gritou Barbie, sob os olhares escandalizados dos freqüentadores do bar.

Sempre praguejando, Barbie sentou-se e pediu um *balon de rouge*. Enquanto bebia o vinho, voltou sua atenção para o homem que o albino havia seguido. Agora, ele estava acompanhado de um senhor vestido com uma gabardine cinza e um chapéu de feltro. Barbie, por algum tempo, ficou atenta ao diálogo dos dois homens, mas, depois, começou a examinar um mapa de Paris, desenhando com a caneta o itinerário até o museu da Gare D'Orsay. Barbie guardou o mapa na bolsa, pagou o *balon*, deu uma última olhada nos dois homens e deixou o bar.

Na Gare d'Orsay, Barbie consultou o catálogo várias vezes. Depois de pequena hesitação, seguiu em direção da galeria de estátuas e demorou-se longo tempo observando a escultura de Narciso. Barbie consultou novamente o catálogo e, localizando a seção dos impressionistas, subiu as escadas. Percorrendo vagarosamente as salas, viu, entre outras coisas, uma mulher deitada num divã, vestida somente com uma gargantilha, uma pulseira e uma sandália de salto e, às suas costas, uma empregada negra que lhe trazia uma corbelha, provavelmente oferta de um admirador; dois barbados de terno e gravata e uma mulher nua descansando sobre a relva e, atrás deles, uma outra mulher, seminua, banhando-se num riacho; uma estação de estrada de ferro, onde as estruturas metálicas pareciam se dissolver na névoa formada pela neblina e pela fumaça da chaminé de um trem, cuja locomotiva arfava sobre os trilhos, antes de entrar no espaço amarelado pela luminosidade da clarabóia; uma catedral, cujas pedras, formando arcos, volutas, ogivas, colunas e, roídas pela luz do meio-dia, diluíam-se, como se fossem um aglomerado de poeira milagrosamente mantido no ar; um bar ao ar livre, onde uma multidão se comprimia, matizada pelas manchas multicoloridas: mulheres róseas e homens de palheta e cartola que conversavam, dançavam e bebiam; duas gordas nuas, a pele cor de rosa caindo em pneus e pneuzinhos na barriga, deitadas sobre lençóis brancos na relva, enquanto ao fundo, numa lagoa, mais três gordas tomavam banho; uma mulher de olhar triste, envelhecido, sentada diante de um copo e, a seu lado, um bêbado de chapéu dando pachorrentamente suas cachimbadas.

Mas o dia estava morrendo, as luzes ofuscavam-se, e as cores começavam a se aquietar. Barbie sentou-se num banco, o catálogo fechado na mão, diante de um quadro que a fez sorrir: era a imagem em close de uma vulva escandalosamente aberta, encimada por tufos rebeldes de cabelos. Barbie levantou-se e leu o título da tela "A origem do mundo". Voltou a sentar-se e, provavelmente cansada, adormeceu. Acordou pouco depois com um estremecimento. Olhando para os lados e para trás e percebendo que estava sozinha, levantou-se e dirigiu-se para a saída do museu. Na rua, consultou novamente o mapa da cidade e desenhou o itinerário até o hotel.

Em seu quarto, Barbie contou e recontou o dinheiro da carteira.

— Merda! Maldito Francês!

Barbie tirou o casaco e a calça-meia de lã. Em seguida, abriu o guarda-roupa, pegou um minúculo short de couro e vestiu-o. Em frente ao espelho, retocou a maquilagem e disse:

— Você tá um lixo.

Barbie deixou o quarto, desceu as escadas e, chegando à rua, fez sinal a um táxi.

— Bois de Boulogne, *chéri*.

Paris era uma festa: Barbie andava lentamente numa calçada pouco iluminada do Bois de Boulogne e, quando um carro passava por ela, iluminando-a, abria o casaco, mostrava as pernas e afagava com a mão o pomo do sexo.

ζ

A Cruz de Seda

ele via o disco do sol e, depois, o minúsculo cometa de água, como um gameta, penetrar-lhe a corola, inundando-lhe pouco a pouco as células, e o sol perdia a força e o brilho e o aquoso astro descia, num bailado de ave moribunda, e iluminava, em laivos azuis, palidamente o palco onde o Senhor era seqüestrado pelos anjos, que usavam sandálias douradas e toucados de flores, e dançavam os anjos e entoavam *o mundo será regido pelo doce, o nosso perfume liqüefará o mundo, não mais guerras de armas, mas guerras de flores, doces afagos e beijos, muitos beijos de bocas, enfeitaremos os cabelos de boninas e malmequeres e ao Senhor sacrificaremos com espadas e cravos de beijos, e Ele se recostará, deliciado, em sua cruz de seda, suas ancas roliças, as coxas, o torso, os braços do mais liso mármore, eis como será o Senhor sob nossa guarda, mas sua morte, tão dolorosa, ai de nós!, pelo mal do caranguejo, que o fará definhar, perdendo as carnes, os cabelos, a pele como um pergaminho e vomitará fezes e fel, Seu hálito, como um veneno, a Praga do Tempo, que se abateu sobre nós, ai, sobre Mim,* as mãos, como garras, de Reverendo, ainda que letárgicas de sono, buscam, na guarda da cama, o cinto de couro, e seu grito corta de chibatadas a manhã *anjos boiolas! Filhos da puta!*

∅

Negão na Rue des Capucines, *Inspetor Flic,*
o homem da gabardine cinza e chapéu
de feltro e algumas considerações
sobre os paraísos artificiais

Negão, à Rue des Capucines, subiu quatro lances de escada até o apartamento número 45. Bateu à porta, e a porta entreabriu-se. Ele enfiou a mão direita no bolso interno do paletó e puxou a automática. Com a mão esquerda, terminou de abrir a porta, e o que viu foi apenas muito lixo sobre o chão e um homem vestido com uma gabardine cinza e chapéu de feltro assentado no peitoril da janela.

— Bom dia, disse o homem.

Negão, ainda segurando a arma, entrou no apartamento e perguntou:

— Quem é o senhor?

— Creio, disse o homem de cinza ironicamente, que a lei da polidez determine que quem chegue é que deve se apresentar. Em todo caso, para evitar delongas, apresento-me: Inspetor Flic, da *Sécurité,* a seu dispor.

Negão guardou a arma e disse, mostrando o passaporte:

— O senhor me desculpe a grosseria.

Inspetor Flic examinou superficialmente o documento.

— Não me leve a mal, são os azares de minha profissão, mas o senhor conhece as senhoras que moravam aqui no apartamento?

— É um interrogatório formal?

Inspetor Flic deixou o peitoril da janela.

— Não, não, de modo algum. Quero apenas satisfazer minha curiosidade.

— Bem, se é isso, posso lhe dizer que não. Ou melhor, cheguei a conversar com uma delas, a outra só me ameaçou com um fuzil.

Inspetor Flic, que parecia distraído, mexendo no lixo com a ponta do sapato, pareceu despertar com a palavra "fuzil".

— Fuzil, o senhor disse?

— Exatamente, um fuzil.

— E onde ela o ameaçou?

— No Trocadero.

O Inspetor suspendeu com a ponta do sapato uma calcinha rendada e suja de pó.

— E posso saber por que ela o ameaçou com um fuzil?

— Bem, acredito que estava querendo defender a companheira...

— E você ameaçava a companheira dela?

— Não exatamente.

Inspetor Flic deixou cair a calcinha.

— É um ponto que precisamos esclarecer.

Inspetor Flic voltou a sentar-se no peitoril da janela.

— O senhor não me leve a mal a impertinência, mas poderia me dizer o que está fazendo em Paris?

— Entre outras coisas, estudando Baudelaire.

— Baudelaire, ahn?! Inspetor Flic levantou a cabeça como que surpreendido. Pois ainda estudam Baudelaire no século XX?

— E por que não?

— Pensei que Baudelaire fosse um autor considerado *demodé*. Mas, falando em Baudelaire, um escritor que também me é muito caro, o que precisamente lhe interessa nele?

— As reflexões sobre estética, principalmente as que dizem respeito ao haxixe.

— Algum interesse especial?

— Como assim?

— O haxixe. O senhor tem interesse em drogas?

— Não particularmente. Interessa-me mais o viés artístico com que Baudelaire examina o fenômeno das drogas.

Inspetor Flic apontou com o dedo o outro peitoril da janela, convidando Negão a sentar-se.

— Continue, o assunto parece fascinante. Afinal, meu conhecimento de Baudelaire se resume à leitura escolar de alguns sonetos. Não me lembrava de vê-lo tratando das drogas.

— Pois Baudelaire escreveu um livro inteiro sobre as drogas, explicou Negão, sentando-se.

O Inspetor tirou uma caderneta e uma caneta do bolso interno do casaco.

— O senhor faria a gentileza de me dizer o título? Quem sabe poderia recomendá-lo à Divisão de Entorpecentes.

— Não creio que adiantaria muito. Como disse, Baudelaire examina o efeito das drogas da perspectiva artística. Em todo caso, o livro chama-se *Les paradis artificiels*.

— *Pa-ra-dis ar-ti-fi-ciels*, soletrou o Inspetor Flic. Mas de que trata mesmo o livro?

— Bem, não é muito simples resumi-lo aqui, mas vamos lá: *Les paradis artificiels* é um livro póstumo de Baudelaire reunindo dois ensaios "Le poème du hashish" e "Un mangeur d'opium". Nos primeiros capítulos, Baudelaire trata do desejo de evasão, do gosto de infinito, só atingido quando se exerce poderosamente a imaginação. Mas ao lado da imaginação, o homem pode também se utilizar do haxixe ou do ópio que lhe permitiriam criar o "ideal artificial", em tudo oposto ao "ideal natural".

— Se bem entendi, disse o Inspetor Flic interrompendo-o, o chamado "paraíso artificial" seria aquele atingido por meio do entorpecente?

— Exatamente.

— Curioso, mas vamos adiante.

— Na seqüência, Baudelaire explica como se extrai o haxixe, a sua proveniência e, especificamente, no capítulo "Un mangeur d'opium", conta da terrível experiência do escritor inglês De Quincey que, por questões de saúde, se tornou um escravo do ópio. Por isso mesmo, o mais importante de tudo é que, ao contrário do que o livro poderia sugerir, Baudelaire critica os efeitos negativos do ópio...

— Não me diga! Baudelaire não era um aficcionado?

— Pode até ter sido um aficcionado, mas, em *Les paradis artificiels*, critica os efeitos do ópio sobre o homem. Baudelaire acreditava que o entorpecente tinha o poder de apenas aumentar as cores da realidade, de vivificá-las, limitando, com isso, o trabalho da imaginação. Segundo ele, o ópio, ao colorir o real, faz que o homem fuja do mundo artificialmente, mergulhando no paraíso artificial e, por isso, se creia um Deus. Em contrapartida, o ópio tira do homem a capacidade de voluntariamente agir sobre a realidade. O que acontece então? Terminado o efeito entorpecedor do ópio, o homem regressa à realidade e se horroriza com a feiúra das coisas, não mais matizadas pelo efeito embelezador do entorpecente.

— Muito bem! Então, quer o senhor me dizer que Baudelaire é contra o uso de drogas?

Foi a vez de Negão sorrir.

— Não creio que Baudelaire fosse um vulgar moralista, desses que andam de escola em escola atirando contra os drogados. Sua moralidade estava estritamente ligada à arte. A cruzada contra as drogas era semelhante à cruzada contra os pintores naturalistas, contra a arte sentimental e moralista, como a de George Sand, por exemplo. Desse modo, creio que não valeria a pena o senhor recomendar a leitura do *Paradis* a seus colegas da Entorpecentes...

— Muito obrigado pela ironia, disse o Inspetor Flic. Em todo caso, a lição foi muito útil. Nunca pensei que fosse aprender alguma coisa sobre Baudelaire com um brasileiro... Mas viver, diz o velho ditado, é sempre aprender e, como me considero um eterno aprendiz...

O Inspetor consultou o bloco de notas.

— Gostaria de lhe perguntar uma outra coisa bastante diversa da que discutimos: o senhor, por acaso, já ouviu falar do MMF?

— MMF? O que é isso?

— Movimento Muçulmano Feminino.

Negão balançou a cabeça.

— Nunca ouvi falar nesse movimento.

— Tem certeza?

— Absoluta.

Inspetor Flic consultou novamente o bloco de notas e disse:

— E se eu lhe dissesse que sua amiga milita no MMF?

— Amiga? Que amiga?

— A que o senhor veio visitar aqui.

— Ela não é minha amiga, já lhe disse.

— O que ela então é sua?

Negão deu um suspiro.

— Bem, acho que é melhor eu me abrir com o senhor. Quem sabe não poderá me ajudar. Em suma, essa moça, que o senhor diz militar no tal de MMF, roubou quinhentos mil dólares de meu patrão...

O Inspetor assobiou:

— Quinhentos mil?!

— Exatamente, quinhentos mil. Meu patrão pediu que viesse a Paris para reaver o dinheiro.

— Posso saber o que faz seu patrão?

— Um pouco de tudo: cafetinagem, roubo de cargas, contrabando, trafico de drogas... Mas gostaria de lhe dizer que estou aqui apenas para tentar reaver o dinheiro. Só me interesso pelas drogas baudelaireanas.

O Inspetor começou a rir e perguntou:

— Você chegou a conversar com essa moça?

— Sim, como lhe disse, conversamos no Trocadero. Ela não só se recusou a me devolver o dinheiro, como também disse que sua companheira estava pronta para me estourar a cabeça com um fuzil.

— E o senhor...?

Negão mostrou a automática ao Inspetor Flic.

— ...e eu ameacei estourar-lhe a barriga com isto daqui.

O Inspetor apanhou a automática de Negão, sopesou-a e disse:

— Bela arma! O senhor entrou ilegalmente com ela na França ou adquiriu-a aqui?

— Ilegalmente. Se o senhor quiser saber, a coisa mais fácil é passar na alfândega francesa com uma arma.

— É, creio que não seja tão difícil assim. Afinal, esses malditos árabes entram e saem daqui com toda espécie de armas...

O Inspetor guardou o bloco de anotações, abriu os braços e disse:

— Mas não estou interessado especificamente nas pequeninas infrações que cometeu na alfândega. Interessam-me mais as ações de sua ami..., perdão, de sua compatriota aqui em Paris. Por acaso, sabia que ela encomendou uma bazuca?

— Uma bazuca?! Minha nossa! E o que que ela vai fazer com uma bazuca?

— É o que eu gostaria de saber.

— E como descobriram que ela ia comprar uma bazuca? Perguntou Negão.

— Um agente duplo a denunciou. O Algérien. Vendia armas, apanhamo-lo e o pusemos a trabalhar para nós. Disse que duas mulheres encomendaram armas, entre elas, fuzis, granadas e uma bazuca.

Negão saltou do parapeito da janela.

— Se sabiam de tudo, porque não as prenderam antes?

O Inspetor deu de ombros.

— Quando lhes achamos o paradeiro, os pássaros já tinham voado.

O Inspetor sorriu e disse com um ar superior:

— Mas não estou muito preocupado com isso. Quando forem buscar as armas, lhes descobriremos o novo ninho.

— O senhor não me leve a mal, mas creio que fui eu quem assustou os pássaros. Tinha o endereço de minha compatriota no Brasil e telefonei-lhe quando cheguei a Paris...

— Bem, o senhor, salvo erro, não teve culpa. Mas não se incomode, dessa elas não escapam.

— Falando nisso, necessitava de um obséquio seu...

— Pois não.

— Queria saber se poderia tentar recuperar o dinheiro de meu patrão, antes que fossem presas.

— É uma coisa complicada o que me pede. Pelo que me disse, o dinheiro de seu patrão não é dos mais limpos.

Negão começou a rir.

Não, não é dos mais limpos, mas com ele é possível tanto vestir um anjo, quanto corromper um demônio.

O Inspetor deu uma casquinada parecida com o cacarejo de uma galinha.

— Essa é boa! Vestir um anjo e corromper um demônio... Falando nisso, creio que podemos fazer um acordo. E se eu descobrisse e lhe desse o paradeiro delas...?

— Se o senhor fosse um anjo, eu o vestiria e se fosse um demônio, procuraria corrompê-lo.

— Muito bem, digamos que eu seja um anjo...

— 10.000,00 dólares bastariam para vestir um anjo?

— Mais 5.000,00 como ajuda de custo para uma auréola de primeira.

Negão estendeu-lhe a mão.

— De acordo.

— De acordo, disse o Inspetor Flic. Onde poderei encontrá-lo?

— Hotel Cujas.

O Inspetor retirou o bloco de notas do bolso do interno da gabardine anotou o nome do hotel. Depois, levando o dedo à aba do chapéu, despediu-se:

— Quando souber de algo, lhe telefono. *Au revoir, monsieur.*

Δ

& canto a saga que me encanta tanto que me ausento de mim, mas não sou menos divino, porquanto canto a minha onividência: anos correm céleres & sou um & sou todos os que encantam, sou o rei, o populacho, a pitonisa, o herói, a hetaira & caio em desgraça, vivendo as benesses ofertadas pela quebrada roda da fortuna & também canto o sopro em que sou um simulacro de mim & desnudo-me & minha alma chora & não me movo, não me movem, apenas me demovem & assim deixo a suspeita tingir os astros de negrume & também canto, espreitando por sobre o ombro de alguém & os passos sigo daquele a ser ferido pelo dardo da minha ironia, & esta minha voz, como um canto de sereia, embriaga-me tanto que penso ter razões de divindade: as almas, como Saturno, colho & fecundo-as com a semente da impiedade, fazendo-as sonhar, imitações de mim, também sonhos de um deus menor &

⇔

Um jogo de gamão, gargantas cortadas, um lance de dados, o acaso e a lição epistemológica do Inspetor Flic

Como sempre, o Inspetor Flic, depois de consultar a caderneta em que registrava seus rigorosos cálculos, lançou os dados no jogo de gamão. Surpreendendo o olhar irônico de M. Igitur, disse com uma dose de azedume:

— Pelo visto, o senhor não acredita na eficácia de meu método de jogar...

M. Igitur sorriu.

— Não, não acredito. De que vale o método, se os dados estão sempre roçando as puras unhas pelo acaso?

Inspetor Flic franziu o cenho.

— Um dia, ainda o baterei no gamão! E o senhor então se renderá à eficácia do método.

— O método! O método! Disse M. Igitur com exaltação, o método, o edifício de Tudo erigido sobre o alicerce do Nada! Abolido bibelô de inanidade sonora...

Amargando mais uma derrota no gamão, o Inspetor Flic deixou M. Igitur. Caminhava circunspecto pela rua, talvez pensando nos estratagemas para vencê-lo na quinta-feira seguinte. A intromissão da sorte, no lançar dos dados, levava-o, a contragosto, a duvidar da eficácia de seus cálculos. E, ao se lembrar do sorriso irônico, enigmático de M. Igitur, dizia mentalmente, rilhando os dentes: "o acaso", "o acaso". Isto o fez recordar-se de que, talvez estimulado por sua obsessão, o acaso lhe aparecera muitas vezes em sonhos sob a forma de uma alegoria: uma mulher, com asas de águia e corpo de leão, cujas feições, paradoxalmente, lembravam ao mesmo tempo as de Ingrid Bergman e Marlene Dietrich, que, no areal do imenso deserto, permanecia muda ante suas súplicas.

Todavia, contrariamente ao que desejava, não chegaram a jogar na outra quinta-feira: no dia tão esperado, pouco depois das quatro, uma viatura veio apanhar o Inspetor Flic em casa para investigar um assassinato. É que haviam encontrado às margens do Sena, junto à Pont Neuf, uma mulher, cuja cabeça fora quase toda separada do tronco por um instrumento cortante. Quando o Inspetor Flic chegou ao local do crime, ela já estava na calçada, de barriga para cima, cercada pelos policiais, por um cordão de isolamento e pelos curiosos de ocasião. Aborrecido e dando um suspiro, o Inspetor Flic saiu da viatura e dirigiu-se apressadamente até o ajuntamento. Eram quase cinco horas, e ele temia atrasar-se para o religioso gamão das quintas-feiras com M. Igitur.

Agachando-se, observou superficialmente a vítima: era loira, de olhos azuis, estatura mediana e contava com aproximadamente dezoito anos. Em seguida, o Inspetor Flic perguntou a um dos policiais:

— Foi estuprada?

— Pelo que parece, não, senhor Inspetor.

— Virem-na, por favor.

Os policiais viraram a mulher de bruços.

— O que é isso? Perguntou, apontando para algo como uma inscrição nas nádegas da vítima.

— Não sabemos ainda. Acredito que o assassino gravou alguma coisa nela com um estilete.

O Inspetor Flic, tapando o nariz com um lenço, examinou detidamente a inscrição. Distinguiu então a palavra *"hasard"*. De imediato, sem saber por quê, veio-lhe à mente a face circunspecta de M. Igitur lançando os dados no gamão. À noite, quando lhe telefonou, pedindo desculpas por ter faltado ao encontro devido a motivos profissionais, passou-lhe vagamente pela cabeça, também sem saber por quê, contar-lhe o episódio, mas se conteve a tempo por considerar o assunto excessivamente mórbido. M. Igitur era um homem que parecia viver nas nuvens, indiferente ou avesso às grosserias da Terra.

Na quinta seguinte, também não jogaram gamão porque outra mulher foi encontrada sob a Pont Neuf, com a garganta cortada e, coincidentemente, com uma inscrição nas nádegas. Mas ao contrário do primeiro caso, a palavra agora era bastante anódina, pois não passava da simples preposição *"de"*. Todavia, meticuloso como era, o Inspetor Flic, desconfiando de que aquilo fosse mais uma pista que o ajudasse a descobrir o assassino, anotou a palavra junto às circunstâncias da morte em sua caderneta.

— Não sei não, disse-lhe um colega, o Inspetor Frais, balançando a cabeça, mas quer-me parecer que se trata de um *serial killer*.

Talvez fosse mesmo um *serial killer*: era quinta-feira junto à ponte Neuf, a mulher tinha seus quarenta e poucos anos, havia sido degolada e trazia na nádega, inscrita a punhal, uma palavra. A certeza de que era um crime serial confirmou-se na semana seguinte quando a polícia encontrou mais uma mulher com a garganta cortada e com a palavra *"abolira"* inscrita na nádega. À noite, desculpando-se pela terceira vez com M. Igitur, apesar de seus pruridos, comentou a seqüência de crimes, talvez para se justificar da seqüência de faltas aos encontros de gamão.

— Soube-o pelos jornais, disse M. Igitur daquele seu

modo lacônico peculiar, como que polidamente o eximindo de desculpar-se.

Na semana seguinte, o Inspetor Flic diria a M. Igitur, também por telefone e um pouco mais à vontade, que a investigação estava-se tornando "intrigante", porquanto mais uma vítima fora localizada na mesma ponte, ao lado de um carrinho com um bebê, a cabeça separada do tronco e a palavra *"coup"* inscrita na nádega. M. Igitur ouviu-o em silêncio, para depois dizer sem nenhuma inflexão especial na voz:

— Ao menos, as cabeças deviam agradecer pela oportunidade de mergulhar no abismo que haverá de libertá-las do jugo infame do corpo.

O Inspetor Flic não pôde deixar de rir da fina e macabra ironia de M. Igitur. Desligando o telefone, abriu a caderneta e, contemplando as palavras *"hasard"*, *"de"* e *"coup"*, escreveu, no alto de uma página em branco, os significados "acaso", "azar", "risco" e, embaixo, na mesma página, "golpe", "tiro", "ferida".

O pequeno dicionário criptográfico do Inspetor Flic foi premiado, como sempre numa quinta-feira, com o anódino artigo *"le"*, inscrito na quinta nádega de outra vítima decapitada. Ansioso, ele correra ao local do crime, mal haviam-lhe telefonado e, evidentemente, foi tomado pela decepção, pois esperava uma palavra mais significativa que viesse a dar sentido à charada. Em realidade, o Inspetor Flic tivera noites e noites e noites de insônia, páginas em branco diante dos olhos, em que rabiscava frases e palavras incessantemente, tentando decifrar o enigma. "Decifra-me ou te devoro", parecia-lhe ouvir a voz da Esfinge, norteando todos seus pesadelos, entre os quais um, especialmente, que se tornou real: a reprimenda de seu superior, inconformado com que ainda não tivesse pistas sobre o caso que então abalava Paris:

— As pessoas estão aterrorizadas, Inspetor Flic. As mulheres não querem mais sair à rua desacompanhadas.

— A única coisa que sabemos é que não eram prostitutas, dizia o Inspetor Flic evasivamente.

— Prostitutas ou não, é muito pouco o que tem a me dizer. O Ministério Público vem-me pressionando. E, depois, é impossível que não tenha pista alguma até agora. Conte-me o que tem feito de prático.

— Bem, dizia o Inspetor, consultando a caderneta, fiz um levantamento completo das impressões digitais, confrontei o testemunho de mendigos, o que se mostrou inútil, pois ninguém foi visto na proximidade dos crimes, mandei colocar vigias, dia e noite, junto à Pont Neuf...

— Vigias? Para quê?

— Pelo fato de que todos os corpos foram encontrados sob a Pont Neuf..., ou, perdão, tinham como endereço a Pont Neuf.

— Como "endereço"?

— Uma das vítimas chegou pelo correio numa grande mala endereçada aos agentes em vigia na Pont Neuf. Quer-me parecer que o assassino está usando uma espécie de código que tem como chave o número nove.

A palavra *"coup"* veio a tomar outro sentido para o Inspetor Flic quando encontraram a sexta mulher decapitada no portamalas de um carro abandonado nas proximidades da Pont Neuf. Nas nádegas, como sempre, havia a inscrição feita por instrumento cortante, somente que registrando a palavra *"dés"*. Meticuloso, o Inspetor Flic riscou os significados "golpe", "tiro", "ferida" de sua caderneta e escreveu em caixa alta "LANCE". Fez o mesmo com a palavra *"hasard"*, ao riscar "azar" e "risco" e anotar, também em caixa alta, o termo "ACASO". Na seqüência, dispôs todas as palavras que possuía, na ordem em que haviam sido encontradas: HASARD, DE, ABOLIRA, COUP, LE, DÉS. Brincando com a caneta, escreveu um esboço de frase: *"Le hasard de le coup de dés"*. Mas onde ficaria o verbo *"abolir"*? Pensando nisso, escreveu preenchendo lacunas: *"(Le) coup de dés abolira (le) hasard"*, sempre com a desconfiança de que talvez a seqüência frasal não estivesse de todo completa.

A frase, em realidade, somente veio a completar-se, com um sentido negativo, três mulheres mais tarde, quando as palavras *"jamais"*, *"un"*, *"ne"* foram-lhe oferecidas em diferentes nádegas. A bem da verdade, o inspetor Flic aguardara com muita ansiedade a notícia desses assassínios subseqüentes, porque tivera obsessivos sonhos com a decifração do enigma. O primeiro dos três últimos corpos chegou numa caminhonete dirigida aos agentes que vigiavam dia e noite a Pont Neuf. A mulher viera cuidadosamente acondicionada numa caixa para presentes. Interrogado o estafeta, nada de muito especial lhe conseguiram arrancar, a não ser que alguém, que se identificara apenas como M. Gouffre, enviara o dinheiro pelo correio, pedindo que a encomenda fosse apanhada à entrada do Sacre Coeur. O segundo fora encontrado atrás da Gare D'Orsay, graças a um telefonema anônimo. Era também uma caixa em que havia uma mensagem: "a ser entregue aos agentes em vigília na Pont Neuf ". O terceiro, finalmente, viera dentro de um cesto de vime, num pequeno barco desgarrado no Sena, e dirigia-se ao mesmo destinatário: os agentes policiais em guarda na fatídica ponte. Todas as mulheres tinham em comum com as outras a garganta cortada e partes da inscrição que se completaria finalmente na caderneta do Inspetor Flic: *"Un coup des dés jamais n'abolira le hasard"*. Todavia, para desalento do Inspetor, a frase, que a muito custo tentara decifrar, não perdera em nada sua feição hieroglífica.

Outra coisa que vinha perturbando o rumo das investigações, provocando-lhe grande ansiedade: o perfil das vítimas, que pareciam não ter muita coisa em comum, a não ser o fato de serem mulheres. Na caderneta, o Inspetor Flic anotara o seguinte:

1. Uma adolescente loira
2. Uma negra aparentemente praticante de voudou
3. Uma mulher ao lado de seu bebê
4. Uma freira
5. Um travesti vendedor de hortaliças
6. Uma vendedora de roupas
7. Outra adolescente loira
8. Uma mulher que ingerira grande quantidade de bebida
9. Mais uma adolescente loira, com nada que a distinguisse das outras.

Não havia sequer uma prostituta e nem mesmo uma tentativa de estupro, o que tornava o caso mais complicado, em vista do fato de que não parecia ter nada em comum com aqueles de desvio sexual que conhecia na literatura policialesca.

Na outra quinta-feira, com a certeza de que não seria importunado por mais um crime, dirigiu-se à casa de M. Igitur.

— Então, que temos de novo? Perguntara-lhe o anfitrião, abrindo a caixa de gamão sobre a mesa.

— Mais um caso, e desconfio que o último.

— Último? Como pode ter certeza disso?

— Quer-me parecer que a frase se completou. E o inspetor Flic, abrindo a caderneta, leu-a ao parceiro de gamão.

Como se não desse importância alguma à frase, M. Igitur perguntou:

— E o assassino?

— Não tenho a menor idéia de quem seja, por mais que tenha investigado, por mais que tenha refletido sobre a frase, por mais que tenha experimentado o rigor da lógica dedutiva, a eficácia do método analítico.

— Eficácia da lógica dedutiva? Disse M. Igitur com ironia. Todo método é uma ficção..., e ficção parece ser o procedimento próprio do espírito humano.

O Inspetor Flic não refutou a ironia. Sentindo uma indisposição qualquer, pediu licença ao anfitrião e dirigiu-se ao banheiro. No cômodo mal conservado, faltavam azulejos na parede e a caixa de descarga, bem antiga, funcionava precariamente, acionada por um cordel. Quando o Inspetor Flic puxou a cordinha, a água não correu. Ele tentou mais uma vez e, não obtendo êxito, subiu sobre o vaso, tirou a tampa da caixa e observou o mecanismo para ver se encontrava o defeito. Pôde então constatar que o bocal do cano estava obstruído por um saco plástico. Enfiando a mão na água, retirou-o e, examinando a caixa d'água, reparou que ele se desprendera de um pedaço de arame com que alguém o atara a uma pequena alça. Descendo do vaso, abriu o saco e notou que, dentro dele, havia uma navalha e um estilete. Depois de examiná-los detidamente, guardou o achado no bolso de sua gabardine, tornou a tapar a caixa de descarga e saiu do banheiro.

Como se nada tivesse acontecido, despediu-se de seu anfitrião. À saída, M. Igitur, como que casualmente, disse que, naquele mesmo dia, faria uma pequena viagem até a província. À noite, o Inspetor Flic, procurando não deixar vestígios, arrombou a porta do apartamento. Em seguida, vasculhou com uma lanterna a sala de visitas onde costumavam jogar o gamão e, não encontrando nada de especial, dirigiu-se ao escritório, onde jamais entrara. O aposento era mobiliado com estantes atulhadas de livros, um sofá e uma escrivaninha. Sobre a escrivaninha, na ausência de uma urna cinerária, num cinzeiro de ágata, jaziam restos de folhas de papel queimadas, ao lado de uma estátua de ônix, que tinha numa das mãos uma lâmpada e cujo rosto retorcido parecia ser a expressão própria da Angústia. Os vidros da janela, filtrando a luz das estrelas, em ouro agonizante, compunham a imagem de sensuais licornes que corriam atrás de uma ninfa nua.

O Inspetor Flic acendeu a lâmpada da estátua de ônix, remexeu cuidadosamente as folhas de papel queimadas e pôde distinguir vagamente palavras e fragmentos de palavras como *"Neuf"*, *"relat..."*, *"...itime"*, *"blonde"*, *"secou..."*, etc, além de um esboço de enumeração. O Inspetor procurou decifrar o resto da mensagem, mas o fogo havia sido pouco generoso, de modo que ele desviou sua atenção para um bloco de papel, onde, numa página em branco, aparecia o decalque de uma escrita. Apanhando um lápis, passou-o levemente pela folha e, assim, conseguiu ler o seguinte:

Pont Neuf

Relation des Victimes

1. *Une jeune femme aux cheveux comme un torrent blond*
2. *Une négresse par le démon secouée*
3. *Une jeune femme allaitant son enfant*
4. *Une Sainte pâle*
5. *Un(e) marchand(e) d'ail et d'oignons*
6. *Une marchande d'habits*
7. *Une enfante au clair regard de diamant*
8. *Une belle ivrogne*
9. *Une petite naïve et ne rougissant pas*

Na quinta-feira da outra semana, o Inspetor Flic dirigiu-se para a casa do parceiro de jogo. Lá, sem consultar uma vez sequer os cálculos da caderneta, lançou os dados e venceu-o no gamão. Quando o adversário estendeu a mão para cumprimentá-lo, o inspetor Flic aproveitou-se da ocasião para lhe pôr as algemas em torno do pulso, enquanto lhe dizia ainda que vexado:

— Perdoe-me, M. Igitur, mas é meu dever prendê-lo.

M. Igitur sorriu com aquele seu sorriso enigmático e perguntou:

— Posso saber como chegou até mim, Inspetor?

— O acaso, M. Igitur, o acaso.

∅

Reverendo, Turco, um interurbano e um traficante de nome Baudelaire

— Alô, é o Turco?

— Grande Reverendo! Quem tá vivo sempre aparece. Por que demorou tanto pra telefonar?

— Andei muito ocupado.

— Como é, tá gostando de Paris, Reverendo?

— Não vejo a hora de voltar.

— Voltar por quê? Você aí em Paris com tudo pago e querendo voltar pra esta joça.

— Estou numa droga de HO, Turco. O dinheiro que me deu não está dando pra nada. Você entra num lugar e pede um sanduíche, e o cara te enfia a faca. Droga de cidade mais cara.

— Quanto custa um quibe?

— E você acha que eles comem quibe? Francês só come merda.

— Deve de ser merda mesmo. Se não tem quibe...

— É isso aí, Turco. Não tem quibe, não tem pastel, não tem picanha, não tem americano, não tem feijoada...

— E o que que você tá comendo?

— Baguete. Uma merda de pão com presunto. Às

vezes, quando estou com mais fome, como um churrasquinho grego.

— Churrasquinho grego? Aquela merda cheia de mosquito da praça da Sé?

— Aqui não tem mosquito, te garanto.

— Mas é uma merda assim mesmo. Garanto que é carne de gato. Como você tem coragem de traçar um bagulho desses?

— Pois é, Turco... Por isso que estou de saco cheio.

— Não esquece que você tá aí a trabalho.

— E por falar em trabalho, liguei outro dia pro Negão, e o Negão ainda não pegou o dinheiro com a garota do Lambari. E eu? O que que faço, Turco?

— Pô, Reverendo, vê se diverte um pouco. Pega uma gostosa e afoga o ganso.

— Puta? Esta merda só tem travesti. Está pior que em São Paulo, pô.

— Traveco? Aí também tão com a mania de comer essa raça fodida?

— Se estão, Turco. Em cada esquina, você vê um traveco. Você imagina que até tem travesti brasileiro?

— Como você sabia que era brasileiro?

— A bicha falava português.

— Escuta uma coisa. Te pago pra você ir atrás do Negão, e você fica aí batendo caixa com traveco.

— Quem te disse que estava conversando com o travesti?

— Você que disse que o traveco tava falando português. Nunca pensei que você gostasse de transar com traveco. Coisa mais nojenta. Vá lá de vez em quando comer o cuzinho de uma gorda, mas comer cu de traveco...

— Se você quer saber de uma coisa, Turco, odeio travesti. Se pudesse, acabava com a raça desses filhos da puta!

— Mas por que você tava conversando com um traveco?

— Pô, Turco, deixa de encher o saco! Vi dois travestis na rua, e os travestis estavam falando português.

— Tá bom, não precisa ficar nervoso. Chega de conversa mole. Vamos ao que interessa. E o negócio das drogas?

— Que negócio das drogas?

— Porra, Reverendo, te mandei pra Paris pra você...

— Ah, você quer dizer aquele negócio do Negão.

— Isso mesmo. E aí?

— Olha, andei atrás do cara todos esses dias, e o cara não sai da biblioteca.

— Biblioteca? Que merda de biblioteca?

— Biblioteca, ué. Você nunca viu uma biblioteca?

— Claro que já. Puta que o pariu, Reverendo! Mando o cara pra Paris pra pegar uma grana que é minha, mando o cara pra Paris pra trazer a orelha daquela filha da puta que me roubou, e o cara fica indo em livraria...

— Biblioteca, Turco.

— Livraria, biblioteca é tudo a mesma merda. Coisa de fresco. O cara torrando a minha grana em Paris pra ir na biblioteca!

— Ô, Turco, você não quer saber o que ele estava fazendo na biblioteca?

— Desembucha, Reverendo.

— Lendo um livro.

— Ô Reverendo, qual é a tua? Se é coisa que fico puto da vida é quando tô conversando com um cara, principalmente conversando com um cara no telefone, e o cara tá fora da minha jurisdição...

— Calma aí, Turco, você...

— Calma, o caralho! Você sabe o que é jurisdição?

— Sei lá o que é jurisdição! E pra que que eu tenho que saber o que é jurisdição?

— Tem que saber, tem que saber. Jurisdição é quando um cara tá fora ou pensa que tá fora do meu comando, e o cara pensa que pode ficar me gozando. Quem você pensa que é, Reverendo? Depois, te chamo de rato branco, e você ainda acha ruim.

— Turco, você não está entendendo nada, porra, e vem com insulto! Já te disse que tenho a maior bronca quando você me xinga de rato branco. Rato branco é a puta que o pariu!

— Não te chamei de rato branco. Disse que se você pensasse em tirar sarro da minha cara te chamava de rato branco. Mas não só isso, te punha um cara na cola, mesmo que você tivesse no fim do mundo e mandava o cara te arrancar as orelhas. Por isso, pensa duas vezes antes de me tirar sarro.

— Pô, Turco, deixa de ser desconfiado. Eu te gozar? Não estava te gozando. Você não tem paciência, não espera a gente acabar de falar. O que eu queria dizer é que o Negão está lendo um livro sobre droga.

— Lendo um livro sobre droga?! Por que não disse logo?

— Tentei falar, mas você não deu tempo.

— Como que você descobriu?

— Ué, olhando o livro. Segui o Negão até a sala de leitura, aproveitei uma hora que ele foi mijar e olhei o livro.

— Escuta uma coisa, Reverendo. Pra que que o Negão tá lendo um livro sobre droga?

— E eu sei? Não deu muito tempo pra espiar o livro. Só sei que é de um tal de Baudelaire e trata do ópio e do haxixe.

— Baudelaire? Pera aí. Foi esse nome que ele falou antes de viajar pra Paris. Malandro esse Negão. Deve de tá aprendendo as manhas e querendo me passar a perna. Mas o que mais que você descobriu?

— Não muita coisa.

— Pois eu aqui em São Paulo estou mais por dentro das coisas do que você aí em Paris. Sabia que o Negão me pediu mais 15.000 dólares?

— 15.000 dólares?! 15.000 dólares pra quê?

— E eu sei? Mandei você pra Paris pra ficar de olho nele.

— Tô de olho nele, Turco. Mas você mandou a grana?.

— Tive que mandar. O Negão disse que era pra uma coisa muito importante. Vai ver que negócio de droga.

— E você mandou assim mesmo?

— Uma coisa que a gente tem que reconhecer: o Negão sempre foi ponta firme nesse negócio de grana. Nunca me enrolou e nunca tentou me enrolar. Por isso que mandei a grana. Mas agora tô encanado.

— Ah, ia esquecendo: vi o Negão conversando com um cara suspeito.

— Por que suspeito?

— Pelo jeitão dele. O cara estava com uma capa cinza de sherlock e um chapeuzinho de feltro com uma pena verde. Parecia o Inspetor Clouseau.

— Inspetor o quê...?

— Esquece. Não sei o que um cara distinto como o Negão ia querer conversar com um panaca daqueles...

— Você tá aí em Paris pra saber isso, Reverendo. Tô te pagando pra investigar o Negão.

— Puta merda, Turco! Não estou te fazendo um relatório?

— E você me telefona de Paris só pra me contar que viu o Negão lendo na biblioteca e conversando com um panaca? Vê se te manca, meu. Tá pensando que sou trouxa?

— É a minha maneira de agir. Devagar e sempre. Não fica pensando que estou vadiando.

— Pois parece. Já era pra ter apagado o Negão e me trazido a orelha dele.

— Só se você não se importar de eu não trazer a grana que a garota roubou...

— Mas é claro que eu quero a grana de volta, Reverendo!

— Então, vê se não me apressa. Não gosto de trabalhar com gente me soprando no cangote.

— Tá bom, tá bom. Chega de conversa mole. Outra coisa: vê se resolve o negócio e pára de me telefonar. Não gosto de telefone. Dá dos federais ter grampeado, e eu tô fodido. Os caras tão de olho em mim. Outro dia, recebi uma intimação. Gastei uma nota com o doutor Marrom.

— E o deputado?

— O deputado? O maior filho da puta! Lazarento! Só quer a minha grana. Sabe o que deviam fazer, Reverendo? Pegar uma bomba e jogar naquela merda de Câmara dos Deputados. A gente vota no puto, dá uma grana e, depois, ele, tó, um pé na tua bunda.

— Apaga ele, Turco...

— Fica ligeiro! Vê se te mete na tua vida, que dos meus negócios cuido eu.

— Falou, Turco, *au revoir*.

— Que que você disse, Reverendo?

— Até logo, em francês.

— Deixa de ser fresco. Francês é língua de veado.

ζ

O Filho da Noite

e ele via-se andando a esmo em Paris, de repente estava no jardim das Tulherias, e de repente, estava em Pigalle, depois, sobre a ponte Mirabeau, sob a qual corria o Sena, vinha a noite, a hora soava, e ele lembrava-se de que os dias se iam, e ele ficava e pensava com tristeza que o amor se ia como a água corrente, depois, ele deixava a ponte, subia as escadas e entrava no apartamento, onde Fantin-Latour pintava seus camaradas, e ele, procurando não atrapalhar o pintor, sentava-se ao lado de Baudelaire e dizia-lhe ao ouvido

Filho da noite,
meu semelhante, meu irmão,
tua luz noturna embriaga meus passos.
Abraçamos
a ternura do negro,
trilhando os caminhos do Inferno.
Satã Trimegisto!
Vós sois meu Senhor,
e eu Vosso escravo.

Fecundai com Vosso esperma sangrento
o horror de nossos mais puros desejos,
transformando-os em ira,
em fogo, transformando-os.
Fazei que nossos olhos imantados
atravessem a loucura do tempo.
Entre demônios e anjos,
conduzi-nos à conquista
do Belo e do Novo,
lá onde brilham sinistras estrelas,
esporeando-nos o flanco
como o acre sabor do veneno,
sob o planger das cordas da cítara,
sob a enunciação da elegia
dos que morrem para nunca mais renascer

e Baudelaire, passando a mão entre os cabelos que iam rareando, sussurrava em resposta *ai! tudo é abismo, no âmago de minhas noites, Deus com seu dedo sábio desenha um pesadelo multiforme e sem trégua, tenho medo do sono como se tem medo de um grande abismo, todo cheio de um vago horror, levando não se sabe onde!* e Baudelaire abria a boca, onde lhe faltavam quase todos os dentes, e ele caía dentro da boca de Baudelaire que parecia não ter mais fim, e Negão abria os olhos, renascendo do Inferno: com um soluço de dor, mais uma vez, chorava a ausência de Anjo

∅

Negão e um telefonema, um encontro no Parc des Alouettes com o homem de cabelos brancos presos num coque

— Alô, quem fala?

— Negão? Aqui é o Reverendo.

— Reverendo? Que Reverendo?

— O contato do Turco.

— Ah! Você outra vez. Como é que vai, Reverendo?

— Mais ou menos. Estou de saco cheio desta cidade fodida. Não tem uma comida decente, e francês é a raça mais fedorenta e sem educação do mundo. Mas tudo bem, a gente sempre se ajeita. Quem um dia morou em Catulé...

— Onde que fica isso?

— No Piauí.

— Bem que reconheci a pronúncia.

— Pronúncia? Que pronúncia?

— Você fala que nem nordestino.

— É bom você saber, Negão: o Norte tem várias regiões, ou você pensando que é uma coisa só? Um cearense, por exemplo, fala diferente de um paraibano.

— Você me desculpe, Reverendo, mas pra mim é tudo a mesma coisa.

— Mesma coisa, vírgula. É como se eu falasse que carioca, paulista e gaúcho falam tudo igual.

Negão disse com impaciência:

— Encurtando a conversa, você está querendo o dinheiro, não é?

Reverendo demorou um pouco a responder:

— ...é, o dinheiro. Você está com ele?

— Com uma parte do dinheiro.

— O Turco não vai gostar nada disso, Negão.

— Problema meu.

— Você é um cara durão, hein!

— Onde é que te entrego o dinheiro?

Reverendo demorou novamente a responder e, quando respondeu, disse de maus modos:

— Sei lá! Não conheço nada nesta cidade fodida.

— No Trocadero, está bem?

— Onde fica isso?

— Perto da Torre Eiffel.

— Lá tem muita gente. Você não conhece um lugar mais sossegado?

Negão consultou rapidamente o guia e disse:

— No Parc des Alouettes, está bem?

— Não conheço, mas se é sossegado...

— Às cinco e meia... Outra coisa: como é que sei quem é você?

— Meu cabelo é todo branco, e eu uso ele amarrado num coque.

— E eu...

— Não precisa dizer nada, que já te conheço, Negão.

— Me conhece de onde? A gente só se falou por telefone.

— Não interessa. O importante, se você quer saber, é que te conheço, cara.

Negão ficou um instante em silêncio, para em seguida dizer secamente:

— Então, às cinco e meia no *Parc des Alouettes*, em frente à Ecole Supérieure de Beaux Arts.

— Onde fica essa merda?

— Olha no guia, que você descobre. Até mais ver.

— Pera aí, eu...

Negão desligou o telefone e consultou o relógio. Três e quarenta e cinco. Ele inclinou-se, puxou de sob a cama uma maleta 007 e abriu-a sobre o colo. Contou os dólares, anotou o número final numa folha de papel que assinou. Em seguida, apanhou a automática sobre o criado-mudo, destravou-a e tornou a travá-la. Pôs a arma de volta sobre o criado-mudo, fechou a maleta e deitou-se de costas na cama.

Às cinco e quinze, acordou alarmado, saltou da cama e foi ao banheiro lavar o rosto. Apanhou a maleta preta e, na pressa, esqueceu a arma. Desceu as escadas correndo e, na rua, pegou um táxi. Chegando a seu destino, ao pagar o motorista, apalpou o peito, onde deveria estar a arma e não a encontrou.

— Merda!

Escurecera, e caía uma garoa fininha. As lâmpadas iluminavam sombriamente o maciço de árvores. Negão entrou numa das aléias e apressadamente atravessou o jardim. No final da aléia, numa curva, deparou o homem de cabelos brancos presos num coque sentado num banco junto a umas moitas. Ele vestia uma gabardine cinza e usava um chapéu de feltro com uma pena verde.

— Você que é o Reverendo?

— Eu mesmo, respondeu o albino consultando o relógio e dizendo com ironia: dezessete minutos de atraso. E depois dizem que paulista é pontual.

— Não sou paulista.

— Da onde que você é?

Negão sentou-se no banco e pôs a maleta sobre as pernas.

— Não acha melhor a gente resolver isso logo?

— Por que tão apressadinho?

— Não gosto de conversa mole. Te entrego a grana, você assina o recibo e estamos quites.

— Estamos quites como, Negão? Você disse que só tinha uma parte da grana.

— A garota andou gastando por aí.

— E o que que vou dizer pro Turco?

— Diga o que te disse.

Reverendo fechou a cara.

— Espera aí um pouco, Negão. Primeiro, que não sou moleque de recado. Segundo, que você não pode fazer o Turco de trouxa.

— Não estou fazendo o Turco de trouxa. Acontece que a garota gastou parte do dinheiro. E, depois, mesmo se estivesse fazendo o Turco de trouxa, é problema meu. Te entrego a grana, você assina o recibo, e estamos conversados.

Reverendo começou a rir.

— A coisa não é bem assim. Acho que você não entendeu o que eu quis dizer.

— Entendi muito bem. Você estava insinuando que fiz o Turco de trouxa.

Reverendo enfiou a mão no bolso do casaco, pegou o revólver e apontou-o para Negão.

— Acontece que você é um cara muito folgado.

Negão mexeu-se no banco. Mais que depressa, Reverendo levantou-se, dizendo:

 Devagar com essa mão!

Negão abriu o casaco e disse:

— Não se preocupe, estou desarmado.

Reverendo, sempre apontando a arma, aproximou-se de Negão.

— O seguro morreu de velho. Vamos, levanta aí.

Ele levantou-se, e Reverendo revistou-o.

— Está bem, pode sentar.

Negão sentou-se, e Reverendo disse:

— Abre a maleta bem devagar. Qualquer movimento em falso, e te arrebento os miolos.

Ele abriu a maleta, Reverendo aproximou-se cautelosamente, apanhou um maço de dólares, examinou-o e tornou a colocá-lo no lugar. Nisso, o ruído de sapatos sobre o cascalho, tchuc-tchuc, chamou a atenção de Reverendo. Sem deixar de apontar o revólver para Negão, voltou um pouco o corpo e viu uma loira, que vinha pela aléia na direção deles.

— Vem gente, disse Reverendo, sentando-se no banco e escondendo a arma sob a capa. Não se mexa e nem dê um pio, senão acabo com você.

A loira aproximou-se gingando o corpo. Vestia botas de salto alto, *collant*, uma mini-saia de couro preto e um casaco de pele de onça. Quando chegou mais perto, hesitou entre dois caminhos que se formavam a partir do canteiro onde estavam o banco e a massa de folhagens. Nesta hesitação, olhou repentinamente para o homem de coque, que procurou disfarçar, puxando o chapéu para o lado. A loira deu um sorriso e cumprimentou:

— *Bon soir*.

E seguiu pelo caminho da direita. Ao vê-la desaparecer, Reverendo rosnou:

— Odeio travesti!

Em seguida, dirigiu-se a Negão:

— Acho que agora podemos continuar a conversa. Você gostaria de saber por que estou apontando esta arma pra você?

— Não vejo por que me apontar uma arma. Estou cumprindo o que o Turco pediu.

Negão enfiou a mão no bolso. Mais que depressa, Reverendo ergueu-se gritando:

— Parado aí, meu! Já disse pra não se mexer.

— Larga de ser tonto, cara. Você me revistou, não tenho arma. Só queria te mostrar a orelha da garota.

— Que orelha?

— A que o Turco pediu. Queria mostrá-la, pra você ver que cumpri tudo o que o Turco pediu.

Reverendo sentou-se.

— Deixa ver a orelha, mas com cuidado.

Ele jogou um embrulho na direção de Reverendo que lhe disse:

— Sabe, a vida é muito engraçada. Às vezes, um cara pensa que está limpo, mas não está. Aliás, não conheço ninguém que esteja limpo, todo mundo deve alguma coisa. Limpo só Deus.

— Quer deixar de me enrolar e ir direto ao assunto.

— Calma, Negão. A pressa é inimiga da perfeição. Já reparou que as pessoas apressadas vivem menos que as pessoas calmas? É por isso que paulista vive morrendo de coração, enquanto a gente lá no Norte vive numa boa, oitenta, noventa, cem anos.

Nisso, a folhagem atrás do banco farfalhou. Reverendo levantou-se novamente e sondou a massa de arbustos. Como o ruído tivesse cessado, voltou a sentar-se, murmurando:

— Deve ter sido um cachorro...

— Vai ou não vai dizer o que está querendo me dizer, Reverendo?

— Fica frio, que logo você fica a par do que estou querendo te dizer.

Reverendo calou-se e fitou Negão por alguns minutos. Depois lhe disse com raiva na voz:

— Sabe que você é um cara muito folgado?

Negão deu um sorriso.

— Prefiro ser folgado que otário.

Reverendo levantou-se e deu com o cano do revólver na face de Negão. Com a violência do golpe, ele recuou a cabeça e, na maçã do rosto, onde a pele se rompeu, o sangue esguichou. Reverendo sentou-se e disse de mau humor:

— Tenho maior ódio de folgado. Já apaguei muito cara folgado, e você parece o rei dos folgados. Mas se quer saber de verdade por que vou te apagar, já digo logo: você fez o Turco de trouxa, e você sabe muito bem que o Turco vai até o fim do mundo pra acabar com quem faz ele de trouxa.

Δ

batizo-os com a desdita da procura & do tempo & são eles, acima
da consciência que de si possuem, apenas dissonante melodia: canto de cigarra anunciando a chuva, ruído rascante de lâmina ris-
cando a pedra, sibilo de seta cortando a carne, descarga, em azuis,
de fuzil fendendo os ares &, ouvidos moucos, ouvem a sinfonia
infernal com a certeza de que estes dramas lhes estarão vedados, de
que os caminhos·a percorrer já foram vicariamente percorridos,
enquanto, tropeçando em palavras, construirão, muitas vezes, à
minha (& à Dele) revelia, este outro mundo regido pelas leis de um
deus cego & mudo que não tem como reagir diante da infâmia de
tantas fezes em aras ofertadas

$\Leftrightarrow$

Bacana, carregador no Mercado Municipal, lutador de box, leão de chácara e pretendente a doutor

esse cara, o doutor Marrom, era o bom do pedaço, era só o Turco precisar dele pra quebrar os galhos, que o cara ia lá no Forum, falava bonito, enrolado, Vossa Excelência, Meretíssimo e resolvia os causos, eu bem que queria ser como o doutor Marrom e fiquei pensando que devia de estudar pra ser doutor, eu não tinha podido estudar por causa da vida fodida, fiz só o primário, e depois quando o velho morreu, eu ainda pivete, a velha me mandou trabalhar com o tio Mé, lá no Mercado Municipal, um trampo da pesada, dia e noite, carregando as porras das caixas e sempre descolava uma graninha que levava pra velha, depois, a velha morreu, fiquei numa pior e, por isso, parei de trabalhar com o pilantra do tio Mé, que tava sempre bebum e que vivia querendo me dar um cacete, mas fui eu que dei um cacete nele e me mandei, e nem tinha pra onde ir porque morava com o tio Mé num muquifo nos Campos Elíseos, pra descolar uma graninha, trombei umas coroas no centro, güentei umas correntinhas de ouro, tive azar, os recos me ganharam, fui parar na Febem, saí de lá, e, um dia, cruzei com um cara que tinha conhecido quando descarregava caixa no Mercado, perguntei se não sabia de alguém que tinha um trampo pra mim, ele disse pô, como tu tá crescido! eu era um pivetinho quando trabalhava no Mercado, e aí o cara disse que eu tinha físico pra ser lutador de box e me levou na Academia Hércules, que era de um chegado dele, comecei a lutar, mas apanhei mais que mulher de malandro, era forte, mas era muito devagar pra luta de box, o que eu gosto é de ir na porrada com um cara, valendo tudo, box, não, era coisa de muita manha, então, cansei de levar porrada e descolei um trampo maneiro na boca do lixo, de leão de chácara, num lugar chamado *Blue Star*, era só ficar na porta e mandar pro espaço os carinhas folgados que não queriam pagar a conta ou que queriam comer as minas na faixa e era legal no pedaço, dava até pra ver as minas tirando a roupa, eu tava numa boa mesmo, de vez em quando, vinha um freguês abonado, dava uns trocados, eu saía com uma mina maneira, mas foi com um freguês abonado, um cara metido na política que me ferrei, o cara não quis pagar a conta, eu não sabia quem que era ele, ele me encarou, encarei ele, dei uma nos cornos do cara, e ele caiu de quatro na calçada, o patrão quando ficou sabendo quem o cara, ficou louco da vida e me mandou pra rua, com uma mão na frente e outra atrás, sorte que eu tinha feito amizade com o Turco, amizade, não, que eu era um porrinha, e ele era o bom, mas acho que o Turco gostava de mim, porque era só ele chegar no *Blue Star*, eu abria a porta do carro, abria a porta da buate, falava sim, senhor doutor, faça o obséquio, doutor, e vi que ele gostava, então, quando o Maminha, aquele filho da puta, me chutou pra rua, justo eu que tava defendendo o dele, lembrei do Turco, que uma vez tinha me dado um cartão e fui atrás dele e disse doutor, sou o Bacana, não sei se o doutor lembra, era porteiro no *Blue Star*, e ele disse que lembrava, então, tomei coragem e disse que precisava de um trampo, e ele me perguntou e o trampo no Maminha? O cara me mandou embora, eu disse, te mandou embora? Por quê? Güentou a grana do Maminha? eu disse doutor, juro por Deus, coisa que respeito é grana de patrão, ele me mandou embora porque dei umas porradas num cara que quis bancar o gostoso e que eu não sabia que chegado dele, o Turco começou a rir e disse tá legal, te descolo um trampo e me mandou pegar uns baguios em Santos, junto com um tal de Negão, o cara, o mó legal, logo fizemos amizade, gostei dele, porque o cara sabia das coisas e lia até livro em língua estrangeira, depois fiquei conhecendo os outros caras que trabalhavam pro Turco: o Bundinha, um que tinha jeito de malaco, um porrinha que andou aprontando umas com o Chefe e que se fodeu, o Lambari, e o doutor Marrom, fora o Negão que era meu chapinha, eu gostava é do doutor Marrom, eu levava ele de carro no cartório, no fórum, no tabelião, e ele falando bonito preciso exarar as petições e lavrá-las ante o Meretíssimo, e foi aí que comecei a enfiar na cabeça a idéia de também virar adevogado, que eu não queria passar o resto da vida naquela de pegando baguio pro Turco e, um dia, tomei coragem e perguntei pro doutor Marrom o que que a gente tinha de fazer pra virar adevogado, e ele disse você tem que cursar Leis na Faculdade de Direito, e eu perguntei onde é que tem esse tipo de faculdade? e ele me falou uns nomes: a Faculdade de São Francisco, a Faculdade de Guarulhos, a Faculdade de Mogi, e eu perguntei é difícil fazer essa tal de Faculdade? e ele disse depende de seu grau de conhecimento, mas o problema maior é que exigem sempre requisitos básicos e, quando perguntei o que era requisito básico, ele disse que era o diploma de ginásio e colégio, você estudou até que grau, Bacana? cheio de vergonha, falei só o primário, doutor, malaco não tem vez neste mundo, e ele disse esse problema pode ser contornado, o doutor Marrom me deu um cartão, procura o doutor Rollo, amigo meu, disse que ele quebrava galhos pra quem queria estudar e não podia, foi então que fui procurar o tal de doutor Rollo, que tinha escritório na João Mendes, ele me explicou que tinha uma faculdade em Minas Gerais, em Varginha, onde você pode fazer o curso e aí falei que precisava trabalhar e que não podia ir nas aulas, ele explicou então que nessa faculdade era só pra ir no fim de semana e que, em três anos, você tira o grau de doutor em Leis com diploma e tudo, depois, o doutor Rollo disse que precisava de quinhentinhas pra descolar o diploma do ginásio e do colégio e mais quinhentinhas pro vestibular, eu já vinha ganhando uma grana boa com o Turco, que, nessas coisas de grana, ele era o mó legal, pensei se valia a pena gastar a grana na Faculdade, já que estava a fim de comprar um carro da hora, mas só de lembrar do doutor Marrom falando bonito, e as pessoas respeitando ele, pensei que era o único jeito de deixar de ser pé-de-chinelo e paguei aquela nota, então, o doutor Rollo me falou você espera uma semana e já pode ir na aula, e eu nem sabia onde era Varginha, até que, num sábado, acordei de madrugada, peguei um mapa, vi onde era Varginha e fui até lá, cheguei na Faculdade com os documentos, juro que tava com um cagaço, fazia uma cara que não ia numa escola, mas achei o mó legal, cada mina gostosa, fiz logo amizade com os colegas, mas quis amizade só com gente fina, nada de maloqueiro como eu e então falei que trabalhava no escritório do doutor Marrom, e os caras foram fazendo sinal de positivo e, já no primeiro dia, teve aula que não acabava mais, com uns mestres dez e, pra falar a verdade, fiquei boiando, a mão doendo de tanto escrever coisa complicada, voltei pra São Paulo, pensando que ser adevogado não era fácil, contei pro doutor Marrom o caso, e ele disse no começo, é difícil, o que você deve fazer é comprar uns livros de Direito e decorar as leis, gastei os tubos nos livros, comecei a ler, não entendi picas, mas fui em frente e decorei uma pá de palavras que escutava o doutor Marrom falando, causídico, meretíssimo, habeas corpus, petição, verbigratia, constituintes, lavrar, na outra semana, cansei outra vez de tanto escrever, que os mestres falavam mais que a boca, e o legal foi no intervalo, a gente conversando com as minas, combinando uns programinhas, que até que gostei de uma morena peituda, que estudava pra pisicóloga, e eu tava mesmo achando a Faculdade o mó barato, porque ali eu não era só o pé-de-chinelo Bacana, que ia pegar baguio pro chefe, os colegas sabendo que eu trabalhava com o doutor Marrom e, vendo que eu também sabia falar difícil, começaram de me chamar de doutor, e acho até que a morena peituda gostou, mas aí deu um crepe, o Turco precisou de nós num rolo no Rio de Janeiro, um carinha que tava sacaneando ele e tinha sumido do pedaço, vão atrás do filho da puta, pega ele, corta a orelha e fala que quem trai a confiança do Turco fica sangrado, entenderam o recado? ele perguntou, porque o Turco, ·eu tinha aprendido isso, era meio pro escamoso, a gente sempre tinha que dar o recado do jeito que ele tinha falado, senão o Turco ficava uma vara, e então, fui pro Rio de Janeiro e fiquei lá quase dois meses, procurando o paradeiro do filho da puta que tinha sorvetido, foi um ó achar o lazarento, mas, quando a gente achou, eu e o Bundinha pegamos ele, levamos numas quebradas, ele só chorando, falando por Nosso Senhor Jesus Cristo, e o Bundinha disse pra ele não pôr Deus no meio, e o cara veio querendo enrolar, dou duzentinha pros chegados me esquecer, fiquei puto e gritei umas palavras que tinha aprendido com o doutor Marrom seu energúmeno, não venha com suborno, que estando subjudice, o Bundinha arregalou o olho me vendo falar daquele jeito, onde se viu? o elemento pensando que a gente ia se sujar por causa de merreca? dei umas porradas nele, e o Bundinha foi que cortou a orelha, o cara berrava feito um porco e, enquanto rolava no chão, todo sangrado, passei o recado do Turco nos conformes, sem esquecer uma só palavra e voltamos pra São Paulo, mas eu vinha nervoso, porque tinha faltado na faculdade uns quatro sábados, aí, depois de dar o retorno pro Turco, tive uma folga, fui até Varginha e conversei com o bom da Secretaria, e ele disse não tem problema e falou que se eu descolasse uma graninha, te quebro o galho e disse também que, se eu não pudesse ir na aula, era descolar outra graninha que dou um jeito, tem um cara aí que assina pelo senhor, que faz as provas, os trabalhos, juro por Deus, que fiquei cabreiro, aquele cara tava pensando que eu era folgado? eu queria aprender de verdade, pra ser adevogado de respeito, tudo bem, ele disse, mas o que vale é o diploma, o doutor não tendo tempo, a gente dá um jeito, eu disse que tinha tempo sim e que só precisava abonar as faltas quando viajasse a negócios, o carinha ficou impressionado e disse que não levasse a mal o que tinha falado e que não contasse pra ninguém, porque tinha um inspetor de ensino lazarento que gostava de aplicar multa por causa de mixaria, eu disse que achava bom fazer as coisas dentro das legalidades e, lembrando de umas palavras estrangeiras que o doutor Marron tinha me ensinado, falei *dura lex, sed lex* e, como ele fez cara que não entendia porra nenhuma de língua estrangeira, expliquei em português mesmo a lei é dura, mas é a lei e deixei o otário na mó bronca, e pensei que na vida não tem diferença entre as pessoas: o carinha lá no Rio, sem escola, sem instrução, querendo me subornar, e ele, todo escolado, secretário da Faculdade de Direito São José, de Varginha, querendo me engrupir com aquela história de pagar um bunda-suja pra fazer a escola no meu lugar, ele que tava enganado, porque eu ia tirar meu curso e ser adevogado, com diploma de verdade, como o doutor Marrom, que, aposentado, quem sabe o Turco me contratando pro lugar dele, e eu até já me via de terno, gravata, a pasta cheia de petições, mostrando meu cartão pros carinhas e dizendo doutor Bacana, civil e criminal

∅

Da imaginação, Negão e o destino de Tuca, e um albino travestido de Inspetor Clouseau

O Inspetor Flic saiu do metrô abotoando a gabardine cinza e enterrando o chapéu de feltro na cabeça de ralos cabelos. Na calçada, olhou para um lado e para o outro e atravessou a rua. A um aceno de Negão, que se encontrava sentado à mesa de um bar, foi em sua direção.

— Um vinho, Inspetor?

— Obrigado, nunca bebo em serviço. Mas aceito um café.

O Inspetor sentou-se e perguntou:

— E o trabalho sobre Baudelaire?

Negão bateu a mão sobre o caderno a sua frente.

— Vai indo... Baudelaire é um mundo.

— Ainda interessado no negócio das drogas?

— Ainda, somente que agora estou diversificando as leituras. Essa questão do ópio, do haxixe tem muitas ramificações na obra baudelaireana. Ontem, lendo um ensaio sobre Delacroix, descobri por que Baudelaire dava tanta valor à imaginação e desprezava toda espécie de inspiração que pudesse vir de uma fonte artificial.

— Pelo que pude entender do que o senhor me explicou e do que li de Baudelaire, disse o Inspetor, mostrando a Negão um exemplar de *Les paradis artificiels*, ele desprezava as drogas porque elas tinham justamente a capacidade de criar o "Ideal artificial"... Mas o que as drogas têm a ver com Delacroix não posso entender.

— Bem, não é uma relação assim tão direta... O pensamento de Baudelaire não era nada sistemático. Ele tinha o costume de tratar dos assuntos mais diversos, como a pintura, a música, a literatura, a moda, as drogas, a multidão, dentro de um campo que genericamente classificaríamos de "estética". Talvez a multivocidade de seu pensamento refletisse a complexidade e o caos da vida moderna.

Negão calou-se e levou a taça de vinho aos lábios.

— Desculpe-me, mas não sou lá muito versado em estética. Sou um simples Inspetor. Essas suas divagações ainda me deixaram mais confuso.

— O senhor me perdoe as divagações, Inspetor. Acontece que esse problema todo, mesmo para mim que há algum tempo venho feqüentando a obra de Baudelaire, é bastante complexo. Como já lhe dei a entender, Baudelaire não vai direto ao assunto, ou seja: a estetização do problema das drogas faz parte de um raciocínio muito elaborado, que compreende várias etapas disseminadas ao longo de sua obra. Sou obrigado assim a fazer circunlóquios e circunlóquios para tentar unir os fios do pensamento dele. Mas se tiver um pouco de paciência, creio que logo chegaremos ao ponto.

O Inspetor sorriu e deu uma espiada no relógio.

— Temos muito tempo ainda pela frente e quanto à paciência, como sou um Investigador da *Sécurité*, é o que não me falta e nem me pode faltar.

— Então, vamos lá. Pelo que pude depreender do que li, parece que Baudelaire julgava que a pintura não deveria ser uma simples cópia da realidade; ele acreditava que o pintor tinha que pintar de memória, depois, é claro, de ter observado atentamente o real. Somente quando distanciado do objeto ou do motivo a ser pintado, é que o artista daria asas à imaginação, para atingir o "Ideal natural".

Negão abriu o caderno, folheou algumas páginas e leu em voz alta:

— "O espírito não é mais do que um espelho onde o meio ambiente se reflete transformado de uma maneira exagerada".

Ele fechou o caderno e concluiu:

— Ora, essa transformação do real, na pintura, só seria conquistada pela imaginação, livre, inclusive, de qualquer suporte que não fosse natural, como por exemplo as drogas.

— Pelo que pude entender então, disse o Inspetor, parece que Baudelaire atribuía um peso extraordinário à imaginação, capaz ela sozinha de transformar o que quer que fosse, sem o auxílio incômodo das drogas ou de qualquer outro estimulante artificial. Interessante esse ponto de vista, o que me leva a aumentar minha admiração por Baudelaire. Que idéia mais fantástica essa de creditar ao homem o poder de modificar o mundo somente com o auxílio de suas faculdades mentais!

O Inspetor pegou a xícara de café, ficou com ela algum tempo no ar, como se estivesse refletindo e depois disse:

— Bom seria que meus colegas da *Sécurité* se dispusessem a ler Baudelaire. O quanto não poderiam aprender sobre os métodos da investigação. Infelizmente, parece que hoje estão mais encantados com a técnica. Você conversa com um jovem investigador, e lá vem ele lhe falando de telefones celulares, escuta à distância, microcomputadores, binóculos infravermelhos, etc. Nada que pudesse lembrar a técnica de investigação tradicional à moda de um Poe, um

Conan Doyle, um Simenon. Posto que fizessem literatura, esses daí estavam bem mais adiantados que meus colegas, graças ao uso do raciocínio especulativo e da imaginação.

O Inspetor depositou a xícara no pires e voltou a falar:

— Estranha faculdade a imaginação. Jamais saberemos onde ela pode nos levar. E isso me faz lembrar de sua amiga. Sabia que ela pretende matar nosso presidente?

— Matar o presidente?! Mas por quê? Perguntou Negão.

— É o que estou tentando descobrir. Agora que o senhor me falou do processo imaginativo em Baudelaire, fico pensando que sua amiga...

— Já lhe disse, Inspetor, ela não é minha amiga.

— Está bem, fico pensando que sua compatriota está vivendo um momento de expansão imaginativa e, com isso, fere a lógica mais elementar, como costuma acontecer com os loucos e os *serial killers*. Acredito mesmo que o espelho do espírito dela está exagerando demais na recriação da realidade.

— Talvez fosse possível ver nos atos de minha compatriota um projeto artístico... O senhor não mencionou um tal de MMF?

— O Movimento Muçulmano Feminista? O que esse movimento teria a ver com um projeto artístico?

— Esse movimento já mostra em seu âmago um oxímoro. Muçulmano exclui feminista, mas, se conjugarmos ambos os termos, estamos diante de uma imagem surrealista. Daí o caráter poético dos projetos do MMF, entre eles, a intuição puramente gratuita e, por conseguinte artística, de assassinar o presidente da França.

O Inspetor começou a rir.

— Intuição artística... Só se fosse possível catalogar o assassínio político como uma das belas-artes.

— Se a gente tirar do assassínio político qualquer objetivação imediatista, vendo-o como uma expansão exagerada da realidade, creio que não seria difícil catalogá-lo entre as belas-artes. Aliás, esse é o tema de um dos livros de De Quincey.

— De Quincey, aquele escritor inglês viciado em ópio?

— Ele mesmo. Além de *Confissões de um inglês comedor de ópio*, escreveu uma obra curiosíssima, *O assassinato considerado como uma das belas-artes*.

O Inspetor voltou a rir e disse:

— Está muito instigante esta nossa conversa, mas não temos tempo a perder. A verdade é que descobri o novo ninho dos pássaros, de modo que podemos celebrar nosso acordo. Trouxe os emolumentos necessários para que um anjo compre sua corola?

Negão deu uma gargalhada e passou-lhe um envelope.

— Muito bem, disse o Inspetor, rabiscando umas linhas numa folha de seu bloco de anotações e entregando-a a Negão. Aqui estão o endereço e algumas poucas instruções. O senhor tem o prazo de hoje até as quinze horas de amanhã para tentar reaver o dinheiro de seu patrão. Dentro desse prazo, poderá agir livremente e terá uma espécie de salvo-conduto. Chegando ao endereço que lhe dei, vá direto a um furgão da *Sécurité*, com a inscrição *Bouquetière Robespierre*, e apresente-se ao Inspetor Frais. Lembre-se: *Inspetor Frais*, que é meu homem de confiança, identifique-se, e ele o deixará passar. Faça o que tem a fazer, mas não se demore muito, pois, a partir das quinze horas, o prédio será invadido. Está tudo claro para o senhor?

— Sim, está tudo muito claro.

— Ah, uma outra coisa, disse o Inspetor. Talvez lhe fosse conveniente usar a senha das meninas. Diga que veio da parte do Algérien e, quando elas perguntarem que encomenda traz, responda que uma caixa de *Président*.

— *Président?* O que é isso?

— Um de nossos conhaquezinhos mais ordinários.

O Inspetor levantou-se e disse:

— Muito obrigado pelo café e pela interessantíssima conversa sobre Baudelaire. Quem sabe, um dia, não voltaremos a nos encontrar para falar mais folgadamente sobre o assunto? *Au revoir.*

O Inspetor deixou o bar, atravessou a rua e, quando chegou do outro lado, foi abordado por um homem de cabelos brancos presos num coque, que lhe sussurrou ao ouvido:

— Tenho um revólver apontado para suas costas. Caminhe naturalmente e não faça nenhum movimento em falso.

— Sou o Inspetor Flic da *Securité Française.*

O albino pareceu hesitar, mas, logo em seguida, cutucou as costas do Inspetor com o cano do revólver e disse:

— E eu sou Bond, James Bond, agente secreto de Sua Majestade. Vamos, deixe de história e desce a escada do metrô.

No metrô, o albino entrou com o Inspetor num mictório e travou a porta.

— O senhor pode examinar minha carteira funcional, disse o Inspetor, apontando para o bolso interno do casaco.

— Não se mexa, que lhe estouro os miolos.

O albino revistou o Inspetor e encontrou um revólver, um livro, um envelope e a carteira funcional da *Securité.* Ao abrir o envelope e deparar as notas de dólares, exclamou:

— Uau, quanta grana! Não acha que é muito dinheiro para um modesto inspetor?

— É uma dívida...

— Uma dívida? Digamos que eu acredite mesmo que seja uma dívida, sobre o que mais estava conversando com aquele brasileiro?

O Inspetor ficou em silêncio por algum tempo e depois disse:

— Negócios...

— Sobre drogas?

— Não..., negócios particulares.

O albino avançou alguns passos e golpeou a testa do Inspetor com a coronha do revólver. O Inspetor caiu sentado no chão, e um filete de sangue lhe escorreu da raiz dos cabelos.

— Quando faço uma pergunta, não gosto que me enrolem! Vamos, seja bonzinho e diga sobre o que estava conversando com o brasileiro.

Enquanto o Inspetor se levantava cambaleando, o albino examinou sua carteira funcional.

— Puxa, não é que você é mesmo um meganha! E eu pensando que fosse apenas um traficante...

O Inspetor ergueu-se, caminhou até a pia e lavou a ferida. Depois de enxugar-se com o lenço, perguntou:

— Por que traficante?

O albino respondeu com outra pergunta:

— O que o senhor anda fazendo com este livro do Baudelaire?

— Lendo.

— Não banque o engraçadinho, que leva outra cacetada. Este livro trata de drogas, e o brasileiro com quem conversava também está interessado no assunto. O que vocês andam planejando?

Comecei a ler este livro por sugestão dele. *Les paradis artificiels* trata de algo que nos fascina a ambos. a imaginação.

— Pensa que nasci ontem? Imaginação... E por que o brasileiro lhe deu todo este dinheiro?

O albino lançou o maço de dólares na cara do Inspetor que lhe perguntou:

— O senhor é da polícia brasileira?

— Polícia? O albino começou a rir. Sou tudo, menos da polícia. E por falar em polícia, sabia que odeio meganhas?

— Bem, se o senhor não é da polícia, acho que não tenho nada que lhe dizer.

— Além de meganha, não gosto de gente teimosa. Quer saber o que faço com gente teimosa?

O Inspetor pemaneceu em silêncio.

— Ahn? Não tem curiosidade de saber?

— Não, não tenho. O senhor...

Sem esperar que o Inspetor dissesse mais alguma coisa, o albino deu-lhe um tiro na testa. Com o impacto da bala, o Inspetor recuou, abriu a porta de um reservado com as costas e caiu sentado na privada. O albino soprou o cano da arma.

— Bingo!

Em seguida, guardou a arma no bolso, foi até o cadáver e despojou-o da capa e do chapéu. Diante do espelho, despiu o paletó, vestiu a gabardine do morto e, após ajeitar o chapéu de feltro na cabeça, disse:

— Não é que a gente fica mesmo parecido com o Inspetor Clouseau?

ζ

A Esfinge

no deserto, se, junto à Casablanca, então, eu era Humphrey
Bogart e beijava Ingrid Bergman, mas, se, no Sahara, podia
também ser Gary Cooper, vendo Marlene Dietrich escrever
no espelho com o batom *I love you* — era Humphrey Cooper, Gary Bogart, as dunas a perderem-se de vista, e Marlene Bergman (ou era Ingrid Dietrich?) aguardava-me sentada sobre as patas de leão, as asas de águia, esperando que
voasse, mas não voava, porque queria ser meu pesadelo e
eu, por puro acaso, achava-a, porque Marlene Bergman e
Ingrid Dietrich eram quem buscava, mas a elas não achava
e, sim, achava a ela, de quem fugia e, ao vê-la, não a vendo,
porque, se a visse, cegava, ajoelhava-me, e meus lábios gre-
tados enunciavam *quem és tu?* e ela respondia-me? não, não
me respondia, permanecia queda e mouca, insensível a
meus clamores, e eu tornava a perguntar *que queres de mim,
por que a tao longe conduziste meus passos por força de teu enigma?* e ela, açoitada pelo vento da Eternidade, permanecia,
muda, a boca, cegos, os olhos, e eu que, pela vez terceira,
perguntava *és a chave de tudo? se és, dize-me*, e ela, em meio ao
simum que tudo atordoa, abriu a boca e disse *pipipipi-pipipi-
pi-pipipipi* e, aturdido, batendo os braços e pulando da cama,
o Inspetor Flic despertava, atirando longe o despertador

∅

Negão, o recado de Turco, a queda de um anjo e uma boa ação de Barbie

Barbie deixou a *Ecole Supérieure de Beaux Arts* e desceu as escadarias em direção do Parc des Alouettes. Fazia frio, e a neblina criava um halo em torno das lâmpadas de mercúrio. As mãos no bolso do casaco de nylon, imitando pele de onça, Barbie atravessou a rua e ingressou no parque. No fim de uma aléia, cercada de álamos nus, deparou dois homens que conversavam num banco. Um deles vestia uma gabardine cinza e tinha sobre os cabelos brancos um chapéu de feltro com uma pena verde. Barbie parou diante do banco. O homem de gabardine calou-se, levantou os olhos e, ao dar com Barbie, puxou o chapéu para o lado, cobrindo parte da face.

— *Bon soir*, disse.

Barbie tomou o caminho da direita e saiu da vista dos dois homens. Mas, quando voltaram a conversar, parou para ouvir, talvez porque falassem em português.

— Quer deixar de conversa mole e ir direto ao assunto.

— Calma, Negão, a pressa é inimiga da perfeição.

Ao reconhecer a voz do albino, Barbie estalou os dedos e exclamou:

— O branquelo! O filho da puta!

Mais que depressa, Barbie se meteu no meio da folhagem, mas acabou tropeçando num galho e caiu de quatro. De onde estava, viu o albino levantar-se de arma em punho e sondar a moita, para depois se sentar, dizendo:

— Deve ter sido um cachorro.

O homem com quem o albino conversava perguntou:

— Vai ou não vai dizer o que está querendo me dizer, Reverendo?

— Fica frio, que logo você fica a par do que estou querendo te dizer.

Barbie levantou-se vagarosamente e, afastando com cuidado os ramos dos arbustos, aproximou-se tanto do banco que, se esticasse o braço, encostava a mão no albino.

— Sabe que você é um cara muito folgado? Disse Reverendo.

— Prefiro ser folgado que otário.

O albino levantou-se e golpeou a cara de Negão com o revólver. Negão deu um gemido e levou a mão à face, onde se lhe formou um hematoma. Reverendo sentou-se e disse:

— Tenho maior ódio de folgado. Já apaguei muito cara folgado, e você parece o rei dos folgados. Mas se quer saber de verdade por que vou te apagar, já digo logo: você fez o Turco de trouxa, e você sabe muito bem que o Turco vai até o fim do mundo pra acabar com quem faz ele de trouxa.

Negão tirou um lenço do bolso, procurou estancar o sangue da ferida e perguntou:

— Você queria me fazer o favor de dizer no que que fiz o Turco de trouxa?

— Você sabe muito bem.

— Não, não sei. Ele me mandou vir pra Paris pegar o dinheiro dele e a orelha da garota. Aí estão o dinheiro e a orelha...

— Já que insiste em dar uma de migué, te digo no que que você fez o Turco de trouxa. Você, Negão, andou comendo a mulher dele, você encheu a cabeça do homem de chifre.

Negão ficou em silêncio por algum tempo e, depois, disse:

— Então, o Turco descobriu...

— Claro que descobriu! E você achando que ele era otário!

— E Anjo? O que aconteceu com ela?

— Você quer mesmo saber o que aconteceu com ela?

Reverendo deu uma risadinha má.

— Mesmo que você não quisesse saber, eu ia ter que te contar. Você sabe que o Turco gosta que a gente faça o serviço e dê o recado. Pois o Turco me mandou dizer que ninguém põe os chifres nele e me mandou te contar também como foi que acabei com a raça dela. Lembra aquele dia quando Anjo te deu uma camisa listada?

— Que camisa listada?

— Cara mais ingrato! Não vai dizer que esqueceu o presente do dia dos namorados? Pois bem, naquele dia, fiquei de campana e, depois que Anjo saiu do seu apartamento, fui atrás dela e seqüestrei-a. A tonta pensou que eu estava a fim de fodê-la e ficou toda oferecida. Precisava ver, Negão, a dona que você comeu se abrindo toda... Ela falava assim: "quer-me comer, gostoso? Vem fazer amorzinho, vem". Só sei que amarrei as mãos dela, arranquei a blusa, a saia... Ah, um porém, sabia que ela estava sem calcinha? Mulher safadinha, hein, Negão? Andando por aí com a buça de fora. Você que ensinou safadeza pra dona?

— Larga de ser nojento, Reverendo! Acaba logo com isso!

— Que pressa é essa, cara? Quer ou não quer saber como acabou toda a história? Anda, confessa, deve estar curioso pra saber, não é? Mas vamos lá: amarrei as mãos dela e comi atrás e na frente. Nada pessoal, Negão. Pra falar a verdade, nem não achei muita graça nela. Um peitinho de nada...

Reverendo parou de falar, e Negão abaixou a cabeça.

— O que foi, meu? Não quer escutar o fim da história? Cadê sua dureza?

Negão levantou a cabeça.

— Calma, amigão, que já acabamos. Onde é que eu estava mesmo? Ah, me lembro agora: te dizia que comi a dona atrás e na frente, não é? Depois disso, a parte mais interessante quando cortei a orelha dela.

Negão ameaçou levantar-se do banco e disse com raiva na voz:

— Ela estava consciente quando você lhe cortou a orelha?

— Quietinho aí, nego..., disse Reverendo, apontando o revólver para a cabeça de Negão. Claro que estava acordada, tanto que berrou como uma porca. Ordens do Turco. Aliás, acho que vou fazer a mesma coisa com você. Vou te dar um tiro numa perna, noutra perna, nos braços e, quando você estiver jogado no chão, te corto a orelha.

— O Turco que mandou fazer isso?

— O Turco só mandou levar tua orelha, mas acontece que não gostei nada de você. Cara mais folgado. Não presta nem pra conversar, fica querendo dar uma de gostoso só porque é sulista. Qual perna você escolhe primeiro? A esquerda ou a direita?

Reverendo ameaçou levantar do banco, mas, antes que fizesse isso, Barbie saltou do meio da folhagem e acertou-lhe uma violenta cutilada no pescoço. O albino deu um gemido, largou o revólver e caiu emborcado no chão.

— Quem é você? Perguntou Negão, apanhando o revólver de Reverendo.

— Eu sou a Barbie.

— Prazer, eu sou o Negão.

Ele agachou-se e pôs os dedos sobre a jugular de Reverendo.

— Tá morto? Perguntou Barbie.

— Não, não está.

Barbie levantou o pé e disse:

— Então, deixa, que acabo com este branquelo agora.

— Um instante, Barbie. Ainda tenho umas contas a acertar com ele.

Negão amarrou as mãos de Reverendo com a cinta da gabardine e, em seguida, revistou-o, encontrando os pertences do Inspetor Flic: o revólver, a carteira funcional, o envelope de dinheiro e o exemplar de *Les paradis artificiels*. Negão sentou-se no banco e disse:

— Acho melhor você também se sentar. Este puto não acorda tão cedo. Você lhe acertou uma bela cutilada.

Barbie sorriu e sentou-se.

— De onde você é, Barbie?

— De São Paulo.

— E o que estava fazendo aqui?

— Em Paris, você quer saber?

— Não, aqui no parque.

— Ah, acontece que fui na escola de pintura. Já ia voltando pra casa, quando escutei a conversa de vocês e percebi que ele estava te ameaçando. Por falar nisso, o cara te machucou feio..., disse Barbie, pondo a mão sobre a ferida de Negão.

— Não foi nada. Mas me diga uma coisa. Onde aprendeu a lutar tão bem?

— Por aí. Sabe, nesta vida, a gente tem que se defender, senão, ó, te põem no rabo. Aprendi com um malaco que era meu cacho. Professor de caratê.

— Muito obrigado, você me salvou a vida.

— Não há de quê. Mas eu ia acabar com este cara de qualquer jeito.

— Ele te aprontou alguma?

— Tentou, Negão, tentou. Uma vez, em São Paulo, quis cortar minha bunda. Levou uma nas fuças... Antes eu tivesse acabado com ele. Talvez sua mina estivesse viva.

Negão deu de ombros.

— Se não fosse ele, outro faria o serviço.

Barbie pôs a mão sobre a perna dele.

— Escuta uma coisa: você andou comendo mesmo a mulher do chefe?

— Andei.

— Que peito, hein, cara! Desculpa falar, mas não acha isso meio sacana?

Negão suspirou.

— Sei lá. Acabei gostando dela... E, depois, o Turco tratava Anjo pior que cachorro. Quem fez sacanagem foi ele e não eu.

— Ai que lindo, Negão! Fico toda arrepiada escutando você falar que enganou seu chefe por que gostava dela. Você gostava mesmo de verdade, não é?

— E como gostava! Vai ser duro viver sem ela.

Reverendo começou a se mexer, e Negão pegou o revólver.

— A festa vai começar, Barbie.

Ele agachou-se junto de Reverendo, encostou-lhe o revólver na têmpora e perguntou:

— Por que você matou o Inspetor? Ele não tinha nada com a história.

Com dificuldade e sempre gemendo, Reverendo começou a responder:

— Claro que tinha. Só tinha que ver.

— Como tinha que ver, Reverendo?

— Deixa de ser besta, Negão. Você sabe que o cara tinha que ver.

241

— Não, não sei. Vê se desembuxa logo, Reverendo.

— Não vou desembuxar nada, cara. Se você pensa que é o único durão do pedaço, está muito enganado.

— Tudo bem, se não quiser falar, não fale, mas você vai sentir o mesmo que Anjo sentiu quando cortou a orelha dela.

Reverendo arregalou o olho e tentou se erguer.

— Pô, Negão, não faz isso comigo. Não foi nada pessoal.

Barbie deu um pontapé em Reverendo.

— Durão, hein, branquelo?! Já tá pedindo arreglo.

Barbie voltou-se para Negão.

— Se quiser, como o cu deste filho da puta. Assim, ele vai ver o que é bom pra tosse.

Negão balançou a cabeça.

— Não vá se sujar com o lazarento. Vou cortar a orelha dele.

— Negão, Negão, pelo amor de Deus, não faça isso comigo. Somos colegas. Você...

Negão não deu tempo que ele terminasse a frase e enfiou-lhe um lenço na boca. Depois, revistou-o e, encontrando uma navalha, disse a Barbie:

— Segure-o.

Reverendo esperneou bastante quando a navalha lhe decepou a orelha. Negão guardou a orelha do albino no saco plástico onde já se encontrava a orelha de Tuca.

— Hum! Que cheiro de merda! Disse Barbie, tapando o nariz. O durão se borrou todo.

Negão inclinou-se, agarrou a gola da gabardine de Reverendo e pôs-se a arrastá-lo em direção das moitas.

— Onde você vai com ele? Perguntou Barbie, ajudando-o.

— Você não vai querer que eu deixe este lixo aí, não é?

Chegando atrás das moitas, Negão encostou a pistola na têmpora de Reverendo e disparou. O albino estremeceu, deu um suspiro abafado e inteiriçou-se no chão gelado. Negão e Barbie espreitaram para fora das moitas e, quando viram que não havia ninguém, saíram de entre as folhagens.

— Barbie, devo-lhe a vida. Nem sei como agradecer.

— O que é isso? Foi um prazer. Além de não gostar do filho da puta, também simpatizei com você.

Negão sorriu e disse:

— Bem, acho melhor a gente ir embora daqui. Escuta uma coisa, você já jantou?

— Não, tô morta de fome. Se quer saber, faz tempo que só ando comendo pão com presunto.

— Então, hoje, você vai tirar a barriga da miséria. Que tal um jantar à luz de velas? Disse Negão, oferecendo-lhe o braço.

Δ

& canto a geografia de uma alma, de um corpo & o globo mundo é minha criação, eu que o criei com minha lira & a minha voz canta a dor da espera, pondo nas mãos dela a roca & o fuso &, ao lado, a coorte de histriões, mortos já, por uma audácia antecipada, & ponho nas dele mãos o timão & a lança com que há-de desafiar os que, em vã arrogância, tinham-se mais que deuses & ele, então, correrá os dias & as noites & ele/ela se fará como modelo de toda paciência humana dos que sempre alisam o ventre em arco, enquanto a seda fiam, de toda audácia humana dos que sempre partem por partir, desde os escaninhos da alma até a palma aberta da mão, a medida exata da pátria presente, ausente de cada um & serão, assim, eles/elas o que a marca da hera nos muros, o cedro consagrado nos bosques sagrados, a água primordial pingando na fonte de uma gruta, o fogo na boca dos vulcões, determinaram: saudade, sacralidade, ânsia de pureza, ânsia de grandeza & nada mudará nos tempos, & sempre cantarei meu canto, repetindo velha história que eles, os homens, fartaram-se de ouvir, mas que ainda ouvem, com respeito, medo, ansiedade — talvez, creiam que, ouvindo um deus, ou talvez mesmo crendo que um deus mimam de ouvido...

⇔

Uma leitura de Negão: reflexões sobre a fugaz beleza de uma passante, em cujo olhar nasce o furacão, e a efemeridade da moda

Nouvelle Revue Littéraire, Université de Rochelle, 1971, juin-juillet, p. 53-54.

A Beleza Fugaz e a Modernidade

A. Homme-Champchardon

Entre os poemas de *Les fleurs du mal*, "A une passante" talvez seja um dos que melhor ilustra a nova concepção de belo de Baudelaire. No soneto em questão, o "eu-poético", assumindo a atitude de um *flâneur,* ou seja, do desocupado que anda a esmo e se compraz com o espetáculo da vida citadina, toma um banho de multidão. Num determinado instante, destacando-se da massa anônima, em meio aos ruídos ensurdecedores da rua, surge-lhe diante dos olhos uma aparição fugaz: a imagem de uma bela mulher toda de negro, que o ofusca, causando-lhe um prazer mórbido e, por isso mesmo, fazendo-o renascer. Depois de seduzi-lo, a "fugitiva beleza" desaparece para nunca mais, engolfada pela massa anônima.

Deixemos a paráfrase e vamos ao poema. Qual seria este novo conceito de belo? No que diz respeito à idéia de Beleza, parece que Baudelaire vai buscar em Edgar Allan Poe o princípio de que a finalidade da arte é o belo e nada mais: "o princípio da poesia é estrita e simplesmente a aspiração humana em direção a uma beleza superior" ("Notes nouvelles sur Edgar Poe"). Todavia, enquanto para o poeta norte-americano a Beleza pertence ao plano celeste, para o poeta francês o belo é contaminado pelo particular, pelo espetáculo da vida cotidiana. Isto quer dizer que a Beleza passa *também* a ser encontrada no "espetáculo da vida elegante e das milhares de existências flutuantes que circulam nos subterrâneos de uma grande cidade" ("Salon de 1846"). Ao acreditar que há "uma beleza nova e particular, que não é nem a de Aquiles, nem a de Agamenon", Baudelaire defende a idéia de que a inspiração poética pode nascer do coditidano: "a vida parisiense é fecunda em assuntos poéticos e maravilhosos" (*idem*). Desse modo, desce do pedestal transcendente de Poe e alarga o conceito de belo, agora já preso ao contingente, ao transitório, ou mesmo à moda, como se verifica neste fragmento de "Le peintre de la vie moderne": "trata-se (...) de extrair da moda o que ela pode conter de poético no histórico, de tirar o eterno do transitório".

Baudelaire, como se vê, procede a uma relativização da beleza, que deixa de ser eterna, imutável. Excitado pela agitação da vida moderna que é, em si, múltipla, variável, o poeta faz que o belo perca a aura de valor absoluto e transforme-se em algo também múltiplo, variável, sujeito a súbitas mudanças. Não mais a *Beleza*, que Poe idolatrava, mas *belezas*: "há tantas belezas quanto as maneiras habituais de procurar a felicidade", dizia Baudelaire, parafraseando Stendhal. Dessa maneira, se entende por que o poeta dava tanta atenção à moda, considerada por ele "como um sintoma do gosto do ideal (...), como um ensaio permanente e sucessivo de reformulação da natureza (...), um esforço novo, mais ou menos feliz, em direção do belo, uma aproximação qualquer de um ideal" ("Le peintre de la vie moderne").

A moda, portanto, atrai Baudelaire, porque anuncia, aproxima-se do ideal, representa o esforço, sempre renovado, em direção do ideal. Em suma: as modas têm a peculiaridade de possuir uma beleza que se modifica constantemente. Baudelaire rejeita a Beleza, ao considerar que o ideal absoluto é uma tolice, "um sonho tedioso e impalpável que nada no teto das academias". Vem daí que as modas o fascinem pelo fato de, em seu perpétuo devir, a um só tempo, negarem o ideal estático e surpreenderem pelo encanto do novo. A efemeridade, o eternamente mutável exerce uma atração benéfica sobre o artista, ao evitar que ele mergulhe na esterilidade gelada da arte acadêmica, que sempre visou ao imutável. O belo moderno não é estático e nem mesmo harmonioso, pois é "sempre bizarro" e tem "uma dose de bizarria" que "varia ao infinito" ("Exposition universelle de 1855"). O "bizarro" ou o grotesco será o responsável por provocar a "crispação" no contemplador, considerado agora como um "extravagante", ou seja, um ser que sai da rotina e mergulha numa experiência que o transforma/transtorna.

Devido a isso, segundo o crítico Froidevaux (*Baudelaire, réprésentation et modernité*), "o belo moderno faz ascender o contemplador não a um supranatural metafísico, mas a uma dimensão escondida do 'eu'. O belo artificial atrai magicamente o homem enamorado do ideal, contudo satisfaz o desejo somente na aparência, devolvendo-o a este desejo". O desejo torna-se flutuante, o fruidor não chega a se satisfazer completamente na contemplação de um objeto de arte, o que o leva, como um drogado, a querer se embriagar com uma nova contemplação. Ele se transforma num moderno Tântalo, cuja fome e sede jamais podem ser saciadas. Mas se a moda "fascina" porque contém algo que é essencial ao belo moderno — a variedade, a novidade —, o que a distingue da obra de arte que, além da fascinação (responsável pela reificação), exige a "participação" do espectador? Parece que o efeito da unidade, que só a imaginação concede, e sobretudo uma certa quantidade de "eterno", não existente na moda. Conseqüentemente, dentro do belo, tal como Baudelaire o concebia, estabelece-se uma dialética entre o histórico e o eterno: aquele é que lhe dá a dinâmica necessária para o surgimento do novo, do bizarro; este evita que o objeto de arte se dissolva precocemente no histórico, no mutável.

Voltando ao soneto: a passante que fascina o contemplador, a "fugaz beldade", contamina-se do mutável da vida moderna, porque sua imagem, além de fornecida pelo acaso, não é perene. Em conseqüência disso, ao mesmo tempo que acende o desejo, tem o poder de aguçá-lo (sem satisfazê-lo) ao infinito, o que não aconteceria, se a imagem da mulher fosse cristalizada numa estátua, como faziam os parnasianos, por exemplo. Observe-se que ela é designada no poema simplesmente como "passante", a que passa, a que se torna, dentro do fluxo do presente, passado. Vestida elegantemente, a mulher parece ser uma alegoria viva da própria moda — sua beleza ostensiva tem o poder de provocar o fascínio e de individualizá-la em meio à massa anônima. Ao mesmo tempo, contudo, tem também o poder de fazer que ela seja absorvida, num espaço muito breve (observe-se a imagem do "clarão" seguido da noite eterna), pela multidão, tornando-a indiferenciada. Ora, essa efemeridade do prazer, causado pela contemplação da mulher, nasce da consciência de que o homem moderno vive o efêmero com uma intensidade muito maior do que vivia no passado. A Beleza acaba por resultar de um paradoxo: o eterno, necessariamente presente em toda arte, nasce do efêmero, que tem o poder de jamais saciar o desejo do contemplativo. A fugaz beleza torna-se o emblema de uma arte móbil como a própria realidade, cujos referenciais são imprecisos, obrigando o artista a se transformar num andarilho que abre os olhos maravilhados ao espetáculo sempre renovável do mundo.

∅

O Inspetor Frais num furgão na Place de la Révolution, Tuca e Turca e a expansão imaginativa

Carregando um caixa embrulhada com papel pardo, amarrada com barbante, e usando uma barba postiça e um fez, Negão chegou à Place de la Révolution ao meio-dia e meia. De onde estava, pode ver alguns furgões estrategicamente estacionados junto ao meio-fio: um deles tinha a inscrição *Boulangerie Marat;* outro, *Epicerie Saint-Just* e outro ainda, *Bouquetière Robespierre.* Negão observou por alguns minutos a azáfama dos homens vestidos com macacões, que, a intervalos mais ou menos regulares e em movimentos sincronizados, fingiam entregar cestas de pães, pacotes de frios e corbelhos nas lojas da praça.

Negão aproximou-se do furgão com a inscrição *Bouquetière Robespierre* e bateu com o nó dos dedos na lataria. Imediatamente, foi cercado por floristas empunhando pistolas e metralhadoras.

— Inspetor Frais? Ele perguntou, levantando os braços.

Um homem vestido com uma gabardine preta e um chapéu com uma peninha vermelha, pôs a cara junto à porta corrediça e perguntou:

— O senhor que é o amigo do finado Inspetor Flic?

— Finado? Por que finado?

O homem de gabardine preta fez um discreto sinal aos floristas e disse:

— Faça o favor de entrar.

Negão entrou na caminhonete e deparou uma parafernália de rádios, televisões, radares e uma mesa de controle.

— O senhor nos desculpe, mas o espaço aqui é muito apertado..., disse o Inspetor, indicando um banquinho num canto.

Negão acomodou-se o melhor que pode, e o Inspetor perguntou:

— Então, não sabia que mataram meu colega?

— Não, não sabia. E como poderia saber?

— Evidentemente, não poderia sabê-lo, mas, pelo menos, tem alguma idéia de quem poderia fazer uma coisa dessas?

— Não sei. Talvez o pessoal do MMF.

O Inspetor fez um movimento com a mão, como se tentasse varrer a sugestão.

— Qual! São só duas malucas. Nunca teriam a ousadia de assassinar um Inspetor da *Sécurité*!

— Então, quem poderia ser?

O Inspetor tirou de dentro do bolso da gabardine um bloco de notas, consultou-o e disse:

— No dia do assassinato de meu colega, a polícia encontrou no Parc des Alouettes o corpo de um homem, um albino, de nacionalidade brasileira, com mais ou menos a sua altura. Eis o retrato dele. Por acaso, o conhece?

Negão contemplou o retrato de Reverendo.

— Não, não o conheço.

— Presumivelmente é o assassino que procuramos. Vestia, na ocasião, as roupas do Inspetor. Mas por que teria sido morto no Parc des Alouettes?

— Quem sabe, um acerto de contas...

— Provavelmente. Tanto é que lhe cortaram uma orelha. Entre os fora-da-lei, significa que ele ouviu demais.

Inspetor Frais fez mais algumas anotações em sua caderneta e, em seguida, disse:

— Pena que não possa colaborar conosco no *affair* Flic..., mas estou aqui para honrar um compromisso. O Inspetor falou-me muito bem de si. Tinha-o em alta consideração. Pediu-me que lhe concedesse um salvo-conduto para que pudesse cobrar uma dívida das senhoras. Evidentemente, estaremos agindo à margem da lei, mas como o Inspetor me garantiu sua probidade, creio que devo ajudá-lo. Portanto, até um quarto para as três, tem seu salvo-conduto, conforme o combinado com o finado Flic. Está bem?

— Muito obrigado, Inspetor Frais.

Negão saiu do furgão, atravessou a rua e dirigiu-se ao número 127. À porta do edifício, apertou a campainha. Depois de alguns segundos, uma voz atendeu-o em francês:

— Quem é?

— Da parte do Algérien.

— Do Algérien, é?

— Dele mesmo.

— O que você traz do Algérien?

— Garrafas de *Président.*

— *Président?* Quantas caixas?

Negão hesitou, mas acabou dizendo:

— Uma.

— Uma?! A voz exclamou do outro lado. Mas o filho da puta tinha prometido no mínimo três.

— Foi o que ele mandou trazer. Disse que está difícil arrumar.

— Uma! Droga!

— Desculpa, dona, mas não tenho nada a ver com isto... A senhora não vai me deixar entrar?

A campainha soou junto à porta de ferro, Negão entrou no prédio e tomou o elevador. No 5º andar, tateou a parede procurando o interruptor e, quando o apertou, sentiu o cano de um revólver na nuca.

— Não se mexa.

Mãos femininas revistaram-no de alto a baixo.

— Vai em frente.

Negão começou a caminhar, já agora com o revólver encostado nos rins.

— Pode deixar entrar, Turca. Ele tá limpo.

Negão entrou num apartamento sujo, onde havia restos de comidas e armas espalhadas sobre os sofás e sobre a mesa.

— Quem é você? Nunca te vi com o Algérien, disse Turca, apontando-lhe uma Kalashnikov.

— Sou primo dele. Cheguei antes de ontem da Argélia.

— Primo do Algérien? Ele nunca disse que tinha um primo. Ainda mais preto...

— Pois sou o primo dele. Vim trazer a encomenda.

Tuca, sempre apontando o revólver, disse:

— Põe a caixa no chão. Com cuidado. E levanta os braços.

— Está tudo em ordem, disse Negão.

— Turca, dá uma olhada aí. Veja se está tudo em ordem mesmo.

Turca pôs a metralhadora de lado e abaixou-se para abrir a caixa. Mal rasgou o papel de embrulho e forçou o papelão da caixa, gritou:

— É grupo, Tuca! Apaga o cara!

Negão deu uma cutilada no pulso de Tuca e desarmou-a. Turca procurou pegar a Kalashnikov, mas ele acertou-lhe um pontapé no queixo, ao mesmo tempo que puxava Tuca pelos cabelos.

— Me larga, seu filho da puta!

Sem lhe soltar os cabelos, Negão ajoelhou-se, apanhou o revólver e deu-lhe uma coronhada na cabeça. Enquanto isso, Turca recuperava-se do pontapé e tentava outra vez pegar a Kalashnikov.

— Quieta aí, do contrário, acabo com você, disse Negão em português.

Turca olhou para a metralhadora, olhou para o revólver e acabou ficando quieta.

— Muito bem, encosta aí na parede.

Ele tirou um cordel do bolso e amarrou as mãos de Tuca.

— Agora, você vai-me dizer onde está o dinheiro.

— Que dinheiro?

— O dinheiro que ela roubou de meu patrão.

— Então, você é o filho da puta...

Ele tornou a apontar o revólver para Turca.

— Sem conversa mole, que não tenho tempo pra isso. Levante-se bem devagar e vamos pegar o dinheiro.

Turca ergueu-se e dirigiu-se para o quarto seguida por Negão.

— Tá aí debaixo da cama.

— Pegue-o e lembre-se de que se fizer alguma gracinha, te estouro os miolos.

Turca puxou uma sacola de lona.

— Leve-a até a sala.

Turca jogou a sacola perto de Tuca que ainda continuava desacordada e voltou a se encostar na parede. Mas quando viu que Negão tirava uma navalha do bolso e inclinava-se na direção de Tuca, deu um berro e saltou de onde estava. Ele socou-a em pleno rosto, e ela caiu ajoelhada com o nariz sangrando.

— O que você vai fazer com a Tuca? Gemeu Turca.

— O que ela merece.

— Mas você tem o dinheiro!

— O dinheiro não é tudo. Ela tem que pagar pelo que fez.

Num gesto rápido, Negão decepou a orelha de Tuca.

— Filho da puta! Filho da puta! Gritava Turca.

Negão acabou de arrancar a tampa da caixa de papelão e pegou um embrulho, de onde tirou um frasco de água oxigenada, outro de iodo, uma caixa com seringas descartáveis e ampolas, um rolo de ataduras e flocos de algodão. Primeiro, abaixou a calça de Tuca e aplicou-lhe uma injeção na nádega, em seguida, limpou a ferida, que não parava de sangrar, com água oxigenada e iodo e, por fim, enrolou-lhe a atadura ao redor da cabeça.

— Quando ela acordar, dê-lhe outra injeção e, à noite, se ainda estiverem vivas, troque-lhe a atadura.

— Como "se ainda estiverem vivas"? Perguntou Turca com raiva.

— Quem avisa amigo é. Eu, se fosse vocês, iria embora daqui o quanto antes.

— Quem é você?

— Não interessa quem eu sou.

Turca apontou o dedo para Negão.

— Eu não sei quem é você, mas uma coisa é certa, vou até o fim do mundo pra te matar, ou não sou a Turca.

— Se ainda estiverem vivas, tornou a dizer Negão, levantando-se e limpando as mãos com pedaços de algodão e atadura.

De repente, o rosto de Turca iluminou-se.

— Seu filho da puta! Eu sei quem mandou você fazer isso. Foi o Turco, não foi?

Ah! Você conhece o Turco?

— Claro que conheço o filho da puta! Foi ele que te mandou, não foi?

— Foi ele mesmo que pediu, mas, se quer saber mesmo a verdade, estou fazendo isso por uma razão muito especial. Esta sua amiguinha não tem mesmo coração. Mereceu perder a orelha.

— E você, quando a gente te pegar, não vai perder as orelhas, vai é perder os bagos!

Negão consultou o relógio. Ainda eram duas horas. Ele sentou-se ao lado do corpo inanimado de Tuca e perguntou:

— Será que você poderia me explicar uma coisa? Por que essa idéia de matar o presidente da França?

— Vai te foder!

— Você não podia ser um pouquinho mais educada? Fiz-lhe uma pergunta e não custaria nada responder.

— Homem é tudo igual, disse Turca de maus modos.

— Convenhamos: esta não é uma boa resposta para o que lhe perguntei. Por que o presidente da França?

— O que adianta te explicar? Você não vai mesmo entender.

— Não vou entender o quê? Negão perguntou sorrindo.

— Tudo: a finalidade do MMF, o eu transcendental.

— O que que tem a ver o Movimento Muçulmano Feminista e o eu transcendental com o assassinato do presidente da França? Insistiu Negão.

— Pra começar, você tá usando a palavra errada. Não é "assassinato" e, sim, "justiçamento".

— Está bem. Por que o "justiçamento"? O que que tem uma coisa a ver com a outra?

— Tem tudo a ver. Só vocês homens é que não conseguem ver e, se vocês não conseguem ver, não sou eu que vou explicar.

Negão refletiu um pouco e depois disse:

— Bem, o que eu poderia deduzir, com minha limitação de homem, seria que o presidente é um incorrigível porco chauvinista, ou melhor, simboliza tudo quanto é porco chauvinista. Acertei?

Turca ficou calada, e ele disse com um suspiro:

— Podíamos ter uma conversa bem interessante. Mas como você não quer falar...

— Não quero mesmo! Eu quero que você se foda!

Negão acenou então com a arma para Turca.

— Venha até aqui.

— O que vai fazer comigo? O Turco já me arrancou uma orelha, ela disse, levantando o cabelo e mostrando a cicatriz na cabeça.

— Ah, quer dizer que também faz parte da coleção do Turco? Sossegue, que não vou cortar sua orelha. Não tenho nada contra você.

— O que vai fazer comigo? Vai me matar?

— Não. Venha até aqui.

Turca, sempre segurando o nariz que ainda sangrava, aproximou-se de Negão, que a golpeou com coronha do revólver na cabeça, enquanto dizia:

— Desculpa, mas não posso sair com esta Kalashnikov nas minhas costas...

Turca caiu sobre o corpo de Tuca. Negão apanhou a sacola de lona e saiu, fechando a porta atrás de si.

ζ

O Negro Monstro

o negro monstro vinha, não tinha forma, ela entrava correndo no *founiculaire* do Sacre Coeur, meu Sagrado Coração de Jesus, protegei-me! ouvia-se dizendo ajoelhada sobre o mármore, mas o vagão descia a rampa a toda, quebrava o suporte de ferro e caía sobre a cidade, e o monstro não a deixava, ela, então, como fazia quando criança, fechava os olhos e não mais via o monstro, via o peixinho dourado saltando no chão, em meio aos cacos de vidro do aquário, ela ajoelhava-se e ficava olhando sua agonia, o peixe morria e subitamente começava a inchar, inchar, e era de novo o monstro que a perseguia, levando, dependurado da boca, um anzol em forma de brinco, ela tentava correr, mas o anzol fincava em sua perna, e ela, sem dor, sentia-se puxar, puxar e, sufocada, mergulhava na goela do monstro, mergulhando num aquário, onde o peixinho dourado fitava-a e dizia chorando *por que me traíste, se tanto te amei?* ela gemia *eu não te traí,* e um abalo fazia o aquário ir de novo ao chão, e ela de novo sufocava, sufocava e tentava dar um grito para poder acordar e gritava a plenos pulmões, e o monstro apanhava-a e sacudia-a, sacudia-a e, então, o corpo coberto de suor, Tuca acordava sacudida por Turca que lhe dizia *o que foi, Tuca? o que foi que aconteceu?*

∅

Um jantar à luz de velas no La Grenouille, memórias de Barbie e um dinheiro muito bem empregado

Negão levou à boca um pedaço de rã à milanesa, bebeu um gole de vinho e disse:

— Você está dizendo que não sabe nada de francês. Mas o pouco que sabe onde que aprendeu?

Barbie limpou os lábios com o guardanapo.

— Com um amigo meu, o Francês.

— Francês? Ele era professor de línguas?

— Que professor porra nenhuma! O Francês é a bicha-louca de um decorador e *pensa* que sabe francês. E eu, muito da trouxa, gastei a mó grana com ele, e o que aprendi não serviu pra nada.

Barbie tomou um gole de vinho, mordiscou mais uma coxa de ra.

— Meu, você chega em Paris pensando que sabe francês, e o que sabe, "bon jour", "au revoir", não dá nem pro começo. Por isso que me fodi. Me fizeram de trouxa em tudo quanto é lugar.

— Sem saber a língua, a coisa fica mesmo complicada...

— Não foi só problema de língua. Deu tudo errado nesta viagem. Pra começo de conversa, não consegui a porra do visto, apesar de ter pago uma nota prum pilantra de um advogado. O mó malandro o cara, um tal de doutor Marrom, me levou cento e cinqüenta contos. Aí, uma colega me deu a dica: disse que eu devia entrar na Europa pela Espanha e procurar alguém que me ajudasse a atravessar a fronteira.

Barbie deu um suspiro e continuou a falar:

— Saí do Brasil, deixa ver... com mais ou menos quinze mil dólares, a grana que economizei durante dois anos fazendo michê. Na Espanha, conheci um cara, que me levou de caminhão até a França. Mas como ninguém faz nada de graça, além de ter que dar o cu pro cara, morri com uma grana preta. Chegando em Paris, fui procurar um lugar pra ficar. Olha a minha situação: você não conhece ninguém, pensa que sabe falar francês e descobre que não sabe falar nada. Não foi à toa que me engrupiram: um carinha me passou a conversa, dizendo que me arrumava um apartamento. Adivinha o que aconteceu? A tonta aqui deu uma de otário: o puto pegou minha grana e se mandou. Só pra você ver, eles aproveitam que a gente não fala francês porra nenhuma, não entende porra nenhuma, não sabe fazer aquela boquinha de buceta, pra falar "ou" e, toc, toc, toc, te põem no rabo. Mas não ficou nisso só, não. Pensa que as bichas velhas do Bois de Boulogne te deixam trabalhar? Precisei pagar pedágio, senão me dedavam. Sem contar que um gambé um dia me parou na rua, pediu os documentos, disse que eu tava ilegal e que ia me prender pra me mandar de volta pro Brasil. Chorei com uma grana pro puto e aí é que fiquei mesmo na merda.

— Você ficou sem nenhum dinheiro?

— Não era só a grana. Um restinho até que eu tinha, mas eu nem sabia pedir pão com salame. Eu falava o que o Francês tinha ensinado, e os caras começavam a tirar sarro da minha cara. Ô povinho nojento, orgulhoso. Eles vendo que a gente é estrangeira e pensa que querendo ajudar? Que nada! Aí que fodem a gente. Você tem que falar tudo certinho, senão, não te vendem nada e, ainda por cima, te gozam.

Barbie bebeu o que restava de vinho e perguntou:

— E você? O que tá fazendo aqui?

— Trabalhando.

— Que tipo de trabalho?

— É uma história meio complicada. Uma mulher roubou o dinheiro de meu chefe, e ele me contratou pra recuperá-lo.

— O que seu chefe faz?

— Um pouco de tudo: roubo de carga, contrabando, tráfico de droga, cafetinagem...

— E o que que aquele puto tem a ver com a história?

— Que puto?

— Aquele de rabinho que você apagou.

— Ah! O Reverendo... Meu chefe o contratou pra pegar o dinheiro comigo e me matar.

Barbie deu uma risada maliciosa.

— Quem mandou você comer a mulher do chefe?

— Mulher bonita sempre tem dono.

— E você apagou muitos caras pro seu chefe?

— Mais ou menos.

— Quantos? Perguntou Barbie.

— Sei lá, nunca fiz a conta.

— Trabalho sujo, né?

— É, é um trabalho bem sujo.

Barbie pôs a mão sobre o braço de Negão.

— Desculpa. Não quis te ofender. Quem sou eu pra falar de trabalho sujo?

— Você não me ofendeu. Acontece que o trabalho que faço é mesmo sujo. Mas se quer saber, gosto do que faço. É excitante. Coisa que mais detesto é a rotina.

Os olhos de Barbie brilharam.

— Deve ser mesmo excitante! Todo dia uma coisa nova. Não eu que ficava na rua a noite inteira agüentando cada bofe! Nem imagina. A gente sonhando com um gato, e toca aturar cada ocó de equê.

— Ocó de equê?!

— Gíria da gente: é a bichana que finge de machão. Sem contar dos tarados como esse que você apagou. Sabe que ele andava de navalha na República do Líbano cortando a bunda das colegas?

— Cortando a bunda de suas colegas pra quê?

— Sei lá! Tarado é tarado. A gente encontra cada um na rua. Uma vez apareceu lá no meu pedaço uma gorda. Dizia que fissurada num traveco, queria porque queria transar comigo.

— E você transou com a gorda?

— Deus me livre! Tenho o mó nojo de mulher. Meu negócio é homem. A gorda me ofereceu os tubos. Mas comer mulher e ainda por cima gorda...

Barbie riu e continuou a contar:

— Voltando à história do tarado. O cara veio se meter comigo, dei um chega pra lá nele... E quem diria que eu em Paris numa pior, e o bofe me aparece?

Foi a vez de Negão por a mão sobre o braço de Barbie.

— Ainda bem que você estava por aqui, senão é ele quem tinha me matado. Sou-lhe muito grato.

Barbie sorriu como que envergonhada.

— Não me agradeça, Negão. Você é um cara superlegal. Parece que te conheço de muito tempo. Sabe aquela de olhos nos olhos?

Ele bebeu mais um gole de vinho.

— Agora, eu que vou dar uma de indiscreto, se você me permite...

— Vai em frente.

— O que veio fazer em Paris?

Barbie deu uma gargalhada.

— Tá pensando que vim pra Paris fazer michê?

— Não foi isso que eu quis dizer.

— Mas pensou, disse Barbie, rindo e apontando o dedo para Negão. Não fica sem graça, não. Que que tem se tivesse pensado? Mas se quer saber, vim pra estudar pintura. Adoro desenhar. Pensei que, com a grana que eu tinha, a mó moleza: ia chegar em Paris, entrar na escola de Belas Artes e estudar pintura. O que que aconteceu? Deu tudo errado: gastei a grana e toca cair na vida de novo. Só que aqui é foda, com este frio, com esta merda de língua, todo mundo querendo te foder, te engrupir... Já emagreci não sei quantos quilos.

Barbie suspirou, engoliu em seco e perguntou:

— Tô um bofe, não tô?

— Você está bem. Você está linda.

Barbie fez uma festa no rosto de Negão.

— Tá fazendo charminho... Mas ninguém engana a velha Barbie. Sei que tô um lixo. Mas também, só comendo porcaria, passando frio, não dormindo direito. E morrendo de saudade do Brasil. O Francês só falava de Paris: que uma maravilha, cheia de gente bonita, de coisa chique, a melhor comida do mundo. Cara mais trouxa: cada bofe na rua, aqueles bandos de negão tocando tambor e vendendo haxixe nas praças, carinha jogando bomba no metrô, um frio de foder. E eu lembrando que podia, com este meu corpinho, tá curtindo uma praia numa boa. Sabe que outro dia passei na frente da embaixada brasileira e só de ver a bandeira do Brasil comecei a chorar? Comecei a chorar de saudade, Negão! Uma marmanja que nem eu chorando no meio da rua feito boba.

Barbie tirou o lencinho da bolsa e assoou-se. Negão consolou-a:

— Quando uma pessoa passa muito tempo longe de seu país, sem comer direito e sem amigos, fica fragilizada. É o que deve estar acontecendo com você.

— Sabe, Negão, que você podia abrir um consultório de psicólogo? Você fala bonito, fala legal.

— Me diga uma coisa: onde aprendeu a desenhar?

— Se quer saber a verdade, nunca aprendi, é que, quando era garoto, gostava de desenhar. Precisava ver que sarro: não queria brincar com carrinho nem com boneca. O meu negócio era desenhar. Então, enfiei na cabeça que queria ser pintora. Mas já viu garoto de rua estudando? Comecei desenhando na calçada. Sabe aqueles babacas que te pagam pra você fazer o retrato deles? Depois, vendi bala em cruzamento, güentei umas coroas na Consolação e fui parar na Febem. Sai de lá escolada: vivia cheiradaça, comecei a traficar, fui em cana e então descobri que a minha era uma outra. Saí da cana e tive que rebolar pacas pra poder fazer o que eu queria. E quando penso que vou conseguir, me fodo toda aqui em Paris.

Negão pegou a pasta executivo que estava sobre uma cadeira, abriu-a e apanhou um maço de dólares.

— Uau! Quanta grana! É do seu patrão?

— É, disse Negão, contando o dinheiro.

— Você vai devolver a grana ou vai dar o pinote?

— Toma, disse Negão, pondo um maço de dinheiro diante de Barbie. Cem mil está bom pra você?

— Pra mim?! Por que pra mim? Barbie perguntou, levando a mão ao peito.

— Porque estou te dando, uai.

— E seu patrão? Ele acaba com você.

— Pode deixar que me viro.

— Você tem certeza...? Barbie insistiu.

— Absoluta, disse Negão fechando a maleta e pagando a conta. É um dinheiro muito bem aplicado.

Barbie começou a chorar e disse com a voz embargada:

— E é mesmo! Você vai sentir orgulho de sua velha Barbie!

— Muito bem, disse Negão, levantando-se, então, boa sorte.

Barbie também se levantou, abraçou Negão e beijou-o, marcando-lhe a face com manchas de batom.

— Você é um amor! Bem que meu sexto sentido me disse isso quando te vi pela primeira vez.

Deixando o restaurante, despediram-se mais uma vez:

— Tiau, Barbie, boa sorte.

Barbie andou alguns metros, depois, voltou-se para trás e gritou:

— *Adieu, Negon. Que Dieu te protége!*

Δ

seja eu, seja ele (que importa se sou eu quem narro ou se me nar-
ram à sombra?), sempre o caudal do discurso nasce, como de igno-
ta fonte o rio, & talvez fosse essa nativa força da palavra que O
fizesse tanto odiá-la, porquanto Ele, mudo criador de falas por
haver, incapaz de enunciá-la, mas eu, ele (que importa quem?) fiz,
fez tudo como se puro canto, encanto da voz domada pela lira, &
um demônio possuiu-me & sou, como outro muito depois (muito
antes?) de mim, dele, haveria de dizer, apenas a mão que sinais
desenha numa tela ou o corcel que, às costas, leva o espírito que
fala & que se anuncia nas noites de cabala dos insones, dos de
mãos dadas invocadores & estes cegos sonhos cantam desditas
daqueles que se perderam, ao procurar não sabiam bem o quê,
nem lhes sei o destino & por que haveria de sabê-lo? pois é a Ele
quem cabe traçar as sinas, o que Lhe provoca então tantas noites
de bocejos, porquanto, se surpreso fosse, um sorriso, capaz de
demolir o peso do mesmo de toda Eternidade, animar-Lhe-ia o
olhar que as rugas do previsível tanto enevoaram de tristeza

⇔

Vida de pé-de-chinelo, Bundinha, o rei do tresoitão, e a turma do Nhocuné: Nego Sete e Chulé

Vida de pé-de-chinelo é foda, o que a gente descola, e a gente sempre descola merreca, torra no outro dia com puta, com fumo, com a branquinha, amigão meu, já falecido, o Nego Sete, gostava de dizer *pé-de-chinelo não é gente, é bosta*, tá bom, sou bosta, mas não como bosta, sou primo do bacana do pedaço, e bem que a priminha me falava *você devia de trabalhar com o Neco e parar de andar com mau elemento*, mas também tenho meu orgulho, o Neco que se fodesse com aquela mania de moral, mas era eu que me fodia, quem mandou ser orgulhoso? broca descolar grana, tá sempre arriscado a levar uma azeitona na cabeça, vida de malaco pé-de-chinelo é foda mesmo, e eu me fodendo desde que me conheço por gente, desde quando trombadinha lá na Praça da Sé, eu, mais a turma, o Gambá, o Mano, a Tuca, a Lu e uma bichinha tão magrinha que a gente pondo apelido de Barbie, trombando as coroas na saída da igreja, gramei uma Febem, onde aprendi as manhas de malaco, virei trombadão, trombando os coroas no Viaduto do Chá, depois, fiz uns biscates no ponto de fumo do Neco, mas nunca fui com a cara do Neco e aí comecei a andar com dois chegados lá do Nhocuné, o Nego Sete, que mancava da perna, e a turma gostava de chamar ele também de Nego Manco, e ele ficava puto da vida, e o Chulé, a gente gostava de se mandar ali pros lados do Morumbi pra descolar uma graninha, aliviando os otários no caixa eletrônico, era só chegar com o berro, e os caras medravam, dando a senha do cartão e o caralho a quatro.

Até que um dia a gente se fodemos, e quase virei presunto, foi quando fomos no barraco do Nego Sete, cheiramos uma carreiras, fumamos umas pedras e ficamos todo mundo doidão, e a gente pensou em güentar um otário assim numa boa, peguei meu tresoitão e saímos do pedaço e, chegando no Morumbi, quando a gente vimos um trouxa saindo de um Vectra num caixa eletrônico, cercamos o otário, enquanto o Chulé entrava no carango e encostava o berro na mina do cara, e eu disse *a senha, meu*, o mala quis dar uma de esperto, falando que tava liso, dei nos cornos dele com o berro, ficou bonzinho, disse a senha, peguei a grana e entramos no carango, o Chulé no volante, eu na frente, e o Nego Sete com o cara e a mina atrás, fomos pro lado da Guarapiranga, onde tem umas quebradas, o Nego Sete, mucho loco, já tava passando a mão na mina, uma gostosona, cada mandiocão ela tinha, uma peitaria, e chorava, e o cara nem tchum com ela, só pensando em tirar o dele da reta *peloamordedeus, me deixa por aí que não conto pra ninguém*, uma hora, o Chulé ficou cabreiro, enfiou o berro na boca dele e disse *fica quieto, senão te apago, fiodaputa!* o cara se borrou todo, e chegamos numas quebradas de Parelheiros, o Nego Sete, mucho loco, foi tirando a rola pra fora e dizendo pra mina *chupa o gostoso, piranha*, e a gente ia comer a fofa, quando o Chulé perguntou *que que a gente faz com o otário?* o Nego Sete, mucho sarroso, *come o cu dele, que a gente tamos dando um trato na mina*, o Chulé invocou *qualé, meu? tá pensando que sou boiola?* e só de raiva, pegou o berro e apagou o otário, aí comemos a fofa, o Chulé ficou por último e, depois, perguntando *e ela, o que a gente faz?* o Nego Sete, que tava doidão, pegou o punhal e sangrou a fofa bem devagarinho, só na maldade, fiquei com dó, eu que não sou de barbarizar e tinha gostado da mina, mas nunca que ia chegar no Nego Sete e se meter nas alegrias do cara, ele que se gambava *prazer tenho de tirar sangue, até gozo mais que punheta.*

Desovamos os presuntos numa barroca e fomos num mocó ali da Zona Sul e torramos a grana do otário em pedra, e, acabando de fumar, o Nego Sete perguntou *o que que a gente fazemos agora?* e o Chulé falou *tem um Bradesco maneiro na Robert Kennedy, o segurança, chegado meu, falou que depois das duas sempre tem cem, duzentos mil e que ele tá sozinho, a mó moleza,* e a gente cheirou umas carreiras, tomou um pico pra ficar bem doidão e fomos ver a porra do banco na avenida, e combinamos tudo antes, eu nem escutando direito a voz do Chulé, aquele tuim na orelha, *o Bundinha rende o segurança, eu, o gerente, e você, Nego Sete, güenta os caixas, podes crer, a mó moleza,* e a gente fomos, eu esquecido de tudo do combinado, tava tão doidaço que nem entrei pela porta, meti os cornos no vidro do banco, foi sangue pra tudo quanto é lado, vi o segurança, devia de ser o chegado do Chulé, que foi tirando o berro, nem dei tempo, e enfiei uma azeitona no meio dos olhos dele, o carinha caiu, e o povo todo correndo prum lado, pro outro, o mó barato, o Nego Sete chegando no caixa *a grana, fiadaputa, num bunca o gostoso quitiapago,* o Nego Sete, mucho, mucho loco, a cabeça cheia de fumo, nem esperou o caixa pegar a grana e já foi atirando *folgouquemfolgarlevachumbo,* mesmo os carinhas não folgando, o Nego Sete apagava, eu achava barbaridade, mas acontece que a gente pensa que os caras não tão de folga, e eles tão sempre de folga, mas se a gente apaga um logo de cara, ninguém mais folga, só sei que a gente tava catando a grana e escutei a sirene, eram os gambés da Rota ali no pedaço, comecei a atirar pra tudo quanto é lado e saí pelo buraco do vidro num pau só, o Chulé comigo, e o Nego Sete, com aquela perninha manca, não conseguiu se mandar, veio um reco de metranca e queimou o negão, ele que se fodesse, quem que mandou dar uma de otário? a gente corremos pro Vectra e antes que chegasse no carango, o Chulé levou um tiro nas costas, *me ajuda, Bundinha fiadaputa!* me deu dó do chapinha, mas que podia fazer? se ajudo ele, os recos me ganhavam, entrei no Vectra e saí no pau, vinha tiro de tudo quanto é lado, eu, no pau, até que vi uns gambés bloqueando a rua, que não querendo tirar a C-14 da minha frente, mas eu também tava mucho loco, pisei no acelerador e fui pra cima, *me fodo, mas fodo todo mundo*, gritei puto da vida, mas, na hora agá, os caras medraram, que não eram loques como eu, passei por eles no pau, saí na Robert Kennedy costurando, os carinhas mandando bala, arrebentaram o vidro de trás, e eu numa boa, quem que tem medo quando tá doidão? o mó barato, eu achando até que tava dentro de um filme de bandido, era o Bruce Willis, pá, pá, pá, meu tresoitão, nem olhando pra onde atirava, tac, tac, tac, os tiros da metranca furando a lataria do Vectra, plec, plec, plec, olhava pra cima e via o helicóptero dando a rota do carango, pensei: *se continuo no carango, tô ferrado*, enfiei o Vectra numa ruinha, a mó zorra, saí correndo do carango, entrei numa casa, passei pela coroa e gritei *fica quieta, senão te apago*, no quintal, pulei o muro, me cortei todo nos cacos de vidro, caí em outro quintal, escutava os gambés gritando *o elemento pulou o muro, cerca ele do outro lado da rua*, mas, antes que cercassem, pulei outro muro, veio o porra de um cachorrão preto, me mordeu a perna, meti uma bica no focinho do corno e saí num pau só e, puta sorte, puta merda! os otários dos recos me perdendo o rumo e, mesmo fodido, todo cortado de

270

vidro, de tarde, no mocó, gasaiando uma braminha, fumando um baseado, ligo no Gil Gomes e vejo o cara falando do assalto *o elemento conhecido como Nego Sete, foi baleado e morreu ainda dentro da agência do Bradesco, o outro elemento, conhecido como Chulé, ferido nas costas, foi levado pro Pronto Socorro Municipal, onde os médicos constataram que, atingido na espinha com um tiro certeiro da Rota, corre o risco de ficar tetraplégico, um outro elemento ainda não identificado, conseguindo escafeder-se...*

Desliguei a tevê e fiquei pensando que eu tinha o puto dum rabo, o Nego Sete levado pra geladeira, o Chulé de cadeira de roda, e eu numa boa, tomando brama e fumando um baseado, mas pensei também que, amanhã, outra vez na merda, e era minha vez de levar chumbo e disse pra mim mesmo *sai dessa vida, cara, pé-de-chinelo não tem futuro*, e pensando nisso, pus o orgulho de lado, dei um plá com a priminha pelo telefone *pode deixar que eu falo com o Neco, tu precisa mesmo criar juízo*, no outro dia, fui no escritório do Neco e disse que tava numa pior, o bacana veio com lição de moral *eu disse que tu tinha que deixar de ser maloqueiro, foi se meter com malaco, viu no que deu? esse Nego Sete e o Chulé entraram numa fria, e tu não entrou porque tem santo forte*, coisa que não gosto é cara vindo de moral pra cima de mim, mas tava numa pior e precisava dele *tu tem razão*, disse segurando a raiva, *por isso que vim te ver*, e o Neco *tu tá muito manjado no pedaço, se te ajudo, os carinhas vêm pra cima de mim*, ia virando as costas pra ir embora, ele me chamou *pera aí, meu, não sou de desamparar parente, escutou falar no Turco? o homem tá precisando de um cara de confiança*, o Neco me deu um pedaço de papel e disse *vai nesse endereço, procura o Turco, e diz que fui eu que te mandei, mas vê se te manca, não vai me sujar fazendo cagada com o homem, que é chapinha meu.*

O Turco, apesar de loque, gente fina, a primeira coisa que disse foi que não gostava de trabalhar com maloqueiro e também disse que quem trabalhava direito com ele ficava numa boa e me mandou cobrar uma dívida de um cara que tinha um boteco na Guaianazes, *você chega lá e, mesmo o fiodaputa pagando, fala pra ele que ninguém engana o Turco e que, se tentar enganar outra vez, arranco as orelhas dele*, o Turco disse isso nem me conhecendo direito, fiquei olhando pra ele, eu era maloqueiro, dava pra ver no meu jeito, se nem meu primo tinha querido me arrumar trampo, e o Turco assim me arrumando um trampo, sem mais nem essa? *que que tá esperando? tem berro pro trampo?* mostrei o tresoitão, ele fez sinal de positivo, me mandei dali e, chegando na Guaianazes, entrei no muquifo do cara e disse pro bundasuja do balcão que queria dar um plá com o Sargento, o bunda-suja, todo escamoso, veio encrespando comigo *quem que é você?* me segurei pra não dar uma porrada nele e disse numa boa *Bundinha, da parte do Turco, que tem um recado pro Sargento*, o bunda-suja abriu uma porta, sumiu e voltou logo depois falando grosso *o Sargento disse que não tem negócio com o Turco e disse que é pro Turco ir se foder e você junto*, fingi que ia embora, o bunda-suja distraiu, peguei o berro e dei nos cornos do cara, pulei o balcão, chutei a cara dele umas quatro vezes, depois, abri a porta e, puta merda, entrava numa fria: tinha um monte de neguinho contando grana numa mesa, mas não pensei duas vezes, eu tinha que ser mais eu, senão virava presunto e, pac!, apaguei um, outro me apontou o berro e, juro que pensei que ia morrer, mas o berro dele negou fogo, pac!, apaguei ele, outro ainda, o berro ficou preso na cintura, um sarro, ele tentando tirar, descarreguei o tresoitão nas fuças do otário, e um coroa me amirou e, pac!, a azeitona passou zunindo perto da cabeça, rolei no chão, e acertei ele na perna, e o coroa caiu de quatro, cheguei nele e dei um pontapé na boca, foi caco de dente voando pra tudo quanto é lado, o carinha gemendo, puxei ele pelos cabelos e perguntei *o Sargento, cadê o fiodaputa?* o coroa medrando *não me apaga, sou o Sargento*, dei mais uma porrada nas trombas do cara e disse *o Turco mandou cobrar a grana que tu tá devendo, fiodaputa,* o coroa mostrou a mesa e disse *pega o que quiser, mas, pelo amor de Deus, não me apaga,* peguei toda a grana, enquanto ficava pensando se devia apagar o fiodaputa e pensei também que o Turco, outro fiodaputa, por que não tinha avisado que tava cheio de neguinho turbinado no pedaço do Sargento? tava puto da vida, achando que devia de acabar com o tal do Sargento, por conta da raiva que tava do Turco, o lazarento nem pra me avisar, me metendo numa fria, mas, de repente, a raiva passou *fica frio, cara,* pensei, devia de ser o Turco me testando, o Turco que tava certo, eu era um pé-de-chinelo, o porra de um maloqueiro que ele nem conhecia, como que ele ia confiando num cara assim? cheguei então no coroa, acertei mais umas porradas e dei o recado do Turco *não folga mais não, meu, o Turco falou que da próxima vez que tu pisar no tomate, ele acaba contigo,* de volta pro Turco, contei o que tinha acontecido, entreguei a grana, e ele me disse *muito bem, gostei de você, não pensei que fosse voltar, o Sargento é tinhoso, o filho da puta,* então, era isso mesmo, o Turco querendo me provar, e ele me deu uns trocados e, quando eu ia saindo, me perguntou *o que que você disse pro Sargento?* e eu ia lembrar o que tinha falado pro corno? *o que que eu disse pra ele?* o Turco me olhou invocado *não te mandei dar um recado?* aí, falei mais ou menos o que tinha falado: que, da outra vez, se o carinha pisasse no tomate, se fodia, e o Turco, mucho loque, parecendo que não tinha gostado, me deu a mó bronca *escuta, Bundinha, se quer trabalhar comigo, tu tem que ficar esperto e só falar o que mandei falar, acha que tenho cara de panaca pra ficar falando essa de pisar no tomate?*

Este, o Turco, cheio de mania, carinha folgado com ele perdia as orelhas, o pessoal mais chegado falando que ele tinha uma caixa cheia de orelha, cada história do Turco que só vendo, como a das gordas do Maminha que ele estropiou, arrebentando a cara delas, o Maminha ficou puto da vida, e o Turco nem aí, mas o Turco era gente fina, ganhei uma grana boa com ele, acho que ele gostou de mim, tanto que, um dia, o Neco chegando e dizendo *bom que tivesse juízo, o Turco disse que se continuar assim, você vai longe,* bom saber que o Turco foi com a minha cara, como eu disse, vida de pé-de-chinelo é uma bosta, mas ali no Turco não tinha malaco, não tinha pé-rapado, não tinha pé-de-chinelo, não, só gente de primeira, o Negão, um nego muito escamoso que eu nunca fui com a cara, porque se é coisa que tenho bronca é de carinha, ainda mais preto, que pensa que pode mais que os outros, só porque vivia de livro na mão, sabendo falar até francês e inglês, tinha também outro cara escolado, o Bacana que falava difícil e estudava pra adevogado, e vivia dizendo *um dia, ainda o Turco me põe pra fazer as petições das leis, o doutor Marrom tá ficando velho,* e tinha esse doutor Marrom, o corno de doutor, que quebrava os galhos da gente, *quando eu mandar fazer serviço,* falava o Turco, *pode fazer, que não tem polícia, não tem nada, porque o doutor Marrom garante, fiadaputa de doutor ganha pra isso,* mó legal o Turco, foi com ele que deixei de ser pé-de-chinelo e dei a volta por cima, vida de pé-de-chinelo, já dizia o finado amigo Nego Sete, era mesmo uma bosta.

∅

Negão, Bacana, Bundinha, uma surpresa do Turco e o seqüestro de uma caixa de orelhas

Negão deixou o elevador, foi até o escritório do Turco e apertou a campainha junto à porta reforçada com chapas de ferro.

— Quem é? Perguntaram no interfone.

— O Negão, Bacana.

— O Negão? Por onde você andava, cara?

— Por aí, resolvendo uns negócios pro Turco.

— Um minutinho, que vou avisar o chefe que você tá aqui...

— Não avisa, não. Quero fazer uma surpresa pra ele.

— Bom mesmo, que o homem tá num nervoso...

Ao ouvir o clique da fechadura, Negão meteu o ombro na porta que bateu em cheio na cara de Bacana.

— Que é isso, meu? Tá louco? Disse o guarda-costas, levando a mão à boca.

Sem dar tempo a Bacana de reagir, Negão acertou-lhe um soco no estômago e outro na ponta do queixo. O homem dobrou-se em dois e caiu de bruços no chão.

— Desculpa, Bacana, eu não queria te machucar, disse Negão, enquanto lhe amarrava os braços com um cordel, que tirou de uma sacola de compras.

A chave girou na fechadura: Negão rosqueou o silenciador na pistola e escondeu-se atrás da porta que dava para o escritório do Turco. Bundinha entrou na sala de espera e, ao deparar Bacana desmaiado, gritou, sacando o revólver:

— O que que é isso?!

Negão apontou-lhe a pistola para a nuca e disparou. Ouviu-se um ruído seco, "pac!", um grito abafado, e o homem desabou, arrebentando a mesinha de vidro.

Negão saiu da sala de espera, caminhou pelo corredor até uma porta de jacarandá e bateu nela com o nó dos dedos. Ao ouvir a voz de Turco gritando "entra", entrou segurando a pistola na mão direita e a sacola na esquerda.

— Porra, ainda não foi fazer o que te mandei, Bundinha? Disse o Turco, de cabeça baixa, contando maços de dinheiro.

— Oi, Turco, como vai?

O Turco estremeceu, levantou a cabeça, e disse:

— Negão?!

Ele aproximou-se da mesa.

— Surpreso, Turco?

— Surpreso, eu? Por que eu devia de tá surpreso? Disse o Turco sorrindo amarelo.

— Você sabe por quê, Turco...

Ele recostou-se na cadeira, tirou a mão direita de sobre o tampo da mesa e apoiou-a no joelho.

— Ei, disse Negão movendo a arma, a mão em cima da mesa.

Turco levantou a mão direita, sorriu novamente e disse, conciliador:

— Que que é isso, Negão? Agora vem-me visitar turbinado?

Negão sentou-se diante da mesa, e o Turco perguntou:

— Como que passou pelos meninos?

— O Bacana me abriu a porta.

— Aquele Bacana é burro mesmo! Porra, sempre disse: não abre essa merda pra ninguém, nem mesmo pra Jesus Cristo, você chega, e o babaca te abre a porta. Já pensou se fosse um ladrão ou um cara do Maminha? Acabava comigo. Ainda bem que é você, né?

Foi a vez de Negão sorrir.

— O Bacana nunca deixaria de abrir a porta pra mim. Afinal, continuo a ser da casa, não?

— Claro, Negão, você é da casa.

— Será que sou mesmo da casa, Turco, ou eu *era* da casa?

— Que que é isso, Negão? Você sabe que tá no meu coração.

Negão deu com a coronha da arma sobre o tampo de vidro da mesa estilhaçando-o.

— Deixa de ser safado, Turco! Você quis acabar comigo.

Turco pôs a mão no peito.

— Eu!? Você tá doido?

— Você pôs o Reverendo atrás de mim.

— Pra pegar a grana. Só isso. Se ele disse outra coisa...

— Ele não só disse, como também tentou fazer outra coisa.

— O que foi que ele disse?

Negão enfiou a mão no bolso e pegou um envelope.

— Depois te digo o que o Reverendo me falou. Antes disso, vamos tratar de negócios.

Ele jogou o envelope sobre a mesa.

— Que que é isso?

— A orelha que me pediu.

Turco abriu o envelope e, ao deparar a orelha de Tuca, riu satisfeito.

— Então, pegou a safadinha... Vai pra coleção do titio Turco.

Ele voltou-se, apanhou a caixa negra sobre o aparador e a depôs sobre a mesa. Negão atirou-lhe outro envelope.

— Então, aproveita e guarda mais esta na sua coleção.

— De quem é esta, Negão?

— Do Reverendo.

— Você arrancou a orelha do homem?

— Arranquei, Turco. Achei que ia gostar.

— Por que achou que eu ia gostar da orelha daquele rato branco?

Negão deu de ombros.

— Bem, achei que ia gostar, mas, mesmo se não gostar, não tem importância.

Turco abaixou os ombros, deu um suspiro e abriu as mãos num gesto conciliador:

— Tá bom, Negão, você venceu. Eu mandei mesmo o Reverendo te apagar. Eu até que gostava de você, gostava de verdade, mas você tinha que comer minha mulher?

— Talvez você estivesse com a razão. Mas precisava mandar o Reverendo fazer o que fez? Uma barbaridade.

— E a minha moral, Negão? Eu ia ficar desmoralizado, e ninguém mais ia me respeitar. Pensa bem: a sua mulher te põe os chifres e justo com seu empregado, o que você acha que eu devia fazer?

— Mandasse matar, Turco, mas não precisava torturar. Você sabe como o Reverendo era ruim.

— *Era* ruim, Negão? Você apagou ele?

Negão permaneceu quieto, o Turco deu um muxoxo e disse:

— Não faz mal. Se quer saber a verdade, eu não gostava mesmo dele. Cara mais folgado, cheio de mania. Mas me conta uma coisa: o que foi que ele te disse?

— Como assim me disse?

— Quero dizer, que recado ele te deu? Você sabe que toda vez que mando apagar alguém, dou meu recado.

— Ah, ele disse que você pediu pra falar que estava mandando me matar porque eu tinha te posto os chifres.

Turco avançou o corpo e disse, nervoso:

— Pera aí, Negão. Ele disse que eu disse que você pôs os chifres em mim?

— Foi o que ele disse.

Turco recostou o corpo na cadeira.

— Filho da puta! A gente pede pra falar uma coisa, e ele fala outra. Pedi pra falar que você me *enganou*, não que tinha me chifrado. Ainda bem que você apagou o cara: o corno levou o que merecia.

Ele voltou a avançar o corpo.

— Pra ser sincero, tô arrependido de ter posto aquele safado na tua cola. Uma pessoa da tua categoria, do teu gabarito, merecia coisa melhor.

Negão sorriu ironicamente, voltando o cano da pistola em direção da recepção.

— Você podia ter mandado o Bundinha...

— É mesmo. Eu podia ter mandado o Bundinha. Ele tem uma bronca de você que nem te conto... E o Bundinha é o tipo do cara que não enrola, só faz o que a gente manda. Não tem essa de folgado.

— *Tinha* bronca, Turco, *tinha* bronca.

— Como assim? Não vai-me dizer que apagou ele também?

Negão ficou em silêncio, Turco balançou a cabeça e disse, magoado:

— Poxa, Negão, você acabou com meus meninos...

Turco abriu a mão esquerda e começou a contar com a mão direita:

— Você apagou o Reverendo, apagou o Bacana...

— Não apaguei o Bacana. O Bacana é meu amigo.

— Tá bom, o Bacana não, mas apagou o Bundinha, tô certo?

Negão balançou a cabeça, confirmando, e o Turco continuou a falar:

— ...então o que tá querendo de mim agora? A grana?

— A grana já era.

— As quinhentas mil pilas?! Como já era?

— Já era, Turco, acabou.

— Você usou naquele negócio de drogas?

— Mais ou menos.

— Então, tamos quites, né?

— Não, não estamos quites.

Turco cruzou os braços e disse:

— Porra, Negão. Você comeu minha mulher, apagou meus meninos, gastou as quinhentas pilas e ainda diz que não tamos quites. Qual a sua, meu?

Sempre apontando a pistola, Negão levantou-se.

— Você vai ver logo qual a minha.

— É mais grana, Negão? Tá ficando ambicioso?

— Ponha as mãos atrás da cadeira, Turco.

Turco hesitou um pouco, mas acabou obedecendo. Negão circundou a mesa, tirou um par de algemas e um cordel da sacola e algemou-o. Em seguida, prendeu-lhe o pescoço de boi com o cordel.

— Se é dinheiro, Negão, disse o Turco engasgado, tem uma grana preta no cofre. Você pode pegar o que quiser e fugir pro Paraguai.

— Fica quieto. Não preciso de dinheiro.

Negão enfiou a mão no bolso e pegou a navalha.

— Que que você vai fazer com isso aí?

— Você sabe o que vou fazer, Turco.

— Não faz isso comigo. Não faz isso, que vou atrás de você com tudo, que acabo com você, mesmo que você for pro Paraguai, pra China, pro cu do mundo. Mas não faz isso, não.

Negão agarrou a orelha direita de Turco, que retesou

os músculos e começou a saltar na cadeira. Com um golpe seco, cortou-lhe a orelha. O sangue esguichou.

— Filho da puta! Filho da puta!

Negão fez o mesmo com a orelha esquerda e, ante os olhos esgazeados do Turco, abriu a caixa e arrumou os despojos em dois escaninhos vazios.

— Pra fechar a coleção...

— Acaba comigo, Negão! Acaba comigo, senão vou te buscar onde você se esconder!

Negão balançou a cabeça.

— Não, Turco, não vou acabar com você. Quero que sinta como é bom viver sem orelha.

Negão fechou a caixa e guardou-a dentro da sacola.

— Onde você vai com isso daí? Gemeu o Turco.

— Não é da sua conta.

— Claro que é da minha conta, disse o Turco com esforço, a camisa toda empapada do sangue que continuava a escorrer do buraco das orelhas. Você tá pegando a minha coleção!

— Sua coleção já era. Passe bem.

O Turco, sempre bufando, voltou a retesar os músculos e gritou:

— Não faz isso comigo! Deixa pelos menos as orelhas.

Negão não lhe respondeu. Abriu a porta e saiu pelo corredor. Ao chegar na recepção, deu com Bacana que havia despertado.

— Pô, amizade, você me acertou feio.

Negão inclinou-se e cortou as cordas. Bacana sentou-se no chão, friccionando os pulsos.

— Que que te deu cara? Tá louco?

— Não, não estou louco. Vim acertar umas contas.

— Com o Bundinha? Perguntou Bacana, apontando o cadáver do companheiro.

— Com ele e com o Turco.

O guarda-costas arregalou os olhos.

— Com o Homem?! Com o Chefe? Você tá louco, meu?

Negão pegou um maço de dinheiro, a chave das algemas e entregou-os a Bacana.

— O dinheiro é pra você consertar os dentes que quebrei.

— A chave?

Negão apontou-lhe o revólver.

— Você vai agora lá dentro, espera quinze minutos e tira as algemas do Turco. Se der as caras antes por aqui, apesar de meu amigo, te mato.

Bacana fez sinal de positivo.

— Pode ficar tranqüilo, Negão. Espero os quinze minutos. A gente sempre fomos amigos, né?

— É isso aí.

Bacana dirigiu-se para o escritório do Turco. Negão abriu a porta e, sem sair, bateu-a com estrondo. Em seguida, sentou-se numa cadeira na sala de espera. Não demorou muito, a porta interna abriu com violência, e Bacana apareceu com uma escopeta. Sem hesitar, Negão deu-lhe um tiro na testa. O guarda-costas gritou e caiu sobre o corpo de Bundinha.

— Uma pena, amigão. Uma pena que fosse tão profissional, disse Negão com tristeza.

Ele tornou a abrir a porta chapeada de ferro e disse como que para si mesmo antes de sair:

— Paciência, Turco. Vai ter que esperar mais um pouco.

ζ

O Nome

são folhas cheias de sinais que não decifra — alguma ignota língua fala, e ele tem os ouvidos atentos, mas as folhas são sacudidas pelo vento, e ele, em vão, tenta apanhá-las, são muitas e apenas duas as mãos, mas os dedos, dez e, dois a dois, como delicadas tenazes, quer apanhá-las, e o vento, soprando, já em fúria de tempestade, levanta-as e elas, tais libélulas ou folhas douradas pelo outono, dançam a sarabanda, e como ordená-las? pensa ele em sobressalto, mas elas já ganham a janela e, uma a uma, vão docemente flanando, são pássaros de esguio pescoço e cantam um canto, ora o trinar da cotovia, ora o grasnar do corvo e, albatrozes, também sonham a imensidão do mar e, condores, roçam as asas os píncaros das montanhas e, depois, aves abatidas, caem sangrando e vão, uma a uma, perfilando-se no campo santo, pedras tumulares que ele, de joelhos, tenta em vão decifrar, mas, como se cuneiformes e rúnicas escritas, não pode ler o Nome e o que dirá então de ordená-las? e ficarão, pelos séculos, como mudas pedras fitando o silêncio, alimentando-se do silêncio, pressagiando o silêncio? e o silêncio pesa-lhe como o planger de um sino que não ouve, o silêncio que o aprisiona numa noite que não deveria ser de insônia, ele, então, na escuridão, acorda e ouve o farfalhar das folhas sobre a mesa, elas que, da noturna viagem, retornaram, e as folhas estremecem de frio sob a brisa de uma manhã, em que as mãos, feitas de músculos, nervos, sangue e ossos, agora despertas, aguardam passar as horas, como se escravo fosse, para poder fazer falar o enigma

∅

Três orelhas e um funeral

Negão deixou o elevador, pôs a caixa sobre a mesa do porteiro, abriu-a, pegou as orelhas de Anjo, Tuca e Lambari e guardou-as no bolso.

— Tudo isso é orelha de gente? Perguntou o porteiro.

— Claro, o que mais poderia ser?

— Sei lá, podiam ser de cera.

— Não, não são de cera, disse Negão, são de carne.

— O que o senhor faz com tantas orelhas?

— É um mostruário.

— O senhor tá vendendo?

— Algo assim.

— O senhor me arrumaria uma orelha?

— Para que o senhor queria uma orelha?

— Pra dar pra patroa. Ela tem mania de colecionar coisa desse tipo. Primeiro, começou guardando os dentinhos dos meninos, depois, fios de cabelos e, quando o Teco teve que cortar um dedo, mandou embalsamar e guardou num vidro. Acho que ela gostaria de ter uma destas orelhas.

— Sinto muito, estas orelhas não estão à venda. É só um mostruário.

Negão fechou a caixa e, saindo à rua, jogou-a na caçamba de um caminhão de lixo. Depois, pegou um táxi e pediu ao motorista que o levasse até a Liberdade. Na rua da Glória, desceu, foi à loja Inori e comprou uma pazinha de jardinagem, dois pedaços de seda bordados a ouro, um vermelho e o outro azul, dois cofrezinhos de sândalo, um pequeno altar de teca e bastões de incenso. De volta ao táxi, pediu ao chofer que o levasse ao cemitério de Congonhas.

Negão atravessou o gramado e caminhou até um grupo de árvores, que ficava num local mais afastado. Ajoelhou-se à sombra de um chorão, embrulhou as orelhas de Lambari e Tuca num dos pedaços da seda e depositou-as num dos cofrezinhos. Fez o mesmo com a orelha de Anjo, depositando-a, porém, no outro cofre. Em seguida, cavou duas covas e enterrou as orelhas.

Negão pôs o altar entre as covas e acendeu os bastões de incenso sobre os incensórios. As mãos cruzadas, os olhos fitos na fumaça que subia em volutas, ficou algum tempo em silêncio. Por fim, murmurou:

— Descanse em paz, meu amor, meu doce anjo...

Negão levantou-se, limpou as calças e fez uma reverência. Depois, voltou as costas às covas e saiu caminhando por entre as campas.

⇔

Negão no aeroporto de Cumbica, notícias de Paris, um avião voando para a Líbia e as palavras de um manifesto

Negão saiu da alfândega empurrando o carrinho com a bagagem e parou numa cafeteria. Enquanto bebia um café, foi atraído pela manchete de um jornal: TERRORIS-TAS BRASILEIRAS PEDEM ASILO NA LÍBIA. Ele contemplou a foto na qual aparecia um grupo de policiais franceses das forças especiais, fortemente armados, cercando duas mulheres que entravam numa perua. Uma das mulheres, parecendo combalida, tinha uma atadura ensangüentada na cabeça e apoiava-se na companheira que, sorridente, fazia com os dedos em "vê" o sinal de vitória. Sob a foto, vinha a seguinte legenda: *As terroristas brasileiras no instante em que se dirigiam para o aeroporto Charles de Gaule.* Negão sentou-se, abriu o jornal e leu a reportagem:

Duas brasileiras, conhecidas apenas pelas alcunhas de Tuca e Turca, provocaram o maior reboliço na capital francesa. Pertencentes ao até então desconhecido grupo, "Movimento Muçulmano Feminista", de orientação fundamentalista, mantiveram cerrado tiroteio com as forças da Sécurité. Depois de quase duas horas de conflito, suspenderam o fogo com a exigência de publicação do manifesto do movimento e da cessão de um avião, para que pudessem voar até a Líbia. Como as exigências, num primeiro momento, não fossem atendidas, as terroristas deram um ultimatum às forças policiais: saindo à rua com explosivos amarrados ao corpo, ameaçaram detoná-los. Depois de uma hora de intensa e nervosa conversação, as autoridade aceitaram as exigências das terroristas, que acabaram por embarcar num avião da companhia El Helal, tendo como destino Trípoli, capital da Líbia.

De identidade desconhecida, as brasileiras, segundo investigações da Sécurité, tinham um verdadeiro arsenal no apartamento da Place de la Révolution. Foram encontradas pistolas automáticas, fuzis, metralhadoras Kalashnikov, granadas e até mesmo uma bazuca. Segundo o Inspetor Frais, que dirigiu a operação anti-terrorista, os documentos recolhidos no apartamento comprovam a ligação do MMF com xiitas do Irã, com o Coronel Muhamar Kadafi da Líbia e, sobretudo, com fundamentalistas argelinos, afegãos e egípcios.

O MMF, pelo que se pôde verificar, distingue-se dos movimentos fundamentalistas tradicionais por sua tendência feminista. Abraçando o credo islâmico, as mentoras do grupo, ao mesmo tempo que rejeitam a dominação masculina, visam a criar uma república islâmica com base nos princípios matriarcais. Detalhe curioso: os membros do movimento têm como costume se automutilarem, decepando a orelha direita. Segundo alguns estudiosos, tal hábito poderia representar um protesto contra a tendência machista em considerar a mulher como objeto. Segundo outros estudiosos, tal hábito teria ressonâncias míticas, lembrando por exemplo a automutilação que as amazonas costumavam fazer no próprio seio.

Instalado em Paris há quase um ano, o MMF planejava uma ação espetacular: o assassinato do presidente da França. O atentado só não teve êxito graças à intervenção preventiva da Sécurité. Esse atentado, segundo informações reservadas, teria vez nas celebrações da Revolução Francesa, quando a limusine presidencial seria atacada com a bazuca. Os principais jornais da capital francesa publicaram na íntegra o manifesto do MMF, cumprindo as exigências das terroristas:

MANIFESTO DO "MOVIMENTO MUÇULMANO FEMINISTA"

1. *O Movimento Muçulmano Feminista acredita que Realah, a deusa barbada, é a mãe geradora do Universo e que Benazir Mahomed é sua profetisa.*

2. *O Movimento Muçulmano Feminista é contra a dominação machista que explora as mulheres, transformando-as em objeto sexual.*

3. *O Movimento Muçulmano Feminista é contra a civilização e os valores ocidentais, exploradores da força de trabalho da mulher.*

4. *O Movimento Muçulmano Feminista é contra a tecnologia, a indústria, e o consumismo que transformam as pessoas em máquinas e autômatos e as mulheres em objeto.*

5. *O Movimento Muçulmano Feminista é contra o materialismo, o catolicismo, religião machista, e contra todas as religiões que fazem de Deus um comércio.*

6. *O Movimento Muçulmano Feminista é contra a vida material e pretende criar condições para que as mulheres de todas as condições possam vir a descobrir o "eu transcendental", centro de energia e verdade.*

7. *O Movimento Muçulmano Feminista é contra a sociedade capitalista e os partidos políticos de direita e esquerda.*

8. *O Movimento Muçulmano Feminista irmana-se aos movimentos islâmicos fundamentalistas do Irã, do Iraque, da Argélia, do Egito, ao governo do Grande Líder Muhamar Kadafi e à milícia revolucionária do Talebã, no Afeganistão.*

9. *O Movimento Muçulmano Feminista conclama todas as mulheres a criar a única e verdadeira República Islâmica Feminista, sob inspiração dos ensinamentos da Profetisa e livre da opressão dos homens, do consumismo e do capitalismo.*

Δ

*& dentro da noite, cresce a atoarda que atordoa, coro de lamenta-
ções, ao som de uma viela & uma tuba nada canoras &, imitando
arquétipos, no fundo da gruta, vendo figuras que cria verdadeiras,
mimei-te a História, sem fausto, nem grandeza &, um dia, saí ao
sol &, a vista não tão cega, vultos vi de portentoso brilho &, ao
murmurar de águas, dobrei-me, & meus olhos então viram, como
outrora Narciso de Eco a imagem, um arco-íris de cores &, então,
para meu espanto, ciência tomei de que o caos primordial criara e
de que vã fora toda minha faina, pois que meu sonho, dentro de
sonhos, nada mais era senão emulação, trevas, silêncio*

OBRAS DO AUTOR

Ficção:

A teia de qranha (contos), São Paulo, Ática, 1978.

O senhor dos porcos (contos), São Paulo, Moderna, 1979.

Objeto não identificado (contos), São Paulo Com/Arte, 1981.

O sereno cristal (poesia), São Paulo, Delphos, 1981.

A muralha da China (romance, em co-autoria com Ricardo Daunt Neto), São Paulo, T. A. Queiroz, 1982.

O sonho da terra (romance), São Paulo, L & R, 1982; prêmio Bienal Nestlé de Literatura Brasileira.

Quadros da paixão (romance), São Paulo, Global, 1984.

A cidade proibida (romance), São Paulo, Moderna, 1997.

Os rios inumeráveis (romance), Rio de Janeiro, Topbooks, 1997.

Brasil: a descoberta (romance), São Paulo, Quinteto, 2000.

Ensaio & Crítica Literária:

Bocage (poemas escolhidos), sel. de textos, pref., org. e notas, 1ª ed., São Paulo, Cultrix, 1975; 2ª ed., São Paulo, Clube do Livro, 1981.

A metáfora cósmica em Camilo Pessanha, São Paulo, USP, 1977.

Pequeno dicionário de literatura portuguesa, dir. Massaud Moisés, São Paulo, Cultrix, 1980.

Português para o segundo grau (3º vol.), São Paulo, Cultrix, 1980.

Dalton Trevisan (em co-autoria com Carlos Alberto Vechi), sel. de textos, org. e notas, São Paulo, Abril Cultural, 1981.

Jorge Amado, sel. de textos, pref., org. e notas, São Paulo, Abril Cultural, 1982.

Gil Vicente, sel. de textos, pref., org. e notas, São Paulo, Abril Cultural, 1982.

A estética simbolista, 1ª ed., São Paulo, Cultrix, 1985; 2ª ed., São Paulo, Atlas, 1993.

A poesia simbolista, sel. de textos, pref., org. e notas. São Paulo, Global, 1986.

Fernando Pessoa: as muitas águas de um rio, São Paulo, Pioneira, 1987.

O poético: magia e iluminação, São Paulo, Perspectiva, 1989.

Introdução ao estudo da literatura (em co-autoria com Carlos Alberto Vechi), São Paulo, Atlas, 1991.

A estética romântica (em co-autoria com Carlos Alberto Vechi), São Paulo, Atlas, 1992.

A voz itinerante (o romance português contemporâneo), São Paulo, Edusp, 1993.

O Simbolismo, São Paulo, Ática, 1994.

A literatura portuguesa em perspectiva (Simbolismo e Modernismo), São Paulo, Atlas, 1994.

A estética surrealista, São Paulo, Ática, 1994.

Capitães da areia, roteiro de leitura, São Paulo, Ática, 1994, 2ª ed., 1996.

Fernando Pessoa, int. notas, bibliografia, São Paulo, Moderna, 1994.

A santidade do alquimista (ensaios sobre Poe e Baudelaire), São Paulo, Unimarco, 1997.